Aranha Movediça

Aranha Movediça

Moacir Fio

MOINHOS

Edição Nathan Matos
Revisão Camila Araujo e Nathan Matos
Diagramação Luís Otávio Ferreira
Leitura crítica Verena Cavalcante
Capa Nathália Pimentel
Foto de capa Pedro Otávio de Farias

Dados Internacionais de Catalogação na
Publicação (CIP) de acordo com ISBD

F517a Fio, Moacir
Aranha movediça / Moacir Fio. – São Paulo : Editora
Moinhos, 2025.
232 p. ; 14cm x 21cm.
ISBN: 978-65-5681-202-1
1. Literatura brasileira. 2. Romance. 3. Podcast.
4. Punkrock. 5. Horror gótico. I. Título.
2025-3452
CDD 869.89923
CDU 821.134.3(81)-31
Elaborado por Vagner Rodolfo da Silva - CRB-8/9410
Índice para catálogo sistemático:
1. Literatura brasileira : Romance 869.89923
2. Literatura brasileira : Romance 821.134.3(81)-31

www.editoramoinhos.com.br
contato@editoramoinhos.com.br
Facebook.com/EditoraMoinhos
Twitter.com/EditoraMoinhos
Instagram.com/EditoraMoinhos

Set in your monotony
I'll desecrate commodities
Make you all into paste
All your rancid blood I'll taste
We're kids on a rampage
Ready to kill
Wild and teenage
Tryna get our fill
Blades will slash
Blood will spill
Your talk of tomorrow
Is nothing but trash

"Survive", The Bags

1.

A PELE CADA VEZ MAIS RÉPTIL, de riscas próximas feito escamas, e ela se vendo transformada nos sacos mortos que as lagartixas deixam para trás, roupa velha de uma outra recém-nascida, despida de toda imundície, suja só de interiores. Pele de parto, ela pensa, tocando os cortes mais antigos, pele de restos, pele de rastros, da piçarra nas estradas para Cococi, das estrias no piso de concreto da cozinha, dos muros do Muquifo, das rugas do rosto de seu pai quando a chama de puta, duma coisa qualquer de barro e pedra. Lembra-se da revistinha que João lhe mostrou, com o super-herói coberto de rochas para lutar. Busca o caderno oculto no estrado da cama, anota CICATRIZ DE ARMADURA, e conclui: isso pode virar música. Depois, risca várias vezes cada palavra até o excesso de tinta atravessar o papel, como faz sempre que gosta de algo, mas desconfia ser idiota, e volta a planejar sua fuga.

Março de 1983.

Podcast Em Busca do Lixo, Episódio 1: O mato e o fogo

[Passos sobre mato seco. Respiração ofegante. Ao fundo, o ruído do tráfego.]

Alessandra Moretti: Na zona oeste de Fortaleza, num bairro tradicional cujo nome homenageia a maior batalha brasileira na Segunda Guerra, há um açude, duas praças, 15.000 moradores e um mistério do qual pouca gente se lembra, mas que tem localização... com rua, número e CEP.

É manhã de quinta-feira e estou metida num matagal que me cobre até os joelhos, no único terreno baldio do bairro Monte Castelo. À minha esquerda, um menino me observa de uma varanda num pequeno prédio pintado em rosa-bebê. Logo em frente, se forma uma fila de trabalhadoras na calçada de uma confecção. Daqui, posso ver a megaloja de uma rede de supermercados e, cinco quadras adiante, a Igreja do Senhor do Bonfim, que no próximo mês completa 67 anos de existência.

A Rua Padre Anchieta é movimentada, e as pessoas param em frente aos muros derrubados para espiar o que estou fazendo. É estranho esse vazio no meio da vida corrida do Monte Castelo. Mais estranha deve ser a minha presença.

Procuro restos de construção, tomando cuidado onde piso, e encontro alguns tijolos escurecidos pelo fogo na área onde o mato dá trégua. Junto dos entulhos, há vestígios de vida ou quase isso: guimbas de cigarro, cachimbos, roupas sujas, camisinhas, enfim, dejetos de quem usa o terreno baldio como banheiro. Ou lixeira, o que, ironicamente, faz muito sentido. O fedor me deixa enjoada e o suor grudando a roupa na minha pele também não ajuda. Faz tanto calor que nem os insetos se arriscam a me rodear.

Dona Selma: Olhe, minha filha, tenha cuidado, que isso aí é ponto de uso de droga, viu? Eles num gostam que ninguém mexa aí.

A simpática senhora que interrompe o passeio com seu poodle para me fazer esse alerta é Dona Selma Antunes de Castro. Por trás dos óculos, ela não disfarça a curiosidade. Mora na rua paralela há mais de 50 anos e nunca viu uma única placa de venda neste terreno. Quanto será que vale um metro quadrado livre numa região assim lotada de construções?

O Monte Castelo é um dos bairros mais antigos da capital cearense. Começou ao redor do açude João Lopes, que, por muito tempo, batizou a comunidade erguida em suas margens. Em 1945, quando a Segunda Guerra Mundial chegava ao fim, o então prefeito Raimundo Alencar Araripe oficializou a criação do bairro. A escolha do nome foi uma homenagem à vitória brasileira na famosa Batalha de Monte Castello, no norte da Itália. A principal avenida homenageia um cearense morto nessa batalha, o Sargento Hermínio Aurélio Sampaio, cujo regimento se lançou contra tropas nazistas entrincheiradas na neve. Mas poucos moradores estão familiarizados com essas glórias. Os mais antigos, como Dona Selma, costumam se lembrar de outras coisas, boas recordações, como o extinto Clube do Internacional, na Praça Redonda, onde ocorriam festas juninas e apresentações de nomes fortes da Jovem Guarda, Jerry Adriani, Wanderley Cardoso, Martinha. Outras memórias são menos reluzentes. Por exemplo, entre os anos 40 e 50, residia em Monte Castelo o primeiro crematório de resíduos de Fortaleza, que deixava o bairro inteiro com odor de lixo e cinzas.

A relação entre fogo e lixo me faz pensar.

Dona Selma: Eu acho que esse terreno aí é marmota da prefeitura. Me contaram também que a família do dono briga desde os anos 70, um engodo danado... O Seu Célio diz que tinha uns vagabundo que moravam aí. Isso antes, faz tempo. Parece que teve morte. Mataram um ou mais, num sei direito.

Gentil, Dona Selma me apresenta Seu Célio, o porteiro diurno do prédio cor-de-rosa. Jucélio Almeida Batista arrumou o emprego há pouco mais de seis meses. Antes, foi pintor e até guardador de carros. Comemora o trabalho de carteira assinada, especialmente por ser tão perto de casa. Mora no bairro, próximo ao açude, onde pescava e tomava banho quando criança. Ele conta que terrenos baldios como este eram comuns no passado, quando quase tudo era mato, com poucas casas construídas e distantes umas das outras, feito uma cidadezinha do interior.

Jucélio Almeida: O que eu sei é que foram levantando as moradia e sobrou esse terreno aí, que ninguém nunca soube de dono. Deve ser algum rolo, né. Aí chegaram uns malaca e construíram um barraco véi e ficaram dormindo, morando mesmo.

Alessandra Moretti: Isso quando?

Jucélio Almeida: Foi já nos anos 80 que apareceu esses cara, um povo metido com coisa de gangueiro, com assalto, safadeza... Sei que teve confusão grande, morte e tudo. Se você pegar ali nos canto, bem acolá, ó, dá pra ver uns queimado. Foi porque tacaram fogo aí. Eu posso ir lá contigo te amostrar.

Alessandra Moretti: Eu vi as marcas nos tijolos.

Jucélio Almeida: Num tem nada agora porque o povo foi roubando as coisa. O muro, né, o portão que tinha,

foi tudo carregado embora, que ladrão nessa cidade dá que nem piolho.
Alessandra Moretti: Então foi briga de gangue?
Jucélio Almeida: Coisa feia. Dizem, né.
Alessandra Moretti: O senhor sabe há quanto tempo que tá desse jeito?
Jucélio Almeida: Assim estiorado? Olhe... Isso é coisa dos antigamente. É como eu disse, aqui era cheio desses terreno de ninguém, depois é que foi ficar tudo ocupado. Agora esse negócio aí da gangue, isso foi já nos anos 80. No final dos anos 80.
Alessandra Moretti: Então o senhor se lembra de quando essas pessoas ocuparam?
Jucélio Almeida: Ah, lembro, lembro. Eu devia ter uns 17 pra 18 ano. De vez em quando eu passava aqui em frente pra ir jogar bola lá perto da praça com o Bangu, que era o timezinho que a gente tinha na época. Eu nem gostava de andar sozinho porque era bem na época do Opala preto, né.
Alessandra Moretti: Opala preto?
Jucélio Almeida: Dizia que um Opala preto passava e pegava os menino pra tirar os órgão pra vender. Aí eu já andava meio cabreiro, né, aí passava aqui na rua e via só a esculhambação desses gangueiro em frente do terreno. Imagine aí.
Alessandra Moretti: E depois nunca veio ninguém pra construir ou pra vender?
Jucélio Almeida: Nada! Rapaz, isso aí é... Como é que se diz? Ficou uma coisa ruim, como o povo fala. Por isso que é desse jeito, que ninguém se anima de vir atrás. Tá esquecido.
Alessandra Moretti: Coisa ruim tipo maldição?
Jucélio Almeida: Num sei disso de maldição, não, mas assim, o rapazinho que fica aqui na guarita de noite, ele tem dias que sofre, viu. Ah, de passar mal, né. O povo aí do prédio também reclama que só, diz que tem visagem, essas coisa. Eu, por mim, num sou de me impressionar com isso de

fantasma. Os barulho de noite é dos maloqueiro que entram aí pra usar crack, pra fumar maconha, fazer essas... Né? Mas que tem uma coisa ruim aí, tem.

Alessandra Moretti: E o senhor não trabalha aqui à noite?

Jucélio Almeida: Deus me livre.

[Som de vento empurrando folhas, um rangido de portão.]

Passo o resto da tarde conversando com moradores, com as funcionárias da confecção, com gente que, ao ver o gravador, se dispõe a falar. Assim como Dona Selma e Jucélio, todo mundo tem uma explicação para essa curiosa situação do terreno. Burocracia, briga de herança, maldição. São muitas histórias, com um único ponto em comum: alguém morreu, não se sabe quem.

Eu, que faço o papel de forasteira, tenho a resposta: neste retângulo abandonado bem no miolo do bairro Monte Castelo, em 27 de abril de 1987, morreu o maior nome do punk cearense, Jota do Lixo, do qual nenhum vizinho do terreno se recorda.

Olá. Eu sou Alessandra Moretti e convido você a se juntar numa busca. A partir de agora, estamos *Em Busca do Lixo*.

[Vinheta de apresentação do programa.]

Em Busca do Lixo é uma série documental produzida pela CBR em formato podcast. Se você ouviu as temporadas anteriores, sabe que investigamos figuras cujos rastros marcaram de algum modo pessoas e lugares.

Desde o ano passado, venho pesquisando sobre João Valdenir da Silva Barbosa, o Jota do Lixo. Tudo começa num festival punk na quadra do sindicato dos bancários, no centro de São Paulo. O vocalista da *Cabeça Sideral*, Hector Limão, grita no microfone uma frase que me deixa intrigada: *O mundo só vai mudar quando a gente rasgar todos os sacos de lixo*. Atribui a fala a Jota do Lixo, que ele define como um pioneiro do punk. Depois do show, pergunto pro Hector quem era esse tal Jota. Além da frase, que ele ouviu através de amigos, Hector sabe apenas que Jota do Lixo foi uma espécie de mentor do movimento punk de Fortaleza. E só.

Procuro em arquivos de amigos, em fanzines antigos, em blogs que sobraram de um tempo antes das redes sociais. Acho quase nada. Alguns apontavam que Jota havia sido um agitador, um poeta e ideólogo que nunca chegou a se apresentar com a banda que fundara, a *Partido Contra*, precursora do hardcore no Ceará. A maior parte dos textos repetia que ele *incendiou* Fortaleza, o que entendi ser uma expressão tanto figurada quanto literal, pois Jota do Lixo viria a morrer, com apenas 19 anos, num incêndio criminoso nunca esclarecido.

Então, percebo que, ou a lenda é maior que a realidade, ou a realidade foi sendo engolida pela lenda. Quem foi Jota do Lixo? Como, exatamente, ele morreu? Para reconstruir uma narrativa que nos ajude a responder essas perguntas, só resta ir direto às fontes.

[Som de entrada em chamada de vídeo.]

Antes de viajar para Fortaleza, entrevisto algumas pessoas que conviveram com Jota. O primeiro é Marimbondo, apelido de Mauro Celso Ribeiro, vizinho de Jota e um de seus amigos mais próximos. No alto de seus 60 anos, Marimbondo mantém o cabelo comprido e ainda segue na ativa com sua banda, a *Catraca Vitrus*.

Marimbondo: É, a gente cresceu junto. Minha casa era parede-meia com a dele. Aí viramo punk meio que ao mesmo tempo, né. A gente era punk raiz mesmo, que a nossa turma num tinha onde tocar, tudo lascado, sem ter onde cair morto. Mas o João é que tinha um negócio assim nele. Era um cara muito massa mesmo. Doido, viu, o cara mais louco que eu já conheci, e o cara mais amigo, também, chapa mesmo. Fazia reunião com a gente, juntava a galera e aí gritava, brigava lá pro pessoal fazer as coisa. Depois vinha falar no particular na maior maciez do mundo. Tinha uma inteligência, num era o estudo, num tinha estudado essas coisas tudo não, mas o que ele tinha de noção das coisa... Num sabia tocar porra nenhuma, até arranhava na bateria, mas num fazia impeim de aprender. Agora botava os outro pra tocar. Eu comecei no baixo de tanto que ele me aperreou. O Pau-de-Gato, o Carlito, primo dele, pra você ver, até a guitarra foi o João que arrumou num sei de onde. Tanto que, assim, sem ele, né, sem o João, né, num tinha a *Partido Contra*, nem a *Catraca*, e acho que nenhuma das outras banda que vieram depois. Foi ele que foi arrastando o povo pra dentro do movimento. João que fazia acontecer, era tudo ele, que falava assim, ah, bora fazer show em qualquer canto, num tem essa de pedir permissão, não. E fazia, viu? Pense. A gente invadiu uma vez a faculdade de filosofia e botou as caixa de som e fez foi um festival lá. Aí sei que depois a polícia chegou, menino, e desceu foi o cacete.

Alessandra Moretti: A polícia perseguia vocês.

Marimbondo: Ora, se não! O flagrante pra polícia era ser punk. Naquela época era difícil demais. Teve a vez que tava eu, ele e o Pau-de-Gato no ponto de ônibus, quando chegou a viatura. Aí o policial mandou a gente encostar, né, chamando a gente de vagabundo. O João respondeu: "Não, a gente é punk". Aí o policial achou foi graça e tascou um murro na cara do João. "Tu é o quê, mesmo?" E o João: "Punk!". Pá, outro murro. "Tu é o quê?" "Punk!" "Tu é o quê?" "Punk!" Foi nisso que ele perdeu os dente da frente. Ficou banguelo dizendo que era punk. Liberaram a gente, mas levaram ele pra delegacia. Só no dia seguinte, quando teve a troca do plantão, o delegado lá, com preguiça, mandou tirar o lixo da cela. Falou desse jeito: "Tira esse lixo da minha delegacia". Aí por isso que o João ficou sendo pra turma o João do Lixo.

Alessandra Moretti: Não era Jota do Lixo?

Marimbondo: Ah, isso foi depois, quando ele começou a querer ser chamado de Jota e num sei o que mais. Só que a gente cresceu junto, né, então eu conhecia ele como João mesmo. Mas como eu tava lhe dizendo, essas perseguição é que depois foram fazendo a gente querer ficar mais lá pelo Muquifo, né.

O Muquifo era o ponto de encontro desses primeiros punks de Fortaleza, um barraco com paredes improvisadas de tijolo, papelão e madeira, coberto de lona. Lá, as bandas podiam ensaiar e os punks tinham onde dormir. Segundo Marimbondo, ficava no Monte Castelo, na Rua Padre Anchieta.

Hoje, é um terreno baldio.

Marimbondo: O Muquifo era massa demais. Quem achou lá foi a Maca, que nessa época já andava com o João, mas num era tão chegada ainda no resto do pessoal. Ela dormia numa barraquinha, né, que ela saiu foi cedo de casa, fugida, acho que com coisa de 12 ano. Criança, né. Ela arrumou dinheiro pros tijolo e pras coisa porque ficava rodando pelas discoteca vendendo aranha. Aí numa dessa trombou com o João e ficaram unha e carne eles dois. Era o João do Lixo e a Maca da Aranha. Boa, né?

Aranha é uma gíria para triexifenidil, remédio de uso controlado comercializado como Artane, usado no tratamento de descontrole motor. Também causa euforia, agitação e delírios. É muito usado como entorpecente.

Alessandra Moretti: Quem conseguiu o Muquifo foi a Maca?

Marimbondo: Acho que foi uma amiga dela que deu o toque que tinha o terreno lá no Monte Castelo, Ferrosa, o nome dessa amiga, porque antes a Maca andava dormindo pela Praça do Ferreira, coitada. Bom, sei que a Maca ficou morando no Muquifo porque era um lugar abandonado, aí

a gente foi ocupando e aumentando depois, fazendo o barracão e tal. Isso por volta de 85, acho. Quando montaram a *Partido Contra*, o Euclides levou a bateria dele pra lá. Mas quem encheu de coisa foi o João, os pôster, o toca-discos que Didi deu pra ele e tudo mais. Tinha até um baú que o João trouxe lá da viagem que ele fez pro interior, uma caixona de madeira que num tinha tamanho. Ele usava pra guardar os cacareco dele, acho, porque também ninguém sabia o que tinha lá dentro, que era um ciúme medonho que ele tinha dessa caixa. A galera falava brincando que era o caixão do Nhewó.
Alessandra Moretti: Neuó era...
Marimbondo: Não, fala Nhe-wó.
Alessandra Moretti: O Nhewó que se tornou depois o guitarrista da *Partido Contra*.
Marimbondo: A Maca tirou o coitado do Pau-de-Gato da guitarra e botou esse maluco.
Alessandra Moretti: Foi a Maca quem apresentou o Nhewó a vocês?
Marimbondo: A Maca fazia era tudo.

Em todas as entrevistas que fiz, ficou claro que Jota e Maca eram inseparáveis. A menina é lembrada por quem conviveu com ela como uma força da natureza, apesar da pouca idade. Teria sido por causa de Maca que Jota convenceu amigos a formarem uma banda, a *Partido Contra*, com ela nos vocais. Não dá para decifrar o mistério ao redor de Jota e dos punks do Muquifo sem entender Maca.

Imaginei que seria muito difícil encontrá-la, se estivesse viva, mas Marimbondo tem o seu endereço e me passa logo no primeiro pedido. Só há um problema: Marusca Andrade, a Maca, está catatônica desde 1987. Desde a noite em que morreu Jota do Lixo.

[Som de avião decolando.]

Quando chego ao hotel em Fortaleza, nem sequer desfaço as malas. Estou ansiosa e, por algum motivo, sinto que minha busca deve começar o quanto antes. E deve ser por Maca. Mesmo que ela não possa me falar nada diretamente, aprendi há muito tempo que nem toda verdade se conta por palavras.

[Vozes indistintas e som de trânsito. Batida de porta de carro.]

Alessandra Moretti: O senhor sabe se esse endereço fica longe?
Motorista: Não, isso é ali no Benfica, bem pertinho.

O Benfica é o bairro dos boêmios e universitários da cidade, mas também um lugar de ruas tranquilas e casas antigas. O carro do aplicativo para em frente a uma dessas residências, espaçosa embora envelhecida, com a fachada amarela coberta de pichações e um portão branco. Toco a campainha algumas vezes. Sou recebida por um senhor idoso, que me olha com a expressão de quem já não se espanta com nada. Me apresento, explico que vim de São Paulo, que sou jornalista e que estou produzindo uma reportagem sobre os punks de Fortaleza.

Ele me deixa entrar. Seu Antônio Andrade é o pai de Maca. Por mais que não pareça incomodado comigo nem com as perguntas que lhe faço, me sinto uma intrusa em sua casa.

[Som de passos.]

Alessandra Moretti: Não tem mesmo problema?
Antônio Andrade: Num esquente a cabeça, não. Já veio foi muito jornalista aqui perguntar dessa história de punk, só não de São Paulo, claro. Mas num espere muita coisa, que a Marusca num pode falar e a gente num tem conhecimento da vida que ela levava nessa época.
Alessandra Moretti: Faz tempo, né?
Antônio Andrade: Ela tinha só 17 ano quando ficou desse jeito.

Seu Antônio me leva até o quarto da filha. O cômodo tem janelas fechadas e apenas uma fresta de luz atravessa a cortina. Encontro Marusca deitada numa cama hospitalar com grades laterais, repleta de lençóis, travesseiros e almofadas. Os braços estão repousados sobre o corpo. Há uma bolsa de soro pendurada num suporte de ferro ao seu lado. Reparo nos cabelos grisalhos e na pele fina, e faço as contas: ela tem 54 anos. Como seria a sua aparência nos anos 80, quando subia em palcos improvisados para berrar letras de protesto?

Uma espécie de descompasso toma conta de mim. Sinto como se as memórias que colhi até agora se chocassem com a realidade devastada de Maca. Pergunto a Seu Antônio se sabe o que houve de fato naquela noite, mas ele não consegue responder.

Apenas balança a cabeça e chama pela esposa.

[Transição sonora. Som de passos no mato seco.]

Jucélio, o solícito porteiro do prédio cor-de-rosa, deixa a guarita para me ajudar a entender o que aconteceu no terreno baldio, mesmo não sabendo o nome de nenhum dos envolvidos naquilo que ele chama de briga de gangues.

Jucélio Almeida: Ó, nessa parte aqui é que ficava o barraco. Você veja que bem acolá num cresce nem mato.
Alessandra Moretti: Botaram fogo durante a noite?
Jucélio Almeida: Diz que foi. Encheram de gasolina e tacaram fogo. A sorte é que num tinha muito deles, não. Porque às vezes ficava lotado desses maconheiro, viu, ficava aí na rua, a maior esculhambação. Mas é como eu disse, tinha só um, que morreu aí dentro.
Alessandra Moretti: Ele estava sozinho, então.
Jucélio Almeida: Rapaz, o que eu sei é que acharam só o corpo dele aí no meio, todo tostado, como se diz. Ele e um gato, que teve isso, acharam também o pobre dum gato queimado.

Sim, e a menina na calçada, mas ela tava viva, a menina. Acharam ela sentadinha, assim, toda desnorteada de droga.

A menina na calçada era Maca. Penso em como ela devia estar, depois de passar cinco anos fora de casa, toda a adolescência morando na rua ou em barracos como o Muquifo. Naquele momento, tinha perdido tudo.

Assim como esse pedaço de chão abandonado, Maca também nunca conseguiu se recuperar.

[Transição sonora.]

No próximo episódio de *Em Busca do Lixo*:

Euclides Almeida: Ah, cara, o João era maluco, mas um maluco que dialogava com a galera, assim. Aquela coisa, né, porra, que que adianta a gente ficar brigando se somo tudo marginal, entendeu? Marginal pra sociedade burguesa e tal. É isso que o sistema quer pra gente. Num sei onde que ele aprendia essas coisa, mas o bicho sabia falar, tinha noção de tudo, tinha conhecimento de movimento, né, dos movimentos sociais, dos grupo de anarquista. Ele começou toda uma politização, digamos assim, da cena, né, da cena na época. Acho que, por conta dele, Fortaleza era uma das poucas capitais onde você via punk trocando ideia com headbanger, que trocava ideia com hippie, e com a velha guarda, e por aí ia.

Em Busca do Lixo é um podcast da Central Brasileira de Rádio, CBR. Eu sou Alessandra Moretti, apresentadora e roteirista. A produção é de Walter Cisne, com edição de Orlando Faria e checagem de fatos por Vanessa Carmo. A música foi composta por Rodney Ruas. Para ver fotografias, mapas, documentos e muito mais, acesse cbr.com/embusca. Você também pode seguir o podcast nas plataformas de streaming de áudio e deixar seus comentários e sugestões em nossas redes.

Até semana que vem.

Carlos Eduardo

João Valdenir não foi o primeiro homem que amei. Houve um antes e outro depois.

Conheci o último no ano passado. Se chamava Isaías, como o profeta. Eram os seus meses finais, mas claro que ainda não sabíamos. Nos conhecemos no bar embaixo da minha quitinete, para o qual ele fornecia cerveja. Tinha tudo para dar errado. Vi da janela seu funcionário derrubar minha moto, inconvenientemente atravessada sobre a calçada, o que não me impediu de me indignar como se tivessem estapeado minha tia. Semanas antes, eu havia trocado de emprego mais uma vez, descendo ao ponto mais baixo de minha carreira letiva, e o ambiente intoxicante do cursinho me atormentava com uma perpétua insegurança. Por isso, uma parte de mim ansiava por essas briguinhas mornas que liberam o nervosismo dos ombros.

Desci as escadas sedento para cobrar responsabilidades. Mas embora eu tenha me empenhado, Isaías estava disposto a me desarmar. Tudo nele, da camisa de botão às linhas do rosto marcadas pelo trabalho no sol, indicava o oposto daquela placidez que eu acreditava impossível num fim de tarde, quando o bafo úmido de Belém nos põe loucos. Se movia de um jeito peculiar, andando como se uma perna pesasse mais que a outra, cuja razão terminaria eventualmente por matá-lo — mas, como disse, não sabíamos. Para minha surpresa, desculpou-se muito educadamente pela trapalhada do ajudante, prometeu um novo retrovisor e não contestou nenhum dos absurdos que fui enfileirando. Do alto de minha experiência com todas as formas de escárnio, não pesquei sinal de ironia em seu sorriso, então, em meia hora, já estávamos encostados no furgão, dividindo cigarros, enquanto o rapaz transportava os últimos engradados com desnecessário zelo.

Isaías estava longe de ser um homem de delicadezas. É necessário falar disso para não dar uma falsa impressão dos motivos pelos quais nos sentimos atraídos um pelo outro. Em pouco tempo, percebi que aquela tranquilidade era mais pragmática que virtuosa. Ele atribuía ao cuidado com a rotina a sobrevivência de seu pequeno depósito de bebidas, que pagava as contas e, sobretudo, o tratamento do neto autista. A esposa tinha morrido tempos atrás, e ele fazia mil elogios à filha, viúva como ele, porém triste como a mãe. Quando me disse tudo isso, tive a suspeita de que quisesse me sondar. Me limitei a fazer comentários sobre o divórcio, com as mesmas piadas anêmicas que usava com meus colegas professores. Somente 196 dias mais tarde, depois que o médico abanou a cabeça para as nossas últimas esperanças, Isaías me perguntou por que nunca falava de meus filhos.

A verdade é que estava muito bem acostumado com o personagem enigmático que havia criado ao sair do Ceará. Adalgisa passou todos os dias do nosso casamento mendigando o homem por baixo da fantasia. Não era por qualquer pudor que eu escapava através de rodeios e mentiras, nem mesmo por culpa, que eu admitia sem reservas. Me esconder tinha se tornado uma necessidade, pois os intestinos da minha juventude se irritavam com facilidade, e a quantidade de merda que eu pressentia brotar dali era sempre capaz de me enterrar até os cabelos. Se agora abro esses bueiros, é porque o medo da morte, depois que a gente envelhece, rompe barreiras.

A certeza da morte foi se descortinando aos poucos para Isaías, mas não sem crueldade. Chorou comigo o diagnóstico do osteossarcoma que, do dia para a noite, lhe roubou a perna do joelho para baixo. Assim como eu, Isaías negava seus incômodos, de modo que encapsulou (em uma determinação estúpida) as dores terríveis, os avisos do câncer, até não conseguir mais ficar de pé sem ajuda. Depois da cirurgia, veio o tratamento, o cansaço, a vista turva e, finalmente, descobriu-se que a doença tinha tomado todo o corpo.

Seja como for, a fragilidade súbita de Isaías nos aproximou a ponto de nosso relacionamento se tornar público. Ninguém se escandalizou como esperávamos. Passamos semanas nos vendo quase diariamente, e a brevidade desses encontros não lhes garantia a necessária discrição. Em minha quitinete, certamente teríamos encontrado toda a privacidade que almejávamos, mas eu nunca levava ninguém para lá, pois guardava debaixo da cama os cadernos de Jota. Por esse motivo, na primeira vez que eu e Isaías fizemos sexo, estávamos vestidos. A ideia era esperar os dois funcionários fecharem as portas do armazém, mas nossas mãos se tocaram sem querer, e como os rapazes já tinham até se despedido e trocado de roupa, só nos demos ao trabalho de deslizar para um canto.

Não fizemos planos durante os oito meses que passamos juntos. O que importava era ter alguém com quem compartilhar essa desesperança gotejante que acomete os homens depois dos quarenta, quando o banheiro se torna ao mesmo tempo um espaço de segurança e tortura. Mas Isaías nunca foi cínico. Falamos várias vezes sobre amor, pois ele amava demasiado. Residia aí a nossa maior diferença: Isaías mobilizava o mundo pelas pessoas que amava enquanto o amor paradoxalmente tendia a me incapacitar. Com o avançar da doença, ele apontou que eu estava errado. Passei a dormir em sua casa todas as noites, ajudando a filha com os cuidados daquilo que pensávamos ser nada mais que uma recuperação difícil, e isso, para Isaías, me provava alguém plenamente capaz de afeto. Respondi que aquilo era passageiro, fruto de ter sido pego no susto, enganado pela força que ele havia demonstrado, mas Isaías não acreditou.

Na reta final, estava sempre desperto, apesar de não enxergar mais que manchas. Sempre que ficávamos sozinhos, na medida em que era possível ficarmos sozinhos numa enfermaria compartilhada, ele me fazia confissões. Traía a esposa desde o primeiro dia. Teve muitos casos. Ela sabia, mas jamais pensaram em se separar. Apesar da ausência de amor, eram carinhosos um com o outro, tinham uma família e não havia divergências. Isaías acreditava que todos os homens, mais cedo ou mais tarde, se revelavam descartáveis.

— As mulheres não — disse. — As mulheres ficam.

Por pouco não falei de minha mãe, de como ela soube muito bem me virar as costas, mas não quis contradizê-lo. Ainda me mantinha no personagem. O máximo que Isaías arrancou de meu passado foi devido à insistência de Alessandra, a jornalista.

Eu fumava na calçada do hospital, distraído com as árvores altas da Governador Barata, quando me dei conta de que tinha esquecido o celular no quarto. Aquilo normalmente não me causava maiores perturbações, sou até bastante independente das telas, mas um batalhão de outros fumantes se aproximava para dividir comigo as iminências do luto e eu não tinha nenhuma desculpa para evitá-los. Desperdicei a metade do cigarro e, ao voltar, encontrei Isaías com meu celular na mão.

— Uma jornalista acabou de ligar te procurando. Faz dias que tenta falar contigo.

Fingi surpresa:

— Ah, foi?

— Ela quer te entrevistar pra um programa de rádio.

— Um podcast — corrigi de forma espontânea.

Ele apertou os lábios, como fazia quando me percebia em fuga, então fiquei na defensiva e reagi mal.

— Não é como se eu tivesse sem nada pra fazer.

Isaías estava amarelo e já bastante inchado. Começou a se desculpar, mas foi interrompido por uma crise de tosse. Apertei a campainha. Fiquei furioso e gritei, chamando as enfermeiras.

Não me ouviram. Me levantei e fui pelo corredor até encontrar uma moça separando comprimidos da forma mais letárgica possível. Minha forma de convencê-la a me seguir foi agarrando seu braço. Quando chegamos, a tosse já tinha amainado. Mesmo assim, a enfermeira me tranquilizou antecipando os remédios. E, de fato, a respiração de Isaías se estabilizou pouco depois.

Fiquei de pé algum tempo ao lado da cama, esperando que dissesse alguma coisa. Ele me agradeceu, perguntando se aquela minha pequena explosão tinha ao menos servido para me acalmar.

— Se quiser, posso tossir de novo — disse.

Achamos graça de verdade pela primeira vez desde que Isaías se internara. A risada dele tinha aquele tom arrastado dos analgésicos e continuou ecoando em seu peito depois que me calei. Sei lá por que razão me senti constrangido. Até a mais breve alegria em lugares como aquele parece obscena. Talvez por isso resolvi falar.

— Tô evitando a jornalista porque não gosto de me lembrar desses assuntos.

O sorriso dele foi se fazendo acolhedor.

— Fortaleza?

— Sei que tu se importa com essas coisas, que acha que só assim vai me conhecer.

— Já conheço.

— Não conhece — murmurei.

Ele pensou um pouco.

— Pois o que eu conheço já está muito bom.

Mas não estava sendo sincero. Isaías era um péssimo mentiroso. Não à toa a falecida esposa descobria as traições e a filha fez uma expressão condescendente quando ele, seríssimo, marcou um jantar para contar-lhe sobre nós dois. Por isso, resolvi lhe dar aquele presente e abri uma fresta.

Nossa conversa naquela noite girou ao redor de João Valdenir, do Muquifo, de Maca, e de uma pequena parte dos meus pânicos. Ele me escutou em silêncio, fazendo perguntas pontuais sobre o que não entendia, especialmente o que se relacionava ao universo extraterrestre dos punks. Omiti as partes mais comprometedoras para não deixá-lo excessivamente preocupado, e também falei muito vagamente do meu período no hospício, apenas para explicar como um médico canadense me faria professor de inglês. Fora isso, contei mais ou menos a verdade. Uma versão tolerável da verdade, ao menos, culpando as alucinações da droga pelos acontecimentos mais estranhos.

Quando terminei, os olhos cegos de Isaías estavam marejados.

— Meu amor — foi sua resposta, e apertou o meu joelho.

Ainda conversamos sobre outros assuntos até ele ser vencido pelo efeito dos remédios. Sua cabeça caiu lentamente pro canto do travesseiro e ele adormeceu respirando pesadamente. Não acordou mais. Inventei um monte de pretextos para me ocupar, como buscar uma manta mais grossa para aquecê-lo ou um travesseiro extra que lhe erguesse os pés e melhorasse a circulação. Mas logo não havia mais o que fazer e tive que avisar sua filha.

Isaías deu os últimos suspiros com os dedos da filha a lhe apertarem a mão. Me mantive no corredor, como um covarde. Soube que tinha partido quando os soluços no quarto se tornaram mais altos. Somente então fui chorar no banheiro. Dos três homens que amei na vida, Isaías foi o único que não vi morrer, pois foi o único que não matei.

Primeiro Caderno

Escorada na janela, Josefa se compadecia das acácias esmagadas pela luz. O sol dos Inhamuns vencia a borda de todas as coisas e o calor que subia da terra deixava até as lagartixas indecisas. Sem o menor suspiro do vento, podia-se ouvir a conversa dos mascates no alpendre do outro lado da casa-grande. Chegavam a Cococi com histórias de negociações de couro e novilhos, avistamentos de bandos de aves famintas, sangrentas disputas entre os gentios e as tropas do pai de Josefa, o Coronel Francisco Alves Feitosa. Mas todas aquelas novidades, que costumavam entretê-la nos arrastados fins de manhã, esvaíam-se de encanto. Não sabia dizer por quê, mas suas mãos tremiam sobre a saia e seu corpo inteiro ansiava por algo indefinido. Andava assim nos últimos dias, tomada por uma ardente inquietação, surpreendendo as escravas com pedidos de água fria para se lavar ainda antes do primeiro cantar do galo, tal o sufocamento que se apoderava de suas entranhas.

Sabia que não eram as quenturas de noiva sobre as quais avisara sua madrasta, Dona Isabel Maria, pois nenhuma outra reação lhe causara o futuro esposo além de repulsa. Tinha visto as barbas brancas do Sargento-mor Francisco Ferreira Pedrosa pela primeira vez na semana anterior à viagem de seu pai e, embora tivesse tido o sono perturbado por lodosos pesadelos com a noite de núpcias, aceitara a tarefa com resignação e até certo desprendimento. Afinal, todas as mulheres precisam se casar, pois todas as mulheres precisam parir, e, a começar pelos irmãos mais velhos, Josefa jamais conhecera homem que, cedo ou tarde, não acabasse por lhe provocar asco, então já esperava por um destino igualmente asqueroso. Não, o três vezes viúvo, e ainda sem filho varão, Sargento-mor Francisco Ferreira Pedrosa não ocupava particularmente seus pensamentos; o que ela sentia era mais como o abafado que se instala antes da chuva, um preparado de expectativas sem razão de ser, ainda que a artéria em seu pescoço latejasse os avisos mais funestos: muito em breve, algo aconteceria, algo inesperado, diferente e, de um jeito misterioso e irremediável, terrível. Já havia sentido aquilo antes, mas não conseguia recordar quando.

A angústia se adensou quando o badalar do sino da Igreja de Nossa Senhora da Conceição atravessou o descampado, marcando a hora-grande do meio-dia em toques mais preguiçosos que o habitual. Josefa estremeceu como se as doze badaladas viessem de dentro de seus próprios ossos, e, no mesmo instante que o sino fez silêncio, uma nuvem de poeira vermelha levantou-se do terreiro, girando em círculos diminutos antes de se desfazer. Os mascates calaram-se e até os mugidos longínquos do rebanho se interromperam. Por um momento, ela teve a impressão de respirar fogo, com o gosto férreo da terra seca na garganta. Quase acreditou estar finalmente sendo levada aos céus, eternizada em sua virgindade de santa, mas foi salva por batidinhas na porta que a despertaram para o almoço.

A enorme mesa de mogno posta apenas para duas pessoas pareceu-lhe absurda, com as travessas recheadas de charque boiando em ilhas de sebo. A gordura, misturada ao cheiro adocicado do licor de jenipapo, só piorava seu enjoo. Ao redor, as criadas se moviam devagar, abanando-se com leques de palha, e Dona Isabel Maria, sentada à cabeceira, batalhava contra o suor com um lenço de renda. Josefa recostou-se na cadeira de espaldar, incapaz de erguer os talheres dispostos à sua frente. Ninguém teve forças para conversa e, apenas quando o último prato de comida intocada foi retirado pelas criadas, Dona Isabel Maria rompeu o silêncio.

— Filha — disse, embora fosse apenas um ano mais velha que Josefa —, teu pai mandou carta do Crato. Chega dentro de um mês, com o trato das terras fechado com teu noivo. O casamento se dará logo que ele bote os pés aqui. Padre Mendes já foi posto de sobreaviso.

— Sim, senhora.

— Convém que te apresses com o enxoval. Está pegando poeira no quartinho de costura.

— Dorotéa há de me ajudar.

— Essas bárbaras não têm mãos para isso. E labirinto é a única coisa que tu sabes fazer direito.

Josefa abaixou o olhar:

— Sim, senhora.

Dona Isabel Maria bateu de leve no tampo da mesa para espantar as moscas:

— Pois vai-te logo. Quanto antes, melhor. Tuas rendas hão de luzir no dote, que o Coronel teu pai não há de pagar promessa em pano roto.

Josefa levantou-se e atravessou o corredor. Na saída do pátio, o clarão golpeou-lhe as pupilas, e precisou apertar os olhos para não se perder no branco absoluto. Ergueu a barra do vestido para enfrentar o terreiro incandescente. Ao fundo, erguia-se o quartinho de costura, um cubo de taipa caiada, telhado de palha em duas águas, separado da casa para evitar incêndio.

Apesar da contrariedade, Josefa amava o ofício do bordado, especialmente os pontos de labirinto, aprendido com uma velha cativa chamada Maria de Fátima que, durante a longa travessia pelos sertões, ocupou o lugar de sua falecida mãe. Maria de Fátima lhe mostrara a promessa de liberdade em linhas que criavam desenhos e caminhos secretos. A gente pode viver que nem umas aranhazinhas, dizia-lhe. É só ficar assim, mexendo as nossas teias na surdina, e ninguém percebe quando a gente pega um bichinho. Falava isso e dava um pinote para agarrar Josefa. Poucas coisas faziam Josefa sorrir; lembrar daquelas tardes com

Maria de Fátima era uma delas. Talvez um dia conseguisse capturar algo de especial com seus bordados.

Empurrou a porta do quartinho. O ar ali dentro era ainda mais irrespirável, pesado de pó e do perfume acre dos bastidores de angico. A luz arranhava as paredes pelos pequenos espaços nas palhas do teto, deixando palpitantes zonas de escuridão. Empilhadas sobre um baú, dormiam colchas inacabadas, camisolas por alinhar, fronhas à espera de renda, tudo coberto pelos lençóis de linho que Dorotéa colocara para proteger da poeira. Josefa retirou as cobertas e ficou olhando para aquela pequena montanha branca, tentando decidir por onde começar.

Antes de alcançar o primeiro bastidor, sentiu um repuxar no couro cabeludo como um pressentimento, surpreendida pelo solitário canto de uma graúna. Voltou-se para a porta. Lá fora, a casa-grande cintilava. Dos alicerces ao frontão, parecia descolar-se do eixo, prestes a se erguer. As colunas da varanda tremiam, entortadas como varas de carnaúba, e mesmo os pilares quadrados do segundo andar derretiam num suadouro de cal, incapazes de conter o próprio peso. Josefa piscou forte e a visão se recompôs de imediato, a casa-grande de novo sólida, ainda que a imagem latejasse na cabeça. O mormaço lhe pregava peças.

Catou duas fronhas já presas aos bastidores, rindo de seus delírios. Mas o riso morreu na garganta quando alguma coisa se retesou debaixo dos tecidos. Não era o vento, não havia vento nem rato, pois bicho algum se atreveria a se meter ali naquele calor absurdo. Josefa levantou devagar a segunda camada de pano, a pele esfriando apesar do forno que a rodeava, e a coisa se moveu outra vez sob a leve cúpula de linho. Aquilo que se escondia debaixo dos panos agora soltava um frágil ruído, como um ronco agudo, e se agitava para escapar do esconderijo.

Brotaram dois bracinhos de pele avermelhada, e a pequena criatura se arrastou para fora dos tecidos. Era um bebê carnudo, com dobras de pele acumuladas no lugar da boca e do nariz. Tinha, porém, um par de olhos dourados, com pupilas retangulares como fendas: olhos de bode. Do queixo brotava uma barba cinza e embaraçada, culminando em cachos amarelados. Repetindo os gemidos roucos na garganta, pôs-se a engatinhar na direção de Josefa, os olhos de bode cravados nela, insondáveis, e a barba rastejando como um babador preso ao pescoço.

Josefa cambaleou e bateu as costas na parede. Tentou empurrá-lo com o pé, mas as pernas endureceram, e ela escorregou inevitavelmente para o chão. O bebê bode acercou-se, arrastando consigo um dos bastidores enganchados na maçaroca da barba. Tocou a ponta do sapato de Josefa, e ela, mesmo sem conseguir distinguir cheiro algum, soube que o bebê fedia a chiqueiro e currais. Ele começou a escalar a pele de Josefa com dedinhos viscosos, insinuando-se por baixo da barra do vestido, subindo pela canela, pelo joelho, deslizando lentamente pelo interior da coxa, até finalmente alcançar sua intimidade. A dor veio súbita e dilacerante. As vísceras se retorceram, e Josefa levou as mãos à barriga inflada para impedir que fosse partida ao meio. Mas a pele se esticou, com aquilo abrindo caminho entre suas carnes. Num instante alucinado, Josefa ainda pensou nas advertências da madrasta sobre o perigo de contrair males de útero antes do casamento, e talvez por isso conseguiu se lembrar da própria voz.

Soltou um berro que fez vibrar as paredes do quartinho e caiu de costas sobre a poeira, o mundo reduzido ao zumbido de sangue nos ouvidos. Num último esforço, conseguiu se jogar para fora, queimando as palmas das mãos na areia do terreiro. Pediu socorro primeiro a Deus, à Virgem Nossa Senhora e aos santos, depois a qualquer coisa que pudesse ouvi-la, no céu, no chão ou além, alguém que a salvasse, alguém que retirasse de dentro dela o monstro e o impedisse de retornar. Alertadas pelos gritos, as criadas correram para erguê-la, agitando as saias para desafoguear-lhe o rosto.

— Menina, que foi isso?

— O bebê, o bebê bode.

— Que bebê? Que bode?

— O bebê bode que entrou aqui dentro.

Tentou se explicar, mas os pensamentos não prosperavam na boca. Enquanto balbuciava, entregue aos braços das mulheres, mãos apertadas ao ventre, notou que estava de novo reta, a barriga vazia exceto por espasmos. Deixou-se conduzir para a sombra da varanda, onde teve a cabeça banhada com água de moringa. Nenhuma mancha na roupa, nenhum sinal do que passara, além do suor empedrado em grandes círculos escuros no vestido.

Dona Isabel Maria surgiu com as sobrancelhas arqueadas, abanando o pescoço brilhante com dois leques.

— Que alarido todo é esse?

— Assombração de quentura, sinhá — respondeu Dorotéa, molhando os cabelos de Josefa. — O sertão engana o juízo de quem não tem malícia pra fantasma.

— Deixe de besteira! Isto aqui é casa de cristãos.

— Foi o calor, senhora — conseguiu dizer Josefa. — Tive um passamento.

Dona Isabel Maria esperou a enteada recobrar a cor e estalou os dedos. Uma das criadas se empertigou, atenta.

— Traga o conjunto de linho lá do quartinho — ordenou. — E os bastidores também. Se Josefa não aguenta andar até lá, que o enxoval venha até ela.

Josefa quis gritar que não, que nada naquele quarto de costura devia ser tocado nunca mais. A voz, porém, novamente caiu vítima do cansaço. Conformou-se com o arrepio a percorrer-lhe a espinha quando a criada se retirou rumo ao quartinho e apareceu de novo com os tecidos refulgentes nos braços. Tinha sido apenas mais um de seus desvarios, concluiu, temendo, no entanto, que a alucinação pudesse ter algo de profecia, atemorizada de se ver novamente diante daqueles olhos, daquela cara macilenta, daquelas mãozinhas ensebadas, daquela barba imunda. E o ronco.

Não havia ainda como saber que a terra responderia aos seus chamados.

2.

JOANA, A LOUCA

Joana resolveu cruzar a porta
Enfrentar a noite escura e estrada perigosa
Deixou apenas um recado amargo
Mais tarde lido a todos transmitido pelo rádio
A cidade logo entrou em polvorosa
De amigos e família até a gente poderosa
Joana era o choro do prefeito
Cartazes pelos postes e oitocentos mil panfletos

(Refrão 2x)
Joana está perdida
E agora ninguém sabe o que fazer da sua própria vida

Joana está perdida
E militares ansiosos torturam suas amigas
Joana está perdida
E os pais mais preocupados bloqueiam as avenidas
Joana está perdida
E os piores curiosos reabrem as feridas
Porque, Joana, se você está perdida
Todos se perguntam onde estava a saída

Outubro de 1986.

Podcast Em Busca do Lixo, Episódio 2: A gata e o punk

Alessandra Moretti: De todas as histórias que ouvi sobre o incêndio no Muquifo, uma ficou me assombrando: o gato morto. Eu sou tutora de três gatos e uma cachorrinha, óbvio que não estava pronta para descobrir que um animal havia sido encontrado ao lado do corpo de Jota. Foi algo que Jucélio falou sem dar muita importância, para ele era só mais uma estranheza, e isso até poderia ter passado batido, como quase tudo nesse caso. Porque é claro que ninguém ligou muito para esse tipo de detalhe. Não há sequer uma matéria de fôlego sobre o incêndio nos grandes jornais de Fortaleza. Na época, apenas o jornal *O Povo* dedicou ao caso uma tímida notinha:

Alessandra Moretti [voz com efeito de gravação]: "Incêndio criminoso mata jovem no Monte Castelo. Vítima é morador de rua que ocupava terreno irregular. Polícia investiga. A suspeita é de homicídio."

E nada de falar do gato. Ou melhor: da gata.

Marimbondo: Quando foram mexer lá, num tinha mais nada, o fogo tinha comido tudo. Eu cheguei no Muquifo de manhã, né, depois de saber do ocorrido. Foi o Didi que me avisou. E já tava assim de curioso lá em frente. Inclusive os filha da puta do time de futebol, que ficava atrás de pegar a gente pra bater. Tavam tudo lá assistindo. A polícia deu fim nas coisa logo rápido, levaram as evidência, né, então num tinha mais nem o que ver nem nada. O povo é que ficou comentando, e foi aí que eu descobri do João, né, que só podia ser ele que tinha morrido, porque tavam dizendo que tinham encontrado um homem e um gato carbonizado. Aí eu pensei: "Vixe, é o João e a gata da Maca". Na hora eu fiquei tão assim que nem prestei atenção em mais nada, nem sabia que já tinham levado também a Maca, que ela tava bem, quer dizer, tava daquele jeito, né, mas tava viva. Pensei foi que ela tinha morrido também, porque num tinha jeito nem maneira de separar ela daquela gata, não. A Maca só andava encangada com aquela gata dela. Caetana, o nome.

Olá. Eu sou Alessandra Moretti e estou *Em Busca do Lixo*.

[Vinheta de apresentação do programa.]

A gata voltou a aparecer em outras conversas e entrevistas, e fui entendendo que ela exercia um papel de talismã no grupo. Estamos diante de mais uma camada de mistério, outra coisa à qual ninguém deu atenção: por que havia o cadáver de uma gata junto ao corpo de Jota?

Saio cedo do hotel e chamo um carro por aplicativo. A viagem é longa: vou até Eusébio, um município na zona metropolitana de Fortaleza. Tenho entrevista marcada com Laion, cujo nome real é Lair Azevedo Saraiva, hoje professor de sociologia e grande conhecedor daquela época. Ele viveu intensamente as noitadas nos bares e galpões que surgiam como formigueiros nas periferias, incluindo o Muquifo, onde dormiu por várias noites. É de sua autoria um trabalho de referência sobre os primeiros punks da capital cearense, a dissertação *A revolução não marca hora: contracultura, politização e resistência na cena punk de Fortaleza (1980-1989)*.

O carro para na frente de um condomínio fechado. As casas são todas pequenos duplex de classe média. Falo com o porteiro, que interfona antes de abrir o portão e me indicar o caminho. Passo em frente a carros prateados estacionados nas saídas das garagens, contando cada porta para não me confundir. Não seria necessário, pois vem ao meu encontro um homem grande e sorridente, de cabelo curto rareando no topo da cabeça, vestido com uma camisa preta em contraste com a bermuda laranja. Um típico pai de família. É Laion.

Alessandra Moretti: Aqui não parece muito a residência de um punk.

Laion: Ah, minha filha, a gente fica velho e precisa de sossego, né. Eu agora quero é tranquilidade. Mas ainda escuto meus rock, viu?

Ele me conduz para a sala de sua casa, onde o punk não morreu, mas precisou aprender a conviver com o sistema. Na parede, ainda resiste uma bandeira anarquista ao lado das fotos de formatura de uma moça cujo sorriso deixa claro se tratar da filha de Laion. Ele me conta, orgulhoso, que a mais nova já está no último ano de enfermagem. Em seguida, faz questão de me mostrar sua coleção de discos, guardados ao lado de uma biblioteca não menos impressionante.

Laion: A gente saía dum show, às vezes lá na pista da Barra, no Davis Clube, em algum canto improvisado, e tirava o estirão a pé até o CREVE, ou descia prum outro bar qualquer. Depois, quem ainda tivesse coragem, colava lá no Muquifo pra ficar ouvindo Ramones, que o Jota puxou energia pra lá e ainda arrumou um aparelhozinho de som. Quando tava lotado, a gente dormia no mei do mundo mesmo. Ruim é que às vezes acordava com a polícia metendo a sola, né. Era bebedeira de cachaça ruim, cigarro paraguaio, maconha com bosta de vaca. É, minha filha, aquela época era osso. Quando num tinha o que comer, ou o Jota levava a gente lá pra casa da mãe dele, isso lá no Lagamar, que era longe pra desgraça, ou então a gente ficava catando moeda pra dividir uma merenda com todo mundo. Só quem não passava ruim era a Caetana. A gata da Maca, né. Ah, aquela lá num ficava sem comida, mas nem... A bicha era bem tratada demais. Taí. Também era uma gata bonita, dessas gata de três cor, de rabo flocado, sabe, assim, peludona. Sei que ela seguia a Maca pra tudo quanto é canto, até nas festa. Teve briga feia por causa disso. Tinha quem num gostasse, mas o Jota... Rapaz, se mexesse com a gata da Maca era mesmo que mexer com ele.

Segundo Laion, a gata se tornou símbolo de alguma coisa que unia Maca e Jota, um elo felino nos encontros para fumar e conversar sobre ideologia punk e nos ensaios da banda que haviam fundado juntos, a *Partido Contra*. Nos folhetos dos shows, o nome da banda vinha sempre acima de um desenho feito pelo próprio Jota: o crânio de um gato com caninos exagerados.

Laion: Primeira vez que eu vi a gata da Maca no meio da galera, eu fiquei chocado. Pensei assim: "Como é que pode essa gata bem calminha junto dum bando de louco como a gente?", né. Uma barulheira danada e a gata nem como coisa. Era um negócio muito diferente. Eu ficava impressionado, porque a Maca ia na frente e a gata bem direitinho seguindo atrás. Quando era show da *Partido* e a Maca ia cantar, a gata ficava no cantinho assim, bem paradinha. Pra falar a verdade, eu tinha um pouco de medo daquele negócio ali, porque a gente achava que era coisa do Nhewó, né? Essas parada mais esquisita era tudo arrumação dele.

Alessandra Moretti: O Nhewó era o guitarrista da *Partido Contra* que entrou no lugar do primo do Jota, né? Que a Maca trouxe.

Laion: Num sei se foi a Maca que trouxe ele, não, mas sei que o pobre do Carlito Pau-de-Gato num teve nem tempo direito de tocar na banda e chegou esse maluco aí do nada pra ser o novo guitarrista. Ele pelo menos tocava melhor que o Pau-de-Gato, coitado, que se enrolava. A *Partido* não tinha baixista, né, era só voz, a guitarra e a bateria, aí qualquer coisinha que errasse... Mas enfim, o Nhewó era de pouca conversa, né, muito fechado, e tinha um jeito assim, como é que se diz, um jeito diferente, parecia estrangeiro, sei lá. Andava com umas roupa mais dark do que punk, sabe? Foi ele que deu a gata pra Maca. A Caetana. Pois é, foi ele. Aí pra ser sincero eu tinha um pé atrás.

Alessandra Moretti: Por conta da gata?

Laion: Porque ele era esquisitão. Quase num falava. E tinha uns lance esotérico, assim. E foi ele que meteu a Maca nessas parada. Tanto que ela até deixou de andar com a Ferrosa.

Alessandra Moretti: Quem era a Ferrosa?

Laion: Uma amiga de infância da Maca que às vezes colava nas festa. Num era punk, mas era gente fina. Também num era metida nesses lance de magia, não.

Alessandra Moretti: E o Jota?

Laion: Ah, depende. Eu sei que ele num curtia essas coisa. Só que também num reclamava, porque até onde eu sei o Nhewó ficou morando lá com eles no Muquifo.

Alessandra Moretti: A Maca namorava o Nhewó?

Laion: Namorava era os dois! Minha filha, olhe, ali... Ali tinha um negócio, sabe? Eu num sei explicar. Era eles três e a gata. Parecia uma família. Tu sabe a briga no Duques e Barões? Pois essa briga aí foi toda por conta da gata.

O Duques e Barões era um famoso bar localizado no cruzamento entre as ruas Duque de Caxias e Barão do Rio Branco, no centro de Fortaleza. Nos anos 80, passou a ser frequentado por todo tipo de roqueiro, inclusive grupos rivais, como os punks e os fãs de heavy metal.

Laion: Tava lá a nossa turma, né, todo mundo de boa, mesmo, assim no nosso canto, e aí chega uma porrada de headbanger. Cara, o Jota sempre fazia um discurso de união, era totalmente contra briga entre a galera da cena e tal, mas assim, o cabra era macho, tá entendendo? Apesar das loucura toda, era um cara muito correto, num admitia vacilo, num admitia frescura, desaforo de galera nenhuma. Então o que aconteceu é que um headbanger que tava muito louco tirou a jaqueta, assim, enrolou na Caetana e saiu correndo com a coitada da gata só pra sacanear. Minha amiga, o Jota cegou. Pense, aquele negão gigante, banguelo, que era meio tenebroso o visual dele, né, saiu na carreira atrás desse metaleiro. Pegou ele num tinha nem chegado na esquina. Aí eu sei que peia pra dez esse headbanger comeu sozinho. A partir daí foi que a porradaria se generalizou, mesa voando, cadeira, gargalo de garrafa... Num sei como num terminou em coisa pior. Eu fiquei todo quebrado. O Jota era um cara que era muito amigo, muito tranquilo, assim, mas tinha isso, ele num aguentava brincadeirinha, não. Podia ser seu melhor amigo, mas se você fosse com gaiatice, o caldo azedava. Ainda mais se fosse com a Maca ou com a gata dela.

Alessandra Moretti: E a gata, ficou como nessa confusão toda?

Laion: Minha filha, a gata foi como se num tivesse acontecido nada. A bicha era fria, tô lhe dizendo. Enfeitiçada.

Como tudo na história de Jota, há outra versão para a lendária briga entre punks e headbangers, com um motivo muito mais trivial e infelizmente comum do que uma gata com ares mágicos: assédio. Quem conta é Euclides Michel Almeida, o ex-baterista da *Partido Contra*. Desde 1987, o ano da morte de Jota, Euclides vive nos Estados Unidos, e por isso tivemos que conversar por chamada de vídeo.

Euclides Almeida: Ah, cara, o João era maluco, mas um maluco que dialogava com a galera, assim. Aquela coisa, né, porra, que que adianta a gente ficar brigando se somo tudo marginal, entendeu? Marginal pra sociedade burguesa e tal. É isso que o sistema quer pra gente. Num sei onde que ele aprendia essas coisa, mas o bicho sabia falar, tinha noção de tudo, tinha conhecimento de movimento, né, dos movimentos sociais, dos grupo de anarquista. Ele começou toda uma politização, digamos assim, da cena, né, da cena na época. Acho que, por conta dele, Fortaleza era uma das poucas capitais onde você via punk trocando ideia com headbanger, que trocava ideia com hippie, e com a velha guarda, e por aí ia.
Alessandra Moretti: Mas teve a briga no Duques e Barões.
Euclides Almeida: É, só que isso aí, foi o seguinte. Era muita droga também no juízo da galera. Todo mundo tomava umas coisinha, às vezes mais, às vezes menos. Bom, eu sei que nesse dia a gente chega lá no bar e tá lotado de *headbanger*. Aí passa a Maca, toda lindinha e tal, e um dos maluco vai e mexe com ela, disse num sei o que lá, e tomou na cara, né. Parece que ainda quis inchar pro Nhewó, falou umas parada lá pra ele, sabe. Coisa homofóbica, assim, da época, né. Nisso que começou a briga toda.
Alessandra Moretti: Começou com o Nhewó?
Euclides Almeida: Com a Maca, mas obviamente o João se meteu e a gente foi junto.
Alessandra Moretti: E a gata?
Euclides Almeida: Que gata? A Maca?
Alessandra Moretti: A gata da Maca. A Caetana.
Euclides Almeida: O que tem ela?
Alessandra Moretti: Ela não tava lá na hora?
Euclides Almeida: No bar? Não, não, a gata ficava no Muquifo.
Alessandra Moretti: Mas já me disseram que a gata foi pivô da briga.

Euclides Almeida: Olha, eu, pelo menos não me lembro dela por lá, não. Assim, né, como eu disse, eu vivia loucaço nessa época. Pode até ser, mas eu acho difícil, porque a Maca tinha uma frescura medonha com aquela gata.
Alessandra Moretti: Então, pra eu entender aqui, a briga começou porque um headbanger assediou a Maca e o Nhewó foi tirar satisfação.
Euclides Almeida: Não, quem foi tirar satisfação foi a própria Maca. O Nhewó num fez nada. Depois é que foi se meter o João e todo mundo. A Maca era foda, punk assim de verdade, mesmo, sabe? Num digo nem só porque ela tinha aquela voz lá dela, que chamava a atenção e tal, mas é que a menina largou a família, saca, pra ficar no meio de nós, dos fodido. Quando o João meio que largou a banda, quer dizer, deixou de fazer as música, ela segurou a barra sozinha, mostrou umas letra dela e tal. Ela fazia só o que queria, num afinava, não.
Alessandra Moretti: Ela e Nhewó namoravam?
Euclides Almeida: Assim, era ela, o João e o Nhewó. Dona Flor e seus dois marido... Só que foi ficando meio estranho, porque... Num é que eu bote a culpa no Nhewó pelo fim da banda e do nosso grupinho, nada disso, mas é que... Quando veio o Nhewó, assim, era... Era estranho, entendeu? Estranho. E o João se afastou da gente, ficava só andando com o Nhewó pra todo canto. Assim, foi ele que apareceu com a Caetana, e ficou aquele negócio de gata isso, gata aquilo, gata pra lá e pra cá. Isso e as outras coisa. Tudo estranho, sei lá.

[Som de clique em gravador.]

Laion: Foi se formando esse triângulo, e aí num tinha jeito de dar certo. Assim, acho que uma parte da galera se incomodava com o jeito do Nhewó porque, na época, ainda tinha muito isso de preconceito, e o maluco tinha um jeito meio abaitolado, mesmo, desculpe a palavra. Afeminado, digamos assim. Nada contra, de jeito nenhum, só que a galera ia ficando com um pé atrás. Aí um dia perguntaram pro Nhewó se ele era homem ou mulher e ele ficou calado. Quem respondeu foi a Maca. Sabe o que ela disse? Nem um nem outro. Olha só. Tava à frente do tempo, né não? Aí o Jota ficava muito junto com o cara, e a Maca também, aquele núcleo deles três ali muito fechado, só eles mesmo. Eu entendo que começou a ficar assim até porque eles queriam se preservar, né, mas aí o Jota foi se afastando da cena, a Maca ficou tocando a banda sozinha, mudou as músicas, ficou uma parada mais sentimentaloide e tudo, que era meio que a pegada dos dark, né, dessa galera tipo o Nhewó. Então, quando rola o incêndio, acham a coitada da Maca na calçada, perturbadazinha do juízo, o Jota morto com a gata, e ninguém encontra o Nhewó, ninguém tem mais notícia dele, que que você acha que é pra gente suspeitar?

A opinião de Laion é compartilhada com a maioria dos punks que tive a chance de entrevistar. Depois da chegada de Nhewó, o clima geral passou a ser de desconfiança. Há todo tipo de rumor, de feitiçaria a desaparecimentos não confirmados. O nome de Nhewó desperta esse tipo de reação.

Não é difícil imaginar como essas ideias poderiam confluir com a presença de uma gata que, ao menos para a Maca, representava mais do que um animal de estimação. Tanto Laion quanto Euclides garantiram que Caetana tinha um certo poder simbólico dentro do grupo, e que Maca quase rezava para ela. Chamava a gata de "bruxinha".

Brincadeira ou não, tinha gente que se impressionava.

[Transição sonora.]

No Benfica, na casa dos pais de Maca, eu a observo deitada na cama, catatônica, em um silêncio de décadas. O pai, Seu Antônio Andrade, foi quem me recebeu e me trouxe até o quarto da filha. Ele tem mais de 80 anos, e, embora eu ache que tem um aspecto bastante vigoroso para a idade, me pergunto o tamanho do esforço que precisa fazer para seguir cuidando de Maca após tanto tempo.

Alessandra Moretti: O senhor sabe o que foi que aconteceu com ela naquela noite?

Ele me olha com uma melancolia infinita e balança a cabeça.

Antônio Andrade: Marluce! Ô, Marluce!

[Som de passos arrastados.]

A mãe de Maca é um pouco mais jovem que Seu Antônio. Me apresento e percebo logo que, ao contrário do marido, é difícil convencê-la a conversar comigo. Dona Marluce é uma mulher prática, e estou disputando o seu valioso tempo com inúmeras atividades muito mais importantes. Prometo ser breve. Mas é quando falo da admiração que comecei a ter por sua filha que ela começa a se desarmar.

Marluce Andrade: Marusca fugiu de casa novinha demais, tinha acabado de virar moça. Num sei se já andava metida com aquela gente... Ela antes até que era ajuizada, gostava muito da avó dela, minha mãe, até porque as duas tinham o mesmo nome. Eu e Antônio rezamos, pedimos muito a Deus, a Nossa Senhora, mas a Marusca se perdeu na vida. Voltou ainda uma vez, coitada, toda assustadinha. Passou uns dias e sumiu de novo. Já tava envolvida com esse tal de Jota do Lixo. Olha o nome! Num se engane, minha filha, esse aí era um fino traficante. Quase que acabou com a nossa vida.

Antônio Andrade: Uns baita duns arruaceiro, uns cabra vagabundo que vivia sendo preso, mas a justiça do Brasil, né?
Alessandra Moretti: Vocês chegaram a conhecer o Jota pessoalmente?
Marluce Andrade: Ave Maria! Não.
Antônio Andrade: Eu tinha matado. Se eu me encontrasse com aquele sujeito, juro a você que eu matava, Deus me perdoe.

Mudo logo de assunto. Pergunto se Maca gostava de gatos. Dona Marluce conta que a filha era fascinada por todo tipo de bicho, gato, cachorro, passarinho. Ela se levanta para buscar o álbum de fotos e me mostra Maca criança, com 3 anos, deitada ao lado de um cachorro caramelo. Outra foto mostra Maca agachada na calçada fazendo carinho num gato de rua.

Marluce Andrade: Ela sempre foi assim de gostar de animais. Bem pequeninha, uma vez saiu aí pela porta atrás desse gato e quase que se perdeu.
Alessandra Moretti: Vocês sabem que no terreno onde Maca vivia também foi encontrado o corpo de uma gata?
Antônio Andrade: Sim.
Alessandra Moretti: Era a gata da Maca, né? Tinha nome. Chamava Caetana.
Marluce Andrade: Olhe, minha filha, isso é muito doloroso pra gente. Você é uma menina muito boazinha, não tem problema, mas é que isso tudo...
Alessandra Moretti: Eu entendo, Dona Marluce, imagina. Sei que é difícil.
Antônio Andrade: Na época, a polícia chegou a suspeitar da Marusca, porque ela saiu sem um arranhão...
Marluce Andrade: Foi um milagre.
Antônio Andrade: Um milagre. Mas a polícia, eu sei que suspeitava. Absurdo total, uma criança da idade da Marusca... E olha como ela ficou. Olha como ficou a menina. A

gente também quer explicação. Até hoje, nada. Nunca que se investigou isso.
Marluce Andrade: E muita gente dizendo que era fingimento.
Antônio Andrade: Inclusive o povo lá do lado do vagabundo.
Alessandra Moretti: A família dele?
Antônio Andrade: Sim, a mãe.
Marluce Andrade: Difícil demais, meu Deus. A vida da gente é muito frágil. Marusca foi uma vítima. Se não fosse, ela tinha salvado a gatinha dela.

[Transição sonora.]

No próximo episódio de *Em Busca do Lixo*:

Laion: É, eu nunca gostei dele mesmo, não. Do Nhewó. Ele era o mais estranho dos estranho. A começar pelo nome. Mas eu num gostava dele num era por isso, não. O problema pra mim é que ele mexeu com a cabeça de todo mundo. A Maca, por exemplo, começou com essa história de virar bruxa, aí deitava a gata no colo e ficava cochichando no ouvido da gata, falando de viagem astral, essas loucura toda. E eu lembro do Jota, sentado assim, no canto, meio rindo, meio sério, só observando e fazendo assim com a cabeça, né, concordando. Mas quem veio com essa onda, se você for ver, foi o Nhewó. Foi depois que ele chegou.

Em Busca do Lixo é um podcast da Central Brasileira de Rádio, CBR. Eu sou Alessandra Moretti, apresentadora e roteirista. A produção é de Walter Cisne, com edição de Orlando Faria e checagem de fatos por Vanessa Carmo. A música foi composta por Rodney Ruas. Para ver fotografias, mapas, documentos e muito mais, acesse cbr.com/embusca. Siga o podcast em sua plataforma de streaming favorita e não esqueça de deixar seus comentários e sugestões em nossas redes sociais.

Até semana que vem.

Carlos Eduardo

Sempre me pergunto o quanto de meu primo restava em Jota no momento de sua morte. Isso a Maca não me esclareceu, e nos cadernos também não encontrei maiores explicações. Mas é impossível lembrar de seu olhar surpreso e ofendido sem concluir que sim, o brilho que apaguei foi um pouco também o de João Valdenir. Embora seja o seu rosto que me venha à memória quando desfio minhas culpas, ele não foi o primeiro homem que matei.

Antes, quando ainda não sabia o que implicava estar apaixonado, eu fantasiava que seria a pessoa mais bondosa e justa a ter pisado na terra depois de Cristo. Era nisso que meus pensamentos se ocupavam quando rezava. Certa noite, minha mãe me ouviu pedindo a Deus para me deixar forte o suficiente para ser capaz de acabar com todas as maldades do mundo.

— Tu quer ser forte, neném? Forte como?

— Que nem uma pedra — respondi.

— Mas pedra quebra, sabia?

Fiquei mudo diante daquela constatação óbvia. Como não tinha muitas referências, testei as variações que me vieram à mente: forte como cimento, tijolo, ferro. Nada vencia a resposta intransponível de minha mãe: quebra do mesmo jeito.

— O que não quebra — acrescentou finalmente — é água.

— Água é mole — desdenhei.

— Não, neném. A água é a coisa mais forte que existe. Eu, se pudesse, queria ser água. Aí entrava no rio pra brincar com os peixinhos. E água pode voar. Nuvem também é água, sabia? Já pensou poder cair lá de cima na cabeça do povo?

Eu desatei a rir daquela tolice, mas depois fui tomado pelo tipo de preocupação que inquieta as crianças:

— Mas e se as pessoas ficarem com sede e quiserem te beber, mãezinha?

Ela tentou me consolar, justificando que bastava sair de novo, porque ninguém consegue segurar água: "Já tentou prender o xixi?". Não deu certo. A imagem de ter minha mãe transformada em urina me fez chorar longamente. Dormimos abraçados na rede, como era costume quando seus clientes faltavam. Não sou capaz de recordar se ela me distraiu com uma canção de ninar ou apenas ordenou que eu me calasse de uma vez. O que sei com certeza é que pensei exatamente naquelas palavras anos depois, enquanto afundava a cabeça de Afonso na beira do riacho: a água é a coisa mais forte que existe.

Matar o meu tio me fez entender definitivamente que bondade e justiça raramente andam juntas. Percebi que até as maiores abominações podem se revelar muitíssimo justas, e não mudei de ideia nem mesmo quando encontraram o corpo na margem seca com as panturrilhas mastigadas pelos porcos. Me senti justo porque não fiz o que fiz por ódio, pelo contrário: amava-o. Foi o mais próximo que tive de um pai. Depois que minha mãe me deixou, com Afonso dividi minhas primeiras tardes de abandono. Todos diziam que eu era mais parecido com ele do que o próprio filho, João Valdenir. Me ensinava a mexer nos motores na oficina do Azeitona, genuinamente satisfeito com o interesse que João Valdenir nunca demonstrou. Foi nessa época que adquiri o hábito de andar com uma chave de fenda no bolso. Pegava da oficina, quase sempre esquecida sobre a bancada de ferramentas. Primeiro, achava que me fazia parecer mais velho, talvez útil. Depois, passou a ser uma proteção.

No fim do dia, Afonso me mandava para casa, e eu ficava com Tia Luci na calçada, olhando o riacho e esperando o seu retorno do boteco. Pelo andar, a gente media o quanto ele já vinha transformado pelo álcool. Aí eu torcia para que Tia Luci tivesse deixado a janta quente no prato, ou a rede armada caso ele quisesse dormir logo, ou tirado as roupas todas do varal, ou varrido bem a casa, ou lembrado de abastecer a moringa que ele gostava ao pé da rede. E que a água não estivesse morna. Se tudo corresse do jeito que ele queria, ainda restava torcer para Tia Luci não fazer a cara que o irritava, uma cara que ninguém via, somente Afonso, pois tentava quebrá-la aos tabefes. Então João Valdenir se metia e deixava a noite ainda mais interminável.

— Se tu encostar na minha mãe de novo, eu te mato.

— Me respeita que eu sou teu pai!

— Pois em mim tu pode bater, mas nela, não.

Como eu não era alto como o João Valdenir, procurava um canto para me esconder e por lá ficava até que Afonso se cansasse de espancá-lo. Claro que eu tinha medo, porém acho que suportaria uma vida inteira daquilo sem maiores danos, não fosse a vez que Afonso puxou uma faca para matar o filho. João Valdenir tinha começado a sair com o Marimbondo, que morava na casa ao lado, e logo pegou a mania de fazer discursos, compartilhando seus sonhos e planos conosco até no almoço de domingo. A cólera de Afonso foi se concentrando numa só palavra: "punk". Como não bastava o blusão cheio de ferros e os coturnos que arrumou sabe-se lá como, João Valdenir raspou o cabelo, exceto por uma estreita listra de cachos no topo da cabeça. Ainda fez questão de espalhar que o penteado novo se chamava moicano. O intolerável para Afonso não estava no comportamento estranho do filho, mas nas piadas que certamente foi obrigado a ouvir no bar, então já deve ter saído de lá assombrado pelo propósito da faca. Assim que viu o pai armado, João Valdenir pulou a janela e tudo não durou mais do que alguns minutos e uns gritos desesperados de Tia Luci, culminando no dia seguinte com os mais sinceros arrependimentos que acompanhavam todas as ressacas de Afonso. Mas, em mim, algo se moveu de forma irreversível.

Até então, João Valdenir era só o primo que fazia mais ou menos o papel de irmão mais velho. Lia comigo as revistas em quadrinhos, brincava, me botava apelidos — devo a ele tanto Carlito quanto o apêndice, Pau-de-Gato — e me protegia dos meninos mais velhos, que me perseguiam com as piores acusações contra a minha mãe. Ainda que verdadeiras, João Valdenir não deixava impune nenhuma boca que as pronunciasse. Fazia isso porque família é família, e um precisava cuidar do outro. Disse isso com a voz um pouco ofegante que sem perceber usava ao se abrir.

O jeito que encontrei de retribuir aquele cuidado todo foi me atocaiando num pequeno barranco, na parte mais escura do caminho entre o bar e a casa, à espera de uma noite em que o passo de Afonso tropeçasse mais que o habitual. Não acreditava realmente que ele fosse capaz de matar o único filho, embora eu retomasse a cena para me injetar coragem. No entanto, estava convicto que João Valdenir acabaria inevitavelmente saindo de casa, por conta própria ou expulso, e essa possibilidade me esvaziava os pulmões. Perdi o apetite e fui ficando cada vez mais aflito, a ponto de associar Afonso até mesmo à fuga de minha mãe. Por um número interminável de noites, retornava para casa tentando repelir aquela loucura. Mas bastava me deitar na rede e pensar como seria viver naquela casa sem a iluminada presença de meu primo. Não havia nada capaz de me impedir.

Refletindo sobre os motivos que me levaram a evitar as primeiras tentativas de contato de Alessandra e seus reiterados pedidos de entrevista, sempre retorno à noite em que matei Afonso. Quando meus alunos do cursinho começaram a interromper as aulas para me perguntar sobre o podcast, pedindo detalhes e confirmações, finalmente me obrigando a ouvir os episódios então lançados, não foi a exposição o que a princípio me incomodou, nem o risco de Alessandra acabar chegando a Cococi — o que só passei a considerar mais tarde. Do título aos comentários, me aborrecia a fé de que havia um tesouro a ser encontrado remexendo esgotos tão antigos. Por isso, pensava na morte de Afonso. Ou melhor: como sua morte aconteceu para mim. De tudo, só me resta a experiência, e desconheço modo confiável de contá-la; agora mesmo, enquanto me lembro, acho provável que esteja inventando. Como descrever um menino de treze anos, reconhecidamente medroso, pulando nas costas de um homem feito? Um homem que poderia ser seu pai. Posso apontar as razões que me levaram àquilo — o medo de perder João Valdenir, a revolta à procura de alvo —, mas o menino ainda vai parecer tão distante de mim quanto um alienígena ou um super-herói.

No dia em que Maca me mostrou os cadernos e contou o que ela e Jota realmente andavam fazendo no Muquifo, pensei que, de certa forma, eu também já tinha vivenciado algo parecido. Que o menino puxando Afonso pro fundo da ribanceira só podia ser outro. Que eu, eu mesmo, não fiz nada, sequer tirei a chave de fenda do bolso, permaneci imóvel, o rosto virado pro outro lado e as mãos cobrindo as orelhas para não enxergar nem ouvir o menino em seu primeiro homicídio. Depois que tudo terminou, apenas lavei a lama das pernas e me afastei rapidamente do riacho. Entrevi o menino atrás de mim. Não disse nada, temendo que ele se assustasse com a gravidade do que tinha feito. Só tentei escapar. E como ele não se distanciava nem sequer o mínimo, finalmente me rendi e deixei que fôssemos de novo um só.

Segundo Caderno

Nos dias seguintes, o sol lavrou Cococi com paciência, sovando as horas numa só goma de calor. Josefa abandonou-se ao enfado, e a lembrança do bebê bode foi aos poucos sendo engolida pela morosidade das tardes alongadas. Passava os dias na varanda do segundo andar, ocupada com o enxoval, tentando enganar o suor com goles de água morna e o tique-taque preguiçoso da agulha no tecido. A luz refletida nos ladrilhos era tanta que o algodão dourava, e os fios até poderiam se parecer com vermes amarelados se contorcendo entre seus dedos se Josefa não se apressasse a remediá-los em um ponto. De vez em quando, ela ainda via, por um lampejo, as lâminas dos olhos do bebê, mas bastava o estalo de um galho para dispersar seus temores. Nessas horas, ela apertava as rendas contra o corpo e emendava uma oração, pois, embora empenhada em superar aqueles desatinos de moça impressionável, sentia ainda no ar um rangido inaudível, um juntar de fôlego para um acontecimento que ninguém previa e que tinha ou não a ver com ela. As maritacas gritando, o silêncio dos tambores além do rio, tudo pressagiava uma desgraça que, por qualquer motivo insondável, Josefa ansiava como se fosse milagre. Ela se surpreendia espiando o horizonte, buscando um sinal fora do comum, fumaça que surgisse onde não havia fogo para confirmar o descompasso de seu peito.

Mas o sol seguiu em sua rotina de atravessar o céu de um lado a outro.

Quando o enxoval já estava quase pronto e a vida parecia condenada a se repetir em clarões intermináveis e noites abafadas, aconteceu de uma nuvem se levantar no horizonte e escurecer o dia. Os uivos loucos do vento sobressaltaram as criadas, e elas tiveram dificuldade para fechar portas e janelas, temendo uma tempestade bíblica, mas tudo o que a ventania deixou foi uma grossa camada de poeira sobre o assoalho e uma visita inesperada no alpendre.

De olhos fechados, Josefa soube precisar o exato momento em que os delicadíssimos passos da visitante cruzaram o pórtico da casa-grande. Apressou-se para descer. Viu quando Dona Isabel Maria, muito sem jeito, teve que sair para receber a forasteira, pois os homens estavam ainda longe, metidos com seus assuntos, e também as irmãs mais velhas de Josefa já tinham há muito partido com seus maridos para sabe Deus onde para dar à luz sabe o diabo o quê.

A rápida apresentação aconteceu no alpendre mesmo, com os criados observando à distância e ainda sob o manto da escuridão fora de hora. Na violência desencadeada pelos ventos, ninguém sabia quem trouxera a recém-chegada ou quais caminhos havia tomado até a fazenda. Dona Isabel Maria apresentou-se e perguntou-lhe o nome. A visitante respondeu apenas:

— Moça. — E fez uma mesura.

Dona Isabel Maria sorveu o absurdo daquela resposta, talvez estudando a sanidade da outra, mas não ousou contestar.

— E de onde vens?

— Das serras.

— E o que queres?

— Repouso.

A recém-chegada usava roupas de feitura incomum naquelas bandas, nos melhores modos de uma dama da corte. Ou assim imaginou Josefa. Mas o que verdadeiramente a fascinava não era o vestuário, e sim o rosto moreno, limpo de artifícios, de contornos firmes e pele serena. Embora respirasse com certa dificuldade, sorria o tempo todo, e havia algo em seus olhos negros que despertou um rumor de espanto na casa-grande. Aos sussurros, as escravas atribuíram a chegada da dama a alguma crendice, mas Dona Isabel Maria, encantada com aqueles modos, permitiu que a mulher entrasse para encontrar repouso na hospitalidade dos Feitosa de Cococi. Se não o fizesse, Josefa seria capaz de se jogar aos pés da madrasta e suplicar até que mudasse de ideia. Mas por quê?

Arrumaram-lhe um quarto modesto na ala dos fundos, onde não se costumava entrar senão para buscar jarros de barro e trouxas de algodão cru. Ela aceitou sem protestos. Josefa espiou-a passar numa algazarra de tafetás engomados, rendas finas, sombrinhas de seda e pequenas arcas de madeira entalhada. Dela exalava um perfume que, mais tarde, a madrasta diria francês, produzido com água de flores que não brotam nesta terra desgraçada, mas que, para Josefa, lembrava o odor de cabras prenhas.

Tão logo a estranha se instalou, o sol voltou a desprender do chão o calor asfixiante de sempre. Mas a quentura não foi capaz de perturbar os sentidos de Josefa, inteiramente ocupada em adivinhar os movimentos da visitante através das paredes. Ouviu o ranger suave da madeira, e imaginou-a desfazendo suas bagagens, tirando toda sorte de mistérios para enfeitar o quarto mais sem graça daquela casa fastidiosa. Moça recusou o almoço, dizendo-se exaurida, e, para grande angústia de Josefa, encerrou-se no dormitório até o badalar das sinetinhas anunciando o jantar.

Surgiu com saias de um roxo muito profundo, com brocados de prata que faiscavam sob a luz das velas. Antes escondidos sob o véu de viagem, os cabelos agora caíam pelos ombros, escorridos e negros. Sua presença à mesa bastou para fazer calar os talheres, e até os dois velhos cães da casa, acostumados a dormir sob o oratório, ficaram inquietos, sem saber se permaneciam ou escapavam para o quintal.

Dona Isabel Maria fez questão de puxar conversa sobre os escassos assuntos que acreditava dominar: casamento e igreja.

Suas palavras encontraram pouco lastro. Diante de qualquer pergunta sobre suas origens, Moça desviava-se com sorrisos, dedicando a atenção a remexer um ovo cozido, sem jamais levá-lo à boca, e fingindo beber não mais que um gole de água, servida pelas mãos trêmulas das criadas. Cada gesto seu era observado por Josefa como quem aprende de novo o mundo.

Terminado o jantar, Moça sugeriu um recital. Corando até as orelhas, Dona Isabel Maria lamentou a ausência de um piano, impossível naqueles ermos, mas Moça ergueu a mão delicadamente. Não tinha importância. Tomou o centro da sala e começou a entoar uma melodia que ninguém reconheceu. A luz das lamparinas tremeluziu nas paredes, pintando acompanhamentos, e as saias ondulavam como um oceano de vinho tinto. O rosto de Dona Isabel Maria deixava transparecer o pasmo, enquanto as escravas tapavam a boca para conter suspiros. E Josefa, alheia a tudo o que não fosse a voz de Moça e os braços de Moça e os movimentos de Moça, sentia-se derreter pelas tábuas do chão. Percebeu-se rezando, pedindo a Deus que a cantoria cessasse, antes que a fizesse descobrir qualquer segredo que lhe endurecia o espírito. Estava a ponto de se levantar, de fugir e novamente gritar por socorro, de deixar que a voz expressasse a vertigem de sua pele, colada ao tecido do vestido, mas conseguiu conter o sopro de loucura, restando ainda os lábios entreabertos e os olhos rasos d'água, num misto de devoção e fascínio.

Quando, finalmente, o último sopro de melodia morreu no ar, não houve palmas nem exclamações, apenas a certeza de que não apenas Josefa havia sido tomada por aquele algo inexplicável. Moça pediu licença e despediu-se com outra exagerada mesura e o mesmo sorriso límpido de sempre. Dona Isabel Maria também retirou-se para seu leito, afobada, ordenando às criadas que limpassem os vestígios de poeira ainda espalhados pelos cantos.

Josefa ficou sozinha na sala de estar por um bom tempo, os olhos perdidos nos fundos do corredor que levava ao quarto da estranha, sentindo a pressão em cada um de seus músculos para que batesse à porta. Um arrastar de cadeiras na cozinha interrompeu-lhe o devaneio, e Josefa aproveitou para se refugiar em seus aposentos.

Trancou-se e apoiou a cabeça contra a madeira, os dedos formigando de um calor desconhecido, vivo e urgente. Caiu na cama de vestido mesmo, sem nem sequer puxar o mosquiteiro, cansada como nunca, porém incapaz de conciliar o sono. Tentava se forçar a pensar nas promessas impossíveis que lhe pesavam nos ombros, na forma do rosto do Sargento-mor Francisco Ferreira Pedrosa, em tudo o que precisava cumprir para não contrariar as vontades do pai, até mesmo nos olhos de ouro baço do bebê bode, mas nada era capaz de disputar espaço com Moça.

Uma claridade mínima se esgueirou por debaixo da porta. Josefa fingiu não vê-la, mas a luz insistiu, refazendo o caminho. Ao destrancar a porta, Josefa encontrou apenas um brilho vago, uma lembrança de luz, que partia e voltava para perto dela, como se buscando conduzi-la. Josefa passou por cômodos adormecidos, sem saber o que buscava, certa apenas de que não conseguiria retornar. A luz se apagou de vez diante da porta do quarto da visitante, deixando-a entregue ao escuro, com o punho suspenso no ar. Mas um medo repentino a invadiu, e ela recuou. Não chegou a dar três passos quando ouviu a voz:

— Olá.

Virando-se, encontrou Moça em pé na entrada do quarto, vestida com uma esvoaçante camisola negra. Ela estendeu-lhe o braço, convidando-a.

— Não consigo dormir — confessou Josefa.

— Nem eu — respondeu Moça. — Há noites que não servem para repouso. Vem.

Josefa aceitou o convite e entrou. Sentaram-se as duas sobre um imenso baú que ocupava o centro do aposento. A poeira ainda pairava no ar, e Josefa viu os grãos desenhando espirais ao redor do cheiro de Moça. Por algum motivo, teve a impressão que também ela tomava parte naquela dança, ainda que permanecesse no mesmo lugar.

— De onde vens de verdade? — sussurrou.

Moça inclinou a cabeça.

— Do mato. Das serras. Da terra entre as terras.

— E o que estás fazendo aqui? Não me diga que é para descansar.

— Aqui fica no meio da minha passagem.

— Passagem para onde?

— Para todos os lugares. Sempre estou viajando.

— Por quê?

— É preciso. A terra nunca para quieta.

Moça aproximou o corpo e Josefa permitiu que ela lhe envolvesse as mãos geladas, enquanto uma memória se erguia das profundezas de seus pensamentos, o odor da estranha a lançando de volta aos sertões onde se perdera quando criança, durante a longa travessia com a família rumo à nova fazenda do pai, rumo a Cococi. Viu-se de novo acanhada de calor e com as cobertas pesadas demais, vítima daquela mesma expectativa, em busca de algo que se perdia nas distâncias. Deixou o acampamento sem perceber, atravessando arbustos de xique-xique até não mais avistar o lume das fogueiras. Não se deu conta do perigo, criança que havia crescido isolada dos sustos, e seguiu enfeitiçada pelos vultos da madrugada até tropeçar nas raízes de uma catingueira retorcida e cair de cara no chão, percebendo-se então sozinha, cercada de nada. Encolhida em um monturo de pedras, chamou baixinho pela velha Maria de Fátima. Respondeu-lhe uma fera enorme, de pelo escuro, que afastou as pedras em uma única patada. Antes que o medo a fizesse perder os sentidos, Josefa sentiu as presas mornas abocanharem-lhe o tecido da camisola, levantando-a com insuspeitada delicadeza. O bicho a levou de volta, e Josefa navegou por sonhos até despertar no acampamento, à beira da barraca de Maria de Fátima.

Jamais revelara aquele acontecimento a ninguém, nem sequer a Maria de Fátima, e temia até mesmo relembrá-lo. De todos os seus devaneios, suspeitava que aquele era o mais perigoso. Porém, ao toque de Moça, reviveu aquele cálido estado de sonolência, e muitos outros temores a abandonaram quando ela a puxou para perto e a acolheu junto ao peito. A alma de Josefa naufragou num torpor úmido, e naquela estranha familiaridade, acreditou sentir de novo o hálito da fera em seu pescoço, o roçar das presas e a abrasadora saliva a lhe escorrer pelas costas. Antes de adormecer, conseguiu dizer ainda:

— Teu nome não pode ser só Moça.

Despertou na manhã seguinte com Dorotéa a lhe chamar para o desjejum. Levantou-se aos tropeções, o coração sufocado pela aflição que sucede os sonhos, o medo de que tudo mais uma vez se reduzisse a fantasias. Recusou o vestido e saiu tateando as paredes, perguntando-lhes onde, onde, onde. Arrastou-se pelos corredores, ainda mergulhada em delírio, até encontrar a madrasta, cujo rosto imediatamente se crispou de horror:

— Que indecência é essa, louca?

— Caetana! — berrou Josefa.

Somente então percebeu-se nua.

3.

ACHAVA QUE NÃO CONSEGUIRIA DORMIR NA RUA, mas adormece tão logo fecha os olhos. A mudança é outra: após a fuga, dorme um sono em que residem sonhos fugitivos de um sono alheio. Vê a ponta da estaca e pergunta para ninguém: em qual coração fui atingida? Não se lembra que tem um só coração e que a morte se deu em uma cidade distante onde nunca botou os pés. Uma cidade que, mesmo morta, nasceu com ela. Por que então a dor? Repousa a cabeça sobre o amontoado de cadernos e pede por um sono ofuscante, como uma partícula perdida no universo, sem forma como se voasse, voando como se nadasse, mas seus olhos se abrem para um quarto tomado de poeira, debaixo de escombros, o interior de um sonho à deriva, sem portas nem janelas, com a imagem de uma estranha refletida à sua frente, promessas inúteis entre o rufar de temores, canções sem fim sob uma única luz partilhada para duas amantes. Pouquíssima luz para uma noite interminável. Mas onde? Em qual coração?

Setembro de 1984.

Podcast Em Busca do Lixo, Episódio 3: O desaparecido e o estranho

Alessandra Moretti: A década de 1980 vinha sendo bem difícil para Maria Guiomar de Castro. Costureira autônoma e mãe de onze filhos, ela tinha perdido o marido, o operador de caldeira Vicente de Paula Rubens de Castro, num acidente na fábrica de refrigerantes onde ele trabalhava. O dinheirinho que Dona Guiomar recebia fazendo ajustes de roupas, vestidos e toalhas de mesa nunca era suficiente. Para a sorte da família, o filho mais velho, Teodoro, de 16 anos, conseguiu a vaga de auxiliar de limpeza numa padaria próxima de casa.

Todo dia, antes do galo cantar, Dona Guiomar se levantava para passar o café e acordar Teodoro. Ele precisava entrar no trabalho muito cedo. Mas no dia 12 de setembro de 1986, ela teve uma surpresa: encontrou o filho já acordado e o café da manhã na mesa. Era o aniversário de 31 anos de Guiomar. Também foi a última vez que viu Teodoro vivo.

Após o café, Teodoro saiu de casa como sempre fazia, mas não bateu o ponto na Padaria Lisbonense, nem apareceu ao meio-dia para almoçar com a mãe, como costumava fazer. Depois de procurá-lo na vizinhança durante a noite toda, Dona Guiomar começou a busca por albergues, delegacias e hospitais. Nenhum sinal. Foi orientada a registrar o boletim de ocorrência como "desaparecimento voluntário". A polícia não investigou. Nenhuma testemunha foi ouvida.

E então se passaram oito meses.

Sobrevivendo com a ajuda dos vizinhos, Dona Guiomar continuava a percorrer a cidade em busca de Teodoro. Já havia incluído o Instituto Médico Legal de Fortaleza em sua rota, por insistência de uma assistente social especializada em ajudar famílias a localizar desaparecidos. Mas aquele lugar era o único que ela visitava torcendo para não encontrar o filho.

No dia 21 de abril de 1987, uma semana antes do incêndio no Muquifo, chegou ao IML um cadáver masculino, jovem e sem documentos. A ficha de entrada não dizia mais nada além da causa da morte: politraumatismo.

> **Maria Guiomar**: Eu tava trabalhando em casa de família, de empregada. Aí todo começo de noite, era eu sair e passava lá no prédio novo do IML, no Moura Brasil. Toda noite, num tinha errada. Eu lembro como se fosse hoje que eu saí da casa de Dona Gerlene, a minha patroa, e ainda pensei assim: "Menino, tô tão cansada hoje, acho que num vou não". Era feriado, né, uma terça-feira, e ainda tinha que pegar os pequeno na casa de minha irmã, fazer janta, botar pra dormir, que era eu sozinha pra tudo, né? Mas aí na hora de pegar o ônibus, eu disse: "Quer saber? Eu vou". E fui. Aí eu cheguei pra falar com a assistente social, que tava de folga, e já foram me dizendo que tinham encontrado Teodoro. Assim nas bucha, mesmo. Toda vida que aparecia um indigente que tivesse mazomêno o corpo assim de menino, já vinham logo falar comigo, porque Teodoro era magrinho, né. Aí eu cheguei e falei assim: "Apois deixe eu ver". Eu já tinha visto tanto defunto naquele tempo que pra mim era normal.

Dona Guiomar desceu para o necrotério desacompanhada. Havia um saco com as roupas que o rapaz usava quando foi encontrado: calças rasgadas, camisa e uma longa capa preta, além de coturnos militares e braceletes de ferro. Vendo tudo aquilo, o coração de Dona Guiomar se acalmou. Aquele tipo de coisa não combinava com o seu Teodoro.

O legista avisou que o rapaz havia sofrido um linchamento e o rosto estava praticamente irreconhecível. Mesmo assim, Dona Guiomar quis vê-lo. Estava acostumada. Quando o corpo foi mostrado a ela, Dona Guiomar o achou totalmente diferente de seu filho. Embora tivesse o mesmo tipo físico, era muito mais magro que Teodoro jamais havia sido. Além disso, o filho sempre usara cabelo curto, enquanto aquele rapaz tinha o cabelo comprido no topo da cabeça e raspado nas laterais, um corte cujo nome Dona Guiomar sequer conhecia, mas muito popular entre os punks: o moicano. Punk, aliás, era outra palavra que Dona Guiomar nunca tinha ouvido.

Então, o legista mostrou a ela a carteira de identidade encontrada junto ao corpo.

> **Maria Guiomar**: Foi aí que o mundo caiu. Porque na hora que o médico me mostrou a identidade, eu dei logo foi uma agonia, né? Passei mal demais. Porque judiaram muito dele. Todo roxo, o rostinho desfigurado. Era tão lindo, o meu menino. Por que iam fazer um negócio daquele com Teodoro? Depois a polícia veio dizer que ah, era assim mesmo, que tinha sido vingança de gangue, que Teodoro era punk. Teodoro lá sabia disso de punk! Era um menino sério, de família. Ficou uma história muito mal contada. Só que o corpo, o corpo mesmo, eu não reconheci. Era muito diferente do meu Teodoro. Magro demais, o cabelo todo estranho. Eu disse que não era ele, eu disse. Mas aí veio o médico, o policial de plantão, todo mundo dizendo que era melhor aceitar, que era assim mesmo, que o jeito era logo enterrar e tudo. Falaram assim: "Tá aqui a identidade dele, olha, tá provado, quer mais o quê?". Eu tava tão cansada, né, que acabei assinando o papel lá que me deram. Mas até hoje, pra mim, aquele ali num era o meu Teodoro. E se eu pudesse voltar atrás, eu num

tinha feito aquilo. Num tinha assinado. Uma história muito mal contada.

Alessandra Moretti: A senhora acha que ele ainda tá vivo?

Maria Guiomar: Não, num acho, não. Eu sei que ele morreu desde o dia que num voltou pra casa depois do trabalho, porque nunca que Teodoro ia fazer uma coisa dessa de abandonar a família, né. O que eu digo é que aquele ali num era meu filho. Coração de mãe sente essas coisa. Aquele ali num era Teodoro. Eu enterrei porque tinha que enterrar.

A polícia fechou o caso, e Dona Guiomar fez a despedida que seria para Teodoro, ainda que não conseguisse enxergar naquele corpo maltratado o filho amoroso que acordava de madrugada para trabalhar e ajudar a família.

Demorou mais um ano até um rapaz se apresentar à sua porta, alegando ter conhecido Teodoro vivendo nas ruas. Contou que ficaram amigos durante andanças noturnas e que o filho de Dona Guiomar havia se juntado a ele e a um grupo num barraco no Monte Castelo. Certa noite, Teodoro teria sumido, e esse amigo resolveu vasculhar sua única mochila em busca de alguma pista. Encontrou o cartão de ponto da Padaria Lisbonense. Acontece que, logo em seguida, o rapaz disse ter ficado muito doente, passando um tempo hospitalizado, mas assim que recebeu alta, sua primeira atitude foi ir à padaria, onde, pela primeira vez, ouviu o nome Teodoro.

Até então, ele o conhecia apenas como Nhewó.

[Transição sonora.]

Olá. Eu sou Alessandra Moretti e continuo *Em Busca do Lixo*.

[Vinheta de apresentação do programa.]

No episódio anterior, falamos sobre a ligação de Jota do Lixo com a gata Caetana, encontrada morta ao seu lado após o incêndio do Muquifo. Caetana teria sido dada de presente a Maca, parceira de Jota, por Nhewó, o misterioso guitarrista que surgiu como um cometa na cena punk de Fortaleza.

É razoável supor que exista alguma ligação entre o incêndio, o estado catatônico de Maca, a gata Caetana e o desaparecimento de Nhewó.

> **Euclides Almeida**: Lembro que comecei a ver o Nhewó andando já com o João nas feira da 13 de Maio, né, na Galeria do Rock, nos shows da *Partido Contra*, na segunda metade de 86. Foi logo depois que o João voltou do interior. Eles dois ficaram muito amigo. O Nhewó num era um cara assim que chamava atenção, até porque ele do lado do João parecia uma criança, o João grande que só, né, com aquele vozeirão dele... Tirando o moicanozão que o Nhewó tinha, que era um negócio assim impressionante, a real é que ninguém nem ouvia ele falar. A vez que mais me marcou, assim, a lembrança forte que eu tenho dele, foi numa noite que a gente tava lá no Muquifo, o pessoal da *Catraca*, o Marimbondo, o Pilha, a galera toda e tal, aí chega o Nhewó muito doido, de capa preta, parecendo uma aparição. Nisso a gente ficou frescando: "Olha a vampirona!". Que o Nhewó era meio, né, meio assim. Mas era umas coisa que a gente falava sem maldade nem nada. Coisa da época. Sei que aí o bicho olhou assim pra galera e todo mundo se calou. Parecia uma coisa. Acho que a partir do que a Maca ia contando, né, a gente foi pegando um medo dele. Era coisa de ocultismo, assim, de sistema mágico também, que eu lembro que, nessa época, parece que ela, a Maca, frequentava umas reuniões lá no Cemitério São João Batista, entendeu? Eu não tenho certeza se o João chegou a ir com ela, mas o Nhewó eu sei que ia. Acho que a partir daí, dessas história, é que ficou essa imagem esquisita do Nhewó que num combinava muito com o resto do movimento. Da Maca também, sabe, até porque, nessa época, ela começou a fazer umas música mais sinistra e tal. Eu acho que essa

postura, esse pensamento, acho que tinha mais a ver com os dark. Já tinha deles lá em Fortaleza, um pessoal que andava de maquiagem, de sobretudo, isso num calor filha da puta, né, mas era um pessoal mais assim de classe média, num tinha muito a ver com a nossa galera, não. Só que o Nhewó, até onde a gente sabia, quando num tava no Muquifo, morava na rua. Os canto que ele frequentava era os mesmo que a gente. Mas era isso, tinha essa coisa diferente com ele. O clima lá no Muquifo mudou muito.

[Som de clique em gravador.]

Laion: É, eu nunca gostei dele mesmo, não. Do Nhewó. Ele era o mais estranho dos estranho. A começar pelo nome. Mas eu num gostava dele num era por isso, não. O problema pra mim é que ele mexeu com a cabeça de todo mundo. A Maca, por exemplo, começou com essa história de virar bruxa, aí deitava a gata no colo e ficava cochichando no ouvido da gata, falando de viagem astral, essas loucura toda. E eu lembro do Jota, sentado assim, no canto, meio rindo, meio sério, só observando e fazendo assim com a cabeça, né, concordando. Mas quem veio com essa onda, se você for ver, foi o Nhewó. Foi depois que ele chegou. E aí eu ficava: "Porra, véi, era pra gente tá aqui falando de política, de anarquismo, de revolução, que é que tá acontecendo?". Com essa coisa de magia, muita gente no entorno ali do Jota se desiludiu e acabou debandando pros careca, que era uma parada fascistoide, né, neonazista e tal, e aí aos poucos a cena foi se acabando até culminar em toda a perseguição que a gente sofreu até o fim do Muquifo. Eu mesmo, só fui parar de ir no Muquifo por conta dos cara que começaram a espancar a gente lá no bairro, né, mas assim, até isso, foi culpa do Nhewó. A real é essa. Tanto pelas coisa de satanismo, que assustava o povo, quanto porque a gente ficou com pouco número. Era uns gato pingado, aí ficava fácil pra quem quisesse pegar os punk do Muquifo.

Apesar de tudo, Nhewó se tornou folclórico dentro da cena underground de Fortaleza, a ponto de seu nome ser quase tão conhecido quanto o de Jota do Lixo. A banda pós-punk gótica *Cities in Dust*, que atua na cena independente cearense desde 2017 com músicas em inglês, lançou um single chamado *Nhewó's children*, isto é, "Filhos de Nhewó".

[Trecho da canção Nhewó's children: "The children are awakening/ And I'm just wasting time/ Lying on a grave, shaking/ Praying in Nhewó's shrine".]

Traduzido livremente, o refrão diz o seguinte:

As crianças estão despertando
E eu só estou perdendo tempo
Deitado sobre um túmulo, tremendo
Rezando no santuário de Nhewó

O vocalista e líder da *Cities in Dust*, Leilson Lima, não conviveu com Nhewó, mas sabe que ele era descrito como um adolescente andrógino, talvez estrangeiro, mudo ou de fala inaudível, e com um olhar absolutamente hipnótico.

Leilson Portácio: Eu não vivi aquilo de perto. O que sei é por ouvir dizer. Eu nasci em 1982, e peguei na época da adolescência só as histórias do Jota do Lixo, da Maca, do Marimbondo, desse pessoal todo. A influência deles na cena que veio depois é enorme. Muita gente do meu círculo conhecia. Não de ouvir música, porque infelizmente num ficou quase nada gravado e tal, mas pela atitude, isso de viver à margem, de desafiar a norma. Especificamente, a figura do Nhewó me impactou muito, porque ainda se contava história dele. Era obscuro, e é interessante uma presença assim como contraponto numa cidade ensolarada que nem Fortaleza. Sempre vem esse papo: "Como é que dá pra ser gótico na praia?". E aí você tem essa figura meio mitológica, que é quase uma lenda urbana, que a galera vai adicionando mais coisa, como se fosse uma aparição, mesmo, e que ainda por cima rompe com uma performatividade de gênero. Poxa, isso numa cidade machista, num meio machista como é o rock, é uma parada muito forte. Então essa figura *queer* do Nhewó meio que inspira a gente, e acho que ele deve ser lembrado, homenageado e tudo.

Difícil encontrar Nhewó, o ser humano, no meio de toda a fumaça que cerca seu nome. Assim como sua origem, também seu destino se perdeu. A hipótese que a maioria abraçou é que, depois do incêndio no Muquifo, Nhewó fugiu. Mas você percebeu que encontrei uma pista que me levou até Dona Guiomar e a um rapaz chamado Teodoro. E consegui isso graças a mais uma dica dada por Marimbondo.

Em nossa primeira entrevista, ainda por chamada de vídeo, Marimbondo lembrava que, dias depois do enterro de Jota, Carlos Eduardo, o primo de Jota, conhecido como Carlito Pau-de-Gato, apareceu em sua casa transtornado com uma descoberta.

Marimbondo: Sobre o Nhewó, tem uma coisa. Um dia eu tava uma noite lá na casa de minha mãe, que era vizinha da casa de Dona Luci, onde o Carlito morava, isso lá depois da morte de João e tudo, quando o Carlito chega lá em casa todo nervoso, todo suado. Aí pegou e falou: "Rapaz, esse cabra safado aí que tocou fogo lá no Muquifo, eu sei quem é, sei como é que eu faço pra pegar ele". Aí perguntei: "O Nhewó?". E ele: "Não, num é Nhewó, não". O nome dele mesmo era Teodoro. Aí contou que tinha conhecido ele antes de todo mundo, no ano anterior, na época que o Jota tava viajando. Disse que tava num dia virado num sei onde e foi bater na Lisbonense, uma padaria lá na Jacarecanga, foi bater lá num sabia como, aí pediu uma comida e quem atendeu ele foi esse Teodoro. Aí diz o Carlito que eles ficaram conversando foi muito lá e que depois, quando o Nhewó apareceu, ele reconheceu o rapaz da padaria. Aí eu fiquei: "Rapaz, que conversa é essa? E por que é que tu nunca falou nada pra ninguém?". Aí ele, não, porque não sei o quê, que tinha medo e tudo, umas conversa muito da torta. Ainda chamei ele pra entrar, mas o Carlito só me falou isso e pronto. E aí sumiu. Depois, eu soube que tinham internado ele no Mira y López.

Desativado em setembro de 2012, o Hospital Mira y López foi uma unidade de saúde voltada à internação de pacientes com transtornos de saúde mental. Ficava no Benfica, a poucas quadras da residência onde hoje Maca vive a sua própria espécie de internação. No local do hospital demolido, há hoje três torres residenciais de 20 andares.

A conexão de Carlos Eduardo com a descoberta do nome real de Nhewó poderia ser fruto de uma mente abalada pelo trauma da perda do primo. Mas, se não fosse, era preciso tirar a dúvida. Procurei a Padaria Lisbonense.

[Som de tráfego ao fundo, buzinas.]

Fundada nos anos 40 por um emigrante português que fugia da ditadura salazarista, a Padaria Lisbonense é uma das mais antigas ainda em atividade em Fortaleza. Mantém praticamente a mesma fachada, parcialmente coberta de azulejos meio desbotados, e está bastante movimentada quando chego, por volta das quatro da tarde.

Uma moça me recepciona e diz que o proprietário, João Ricardo Diniz, está me esperando nos fundos.

[Passos e som de sino de porta.]

João Ricardo: De onde você é mesmo? Jornal? Revista?
Alessandra Moretti: Da CBR, de São Paulo. É pra um podcast investigativo.
João Ricardo: Ah, tá. É sobre o caso do Teodoro, né?

Logo percebo que não sou a primeira a investigar a origem de Nhewó por meio da Lisbonense, pois Seu João, 67 anos, neto do fundador da padaria, me parece bastante familiarizado com a história dos punks de Fortaleza.

João Ricardo: Eu conhecia o pai dele, que era um sujeito ponta firme. Morreu num acidente terrível lá na fábrica de refrigerante. E o Teodoro ficou nessa de vir aqui todo dia pedir emprego. Eles moravam aqui perto, Dona Guiomar ainda mora, e era uma ruma de menino, então meu pai dava um pacote de pão, essas coisa, e dizia: "Vá pra escola". Era um menino novo, adolescente. Aí chegou o momento que eu fiquei com tanta pena que falei com meu pai: "Vamo dar uma oportunidade pra esse rapaz, que ele é trabalhador". Aí a gente deu uma vaga de auxiliar e ele passava o dia aqui, só saía um pouco mais cedo que era pra continuar os estudo. Num fazia muita coisa, não, foi mais pra ele ter o empregozinho dele. Era limpar a bancada, varrer o salão de vez em quando, atender no balcão quando faltava alguém. Um aprendiz, como se chama. Trabalhou quase um ano aqui e nunca faltou nem chegou atrasado. O dia que ele não veio, eu achei que tava doente, fiquei até preocupado. Aí depois Dona Guiomar, coitada, veio aqui já de noite atrás dele. Sumiu, o menino. Uma tragédia. Quando eu soube que tinha sido encontrado morto, e metido com droga, ainda por cima, vixe, me deu um desgosto danado.

Assim, chego a Dona Guiomar e começo a conectar os pontos entre Teodoro e a figura de Nhewó. Mas ainda havia uma linha solta: se aquele corpo no IML, encontrado no dia 21 de abril de 1987, era mesmo o desse rapaz, então como explicar o fato de alguém ter visto Nhewó no Muquifo seis dias depois disso, no dia do incêndio?

Levo essa questão para Euclides Almeida, o ex-baterista da *Partido Contra*.

Euclides Almeida: Então... Eu nem sabia dessa história aí do Carlito ter conhecido o Nhewó antes. Mas eu vi ele por lá no dia do incêndio. Agora, assim, a gente vivia meio doidão, né, podia se confundir. Eu fui lá nesse dia pegar minha bateria, que tinha ficado depois que a banda acabou, aí lembro que olhei assim e vi as bota dele, do Nhewó, dentro da parte que às vezes dormia, porque a real é que ele passava o dia todo dormindo. Tudo bem, talvez eu tenha achado que era ele, mas num era. Quer dizer, num acho mais nada.

Alessandra Moretti: É possível que o Nhewó tenha desaparecido do Muquifo alguns dias antes do incêndio?

Euclides Almeida: É como eu tô lhe dizendo: eu, eu mesmo, num acho nada. Mas que é possível que eu e a galera esteja se confundindo com data e essas coisas, isso é. Mas eu lhe aviso logo que num dá pra ir pela cabeça do Carlito Pau-de-Gato, não, porque ele endoidou. Sempre foi meio lelé, na verdade.

De um lado, Dona Guiomar enterrava um filho de moicano que ela mal reconheceu. De outro, amigos de Jota, como Euclides, haviam visto Nhewó pouco tempo antes do incêndio. Ou achavam ter visto.

Em Fortaleza, faço uma visita a Marimbondo. Agora, estou com uma foto 3x4 de Teodoro, que Dona Guiomar me deixou salvar no celular. Ela disse ter sido tirada quando o rapaz começou a trabalhar na padaria, meses antes de desaparecer.

[Clique no gravador.]

Alessandra Moretti: Olha aqui, essa é a foto. Reconhece?

Marimbondo: Não, não... num é ele, não.

Alessandra Moretti: Não é o Nhewó, tem certeza?

Marimbondo: Chega nem perto. Esse menino aqui tem a pele mais escura, ó, é quase da minha cor. O Nhewó era brancão, né, parecia um defunto. Esse da foto aí... Não, nada a ver, cara.

Alessandra Moretti: Ele pode ter mudado, assim, vivendo na rua?

Marimbondo: Ninguém desbota na rua, né? Mas assim... Essa galera dark se pintava, tinha isso. Só que a questão é que o Nhewó tinha o rosto mais afilado, assim como se fosse de menina, né, tanto que a galera às vezes até frescava com ele, chamava de boneca, vampirona. Num tem como, cara. Bem que eu lhe disse que o Carlito já tava era em surto quando chegou com essas história lá em casa.

Alessandra Moretti: É que tem outros pontos que batem...

Marimbondo: Aí eu já não sei. Mas pode perguntar pro pessoal que todo mundo que se lembrar vai lhe dizer que num era o Nhewó.

Ao ver a foto, Laion quase riu de tão inconciliáveis que eram as imagens. O Nhewó que habitava a sua memória era semelhante ao de Marimbondo, muito branco e de traços delicados. Comparado ao rapaz sorridente na foto de identidade, fica claro para ele que não pode se tratar da mesma pessoa.

Laion: Não, minha filha, você vai me desculpar, mas esse menino aqui é muito normal pra ser o Nhewó.

Mais uma vez, a história dá voltas e me escapa. Percebo que preciso retornar, pois entrei em mais um beco sem saída com Nhewó e Teodoro.

Falta entender como Carlos Eduardo se encaixa nisso tudo. Primos, Carlos e Jota foram criados como irmãos e estiveram muito próximos durante a trajetória de Jota como a cabeça pensante do punk de Fortaleza. Carlos vive em Belém do Pará, desde a década de 1990. Mesmo assim, tento contato com diversas pessoas que possam facilitar uma entrevista. Consigo o seu telefone por meio de colegas jornalistas de Fortaleza. Ligo, mando mensagens, e em todas as tentativas recebo negativas ou silêncio.

Então vou direto para o próximo passo: a infância de Jota do Lixo e de Carlos, ambos criados sob o mesmo teto por Marta Lucinete da Silva Barbosa, a Dona Luci, mãe de Jota e tia de Carlos. Se há um caminho nesse labirinto, está nas memórias de uma mulher que viu os dois meninos crescerem e acompanhou os primeiros sinais da revolta punk.

[Transição sonora.]

No próximo episódio de *Em Busca do Lixo*:

Dona Luci: Nunca tive problema com ele quando era pequeno, não, graças a Deus. Foi depois que ele cresceu. Mas também a única coisa que me afetou foi isso dele achar de sair de casa muito novo, né. Quando Afonso morreu, João Valdenir tinha nem 15 ano. Aí quando foi com 16, ele aparece aqui com uma menina desse tamanhozinho, uma piveta, se você visse... Aí João Valdenir chega e diz assim: "Mãe, eu vou simbora". Eu achava que ele queria era se casar, oia. Aí eu: "Que conversa é essa, menino?". Mas ele era assim, já tinha botado isso na cabeça, né, de querer ir simbora. Aí uns dois ano depois, ele: "Mãe, eu vou pro interior, que eu preciso conhecer minhas origem, daonde que veio meu avô e tudo".

Em Busca do Lixo é um podcast da Central Brasileira de Rádio, CBR. Eu sou Alessandra Moretti, apresentadora e roteirista. A produção é de Walter Cisne, com edição de Orlando Faria e checagem de fatos por Vanessa Carmo. A música foi composta por Rodney Ruas. Para ver fotografias, mapas, documentos e muito mais, acesse cbr.com/embusca. Siga o podcast em sua plataforma de streaming favorita e não esqueça de deixar seus comentários e sugestões em nossas redes sociais.

Até semana que vem.

Carlos Eduardo

Alguém me disse uma vez que o tempo é o pior tipo de droga. Achei a frase bonita e me empenhei em decorá-la. Já devo tê-la repetido algumas vezes por aí, em aulas e confraternizações, e fui compreendendo melhor o significado com o passar dos anos. Quanto mais se vive, mais se quer viver. É esse o vício que a velhice impõe, o desejo burocrático de simplesmente continuar e, quem sabe, dar a volta. Tia Luci dizia que o tempo que vale a pena viver é apenas o tempo do perdão, pois são assim os desígnios de Deus, amém. Também acredito no perdão, embora jamais o tenha buscado. Não sei se todo condenado, ou quem reconhece a própria culpa, melhor dizendo, deseja de fato o perdão. Só pode ser uma coisa decepcionante. Promete um recomeço, mas em nenhuma parte se encontra esse novo ponto de partida. Por isso a sina do condenado é o retorno. Só não retorna quem ainda está fugindo.

A cada episódio do podcast, fui sendo obrigado a aceitar que eu era um fugitivo em negação. Durante boa parte das últimas quatro décadas, busquei bons motivos que justificassem o meu exílio em Belém, e a mentira que mais repeti para mim mesmo era a eterna busca por minha mãe. Havia um fundo de verdade naquilo, pois em todas as mulheres que conheci, procurei seu rosto. Naturalmente, nunca disse isso para Adalgisa, nem depois da separação, mas houve momentos em que vi nela a expressão que minha mãe fazia quando se cansava, ou ficava contente, ou queria desaparecer, e, nesses breves intervalos, fui capaz de amá-la. É claro que eu usava minha mãe para me desviar do que realmente importava. Nunca esperei encontrá-la viva nem morta, não era assim tão louco, embora todo o corpo de médicos e enfermeiros do Hospital Mira y López atestasse o contrário. Eu a procurava para continuar no escuro.

Mas perceber aquilo tão nitidamente enquanto ouvia o podcast me assustou. O trabalho de Alessandra era muito bem feito. Somente agora, esperando a morte, me parece claro que seu interesse tinha que ser sincero. Na minha angústia, eu a julguei mal. Acreditei ser mais uma jornalista sobrecarregada, semelhante aos que me procuravam querendo publicar perfis de Jota do Lixo como curiosidade em portais de cultura. Depois pensei que ela tinha traçado uma explicação na cabeça e buscava prová-la, por dinheiro, fama ou birra. No fim, me esforcei para evitar que Alessandra prosperasse porque dava por certo que ela agia sob influência de poderes maiores que ainda estavam fora de sua compreensão. Mas se eu tivesse ajudado desde o começo, dando ao menos uma versão filtrada da realidade, como a que dei para Isaías em nossa última conversa — e que eu jamais simplificaria como falsa —, toda essa tragédia teria sido evitada. Agora é tarde.

Enquanto acreditei que, independentemente do sucesso, a curiosidade arrefeceria num resultado fatalmente morno, o podcast no máximo me causou essa epifania dolorosa sobre minha mãe e um constante abarrotamento de mensagens no WhatsApp. No entanto, o nome de Teodoro no terceiro episódio soou o alerta. Resolvi estudar as duas temporadas anteriores do programa sobre casos relativamente famosos que em nada me interessavam. Queria apenas entender como Alessandra organizava suas investigações. Levei menos de uma semana para ouvir tudo. Cada temporada do *Em Busca* — era esse o nome — tinha dez episódios com duração entre meia hora e cinquenta minutos, mais ou menos. Ao final do oitavo episódio, Alessandra avisava uma pausa de um mês, justificando com a necessidade de se aprofundar em novas pistas, confrontar versões etc. Retornava depois, com dois episódios de desenlace. Sendo justo, nenhum desses retornos lançados após a pausa apresentou nada de novo, e aquilo me pareceu só jogada publicitária.

Ao final, ainda que não chegasse a nenhuma conclusão, Alessandra entregava perguntas muito pertinentes. No mínimo, desestabilizava preconceitos e versões oficiais. Sua especialidade não era a elucidação do mistério, mas encontrar pontas soltas que tivessem passado despercebidas. E, na história de Jota do Lixo, não faltavam pontas soltas esperando para serem desenroladas, caminhos inexplorados, erros grosseiros, enganos e simplificações. Consequências do meu esforço, mas também da natureza de Fortaleza, uma cidade afeiçoada ao esquecimento.

Me detive em vários cenários que poderiam conduzir ao desastre. Acabei eliminando todos. Mesmo que Alessandra fizesse todas as perguntas certas às pessoas certas, supor que isso a levaria a Cococi era projetar conhecimentos aos quais ela não tinha acesso. Tampouco seria a primeira pessoa a pisar na cidade desde os anos 80. Todo mundo gosta de ruínas, pois dão a falsa impressão de que só foram casas enquanto estiveram habitadas, por isso a Internet está cheia de fotos de Cococi. A questão não era essa. O problema todo era chegar lá por meio de Jota, com seu nome na cabeça. Em busca *dele*. Maca havia me prevenido: "Conhecer um nome é uma forma de invocá-lo".

Mas não me parecia o caso, então fui deixando para lá.

Consegui me distrair com os preparativos para o aniversário de quatro anos do neto de Isaías. Eu tinha me afeiçoado ao menino. Em determinado momento, cheguei a questionar o diagnóstico de autismo, impressionado com a sua inteligência, e me comprometi a procurar outros médicos, como se precisasse reparar uma afronta aos genes de Isaías. Como sempre, esqueci a promessa. Além disso, eu estava errado. Sabia nada de autismo e menos ainda do menino. Acabei voltando a achar inconcebível a ideia de ser avô, pois aquele entusiasmo passageiro se perderia conforme o meu amor por Isaías fosse esfriando na distância. Meus filhos sabiam como funcionava. De todo modo, a lembrança de Isaías, somada ao fato de que o barulho me acalmava, tornou a festinha um alívio inesperado.

Depois que a meia dúzia de convidados desistiu de esperar por uma nova rodada de salgadinhos, a filha de Isaías me chamou para conversar. Seus olhos se encheram de lágrimas e ela fez a proposta que vinha adiando por vergonha. Queria que eu me mudasse para lá, pois estava sozinha como nunca; viúva e agora órfã, com uma criança para cuidar, sem forças, mal capaz de se levantar da cama, a casa uma bagunça, e sentia que as coisas só podiam piorar. Não fui pego de surpresa; desconfiava que fosse me pedir aquilo na primeira oportunidade. Até estranhei a demora, dada a quantidade de motivos. Pensei que, além de tudo, ainda tinha a questão do dinheiro, pois ela não fazia ideia de como administrar o armazém do pai. Mas, por interesse ou não, fiquei um tanto comovido. Eu lhe disse que pensaria no assunto. E fui sincero. Mas acrescentei que ela se arrependeria, pois eu era muito mais chato que Isaías, e ela sorriu, fungando. Então o filho chegou mostrando uma folha de papel castigada de giz de cera e deixamos as resoluções assim, no ar.

Ela me acompanhou até a moto e me deu um longo abraço. Chorou de novo, longamente. Pensei nos meus filhos, com idades próximas à dela. Ou mais novos, não tinha certeza. Cheguei na quitinete melancólico, e nem mesmo o tecnobrega espumando pelas ruas da Sacramenta foi capaz de evitar a decisão de ligar para Adalgisa.

Mas a tela do celular acendeu antes que eu alcançasse o celular, numa dessas coincidências que só acontecem comigo. Alessandra Moretti. Fiquei surpreso. Tentei pensar no que fazer. O sentimento de culpa — por Adalgisa, pelos meus filhos, pela vida que eu jogava fora — e aquele cheiro de esperança que me deixara o abraço da filha de Isaías contiveram o ímpeto de desligar. Atendi.

— Carlos! Não acredito! Já tinha quase desistido de falar contigo.

— É que tu só me liga quando não posso atender.

— Mas agora pode.

— Um pouco.

— Nossa, eu tenho tanta coisa... Você tem ouvido os episódios do programa? Tá gostando?

— Ando muito ocupado.

— Eu te mandei um monte de material. Imagino que você também não tenha conseguido ver.

— Pois é.

— Mas então. Tô te ligando porque eu tô pegando um voo agora de volta pra Fortaleza pra ver umas coisas novas. Aí pensei que não dá pra continuar sem uma fala tua, Carlos. A gente tem que bater esse papo. Pode ser como você preferir, a gente faz on-line, ou eu dou um pulo aí em Belém, você decide.

— Pensei que o programa tava todo pronto.

— A gente não grava todos os episódios de uma vez, que é pra dar tempo no caso de aparecer alguma pista nova. A gente lança oito, faz uma pausa, e depois lança mais dois. A equipe é muito dedicada.

— E o que é?

— O que é o quê?

— A pista. — Torci para que ela não respondesse.

— Ah! São várias! Você sabia dos cadernos do Jota, né?

Eu estava olhando para a caixa com os cadernos guardada debaixo da cama.

— Sim.

— Achei um deles, acredita? Mas nem é sobre isso que eu quero conversar. Quer dizer, não é só sobre isso. Tem três coisas muito importantes. Pra começar, o caso do Teodoro, um funcionário de uma padaria que desapareceu.

— Sim.

— Ok, certo. Bom. Também quero saber se você já ouviu falar na cidade de Cococi alguma vez. Tem isso. E o que eu acho agora que seria o principal tema do nosso papo: um time de futebol amador do Monte Castelo chamado Bangu.

— Tudo isso.

— Mas não precisa me responder nada agora, ok? Vamos só pensar num dia e num horário.

— Como eu te disse, ando muito ocupado.

— Carlos, a tua versão da história, os detalhes que só você sabe, isso é super importante pro nosso conteúdo. A gente vai ter que publicar os episódios de todo jeito. Não acha que é melhor se eles tiverem o seu ponto de vista?

— Vou pensar no assunto.

— Promete que não vai sumir?

— A gente vai se falando. — E desliguei.

A chuva finalmente decidiu cair e, com a ventania, surrava o vidro da janela. Lá embaixo, desligaram o som e corriam para recolher as cadeiras. Escorreguei para o chão, encolhido contra a parede. Pensei que estava tendo um infarto. Mas não podia me dar ao luxo de aceitar a derrota. Alessandra sabia de Cococi porque encontrara o sexto caderno e, se havia sido capaz de encontrá-lo, o que mais acabaria descobrindo? Era preciso acompanhar tudo de perto.

Reuni todas as forças e consegui me erguer. Comecei a me preparar para a longuíssima viagem até Fortaleza. Tirei da caixa os cadernos de Jota, enrolei-os numa fronha velha e os botei na mochila, onde apertei ainda um punhado de camisas, bermudas, cuecas e os remédios de pressão. Conferi o que me restava de saldo bancário e quase me arrependi de ter contribuído para a festa do neto de Isaías. O que tinha devia bastar, contanto que Adalgisa não me denunciasse por atraso de pensão, e, além disso, sempre havia o cartão de crédito. Decidi partir antes de amanhecer para conseguir dar uma geral na moto em alguma oficina pelo caminho. Mandei mensagem para a coordenadora e para o professor de redação, pedindo que cobrisse minhas aulas. Alegue emergência de família.

Quando voltasse, com tudo resolvido, prepararia minha mudança para morar com a filha de Isaías. Falei isso em voz alta, a fim de pegar logo no sono, como num conto de fadas.

Terceiro Caderno

Em todos os alpendres da vila de Cococi se falava da forasteira abrigada pelos Feitosa. O que não se sabia com certeza, inventava-se. Bastava alguém ter passado perto da casa-grande para as rodas de conversa fervilharem. O dono da venda queria saber o que Moça guardava na maleta de ferro trancada a três cadeados, sobre a qual ouvira falar por um conhecido de sua comadre. Os mascates diziam que sempre se escutava um cântico em língua desconhecida quando cruzavam a fazenda. Até o Cabo Laurentino deixou escapar que Dona Isabel Maria e a enteada deixaram de aparecer na vila desde a chegada de Moça. Mas era o nome da forasteira o principal motivo de controvérsia. Mesmo os que juravam na cruz tê-lo ouvido de sua própria boca caíam em descrédito pelo disparate de uma senhora daquela estirpe atender somente por Moça.

— Conversa é essa?!

— Vai ver é comum na cidade.

— Deve ser apelido.

— Nome de mulher séria é o da pia batismal.

— E tu, que foste batizada na lama?

— O nome é Caetana, que assim ouvi a menina Josefa chamar.

— E a sinhazinha anda de amizade com a estranha?

— A menina agora deu pra falar com o vento.

— E é?

— Fica bordando e resmungando sozinha.

— Conversa é essa?!

Tanto a curiosidade se alastrou pelas vizinhanças que as criadas da casa-grande passaram a andar em busca de novidades para abastecer as conversas. Disputavam com ardor os serviços domésticos, na esperança de um vislumbre, uma palavra, um segredo, e nunca antes se vira tão lustroso o assoalho, nem tão bem dobrados os lençóis. Quem varria o corredor demorava sempre mais um pouco à porta de Moça, e quem trocava a água das moringas mantinha o ouvido fino para as conversas à mesa.

Mas, no decorrer dos dias, perceberam que seria custosa a tarefa de angariar novos motivos de fofoca. Do cantar do galo ao anoitecer, Moça não dava sinal de vida, recolhida ao quartinho, chave passada. Ali perdia as melhores horas do dia. Como pode?, perguntavam-se as criadas, mulher tão distinta assim fechada para a vida. Vez ou outra, alguém se atrevia a chamá-la às refeições, mas era tal o sentimento de angústia que se abatia diante da ausência de resposta, que até mesmo isso deixou-se de fazer. Ela não pedia nem água, e quando finalmente saía esvoaçando porta afora com aquela nuvem de frescor inebriante ao seu redor, outro mistério insolúvel tomava as rodas de discussão: como fazia para se lavar?

Josefa era outra que espreitava cada movimento de Moça, num perpétuo estado de alerta. Embora convencida de que a noite no quarto de Moça se restringisse apenas ao terreno dos sonhos, só mais um de seus desatinos, precisando, inclusive, se cuidar para não ser desmoralizada de louca pela madrasta, aquela memória ainda lhe reavivava o sangue. Fazia de tudo para cruzar com Moça pelos corredores, ou sentar-se ao seu lado à mesa de jantar, cumprimentando-a timidamente, embrulhada sempre naquele torvelinho de palpitações. Quando lhe faltava coragem, contentava-se em recolher vestígios: um fio de linha caído do vestido de Moça, um lenço esquecido sobre a poltrona, parte da comida intocada no prato, cada ínfimo objeto que servisse para ser guardado em seu cofre improvisado sob as tábuas soltas do assoalho. Josefa abria o esconderijo todas as noites, apenas para sentir o leve formigar nos dedos e lembrar-se de que havia um refúgio.

Passou a vestir-se como se todo dia fosse domingo, e, se não estivessem as escravas tão comprometidas com os acontecimentos recentes, já teriam chegado aos ouvidos de Dona Isabel Maria reclamações sobre as montanhas de rendas, tules e paetês que a sinhazinha queria limpos e engomados a cada pôr do sol. Os espelhos da casa passaram a testemunhar demoradas inspeções; Josefa tocando o contorno dos lábios, apertando as bochechas, prendendo o cabelo, desfazendo o penteado, experimentando luvas.

Por seu lado, Dona Isabel Maria não percebia nem o desvelo silencioso de Josefa nem a súbita dedicação das escravas, pois enfim encontrara em Moça uma companhia que julgava à sua altura, alguém com quem pudesse trocar confidências de mulher casta e educada. Desde o casamento com o Coronel Feitosa, ressentia-se da solidão a que fora condenada naquela longínqua sesmaria, com apenas a enteada ao seu lado, criatura que, a seus olhos, padecia de raciocínio lento. Tão absorvida se deixou ficar Dona Isabel Maria pelas amenidades de recitais estendidos até as horas mortas, que apenas no romper da segunda semana da estadia de Moça na casa-grande se deu conta de estar em falta com suas sagradas obrigações de devota, ausente da igreja desde a chegada da hóspede. Envergonhada de como a recém-chegada estaria vendo seus costumes da fé, resolveu que era hora de se reparar com Nosso Senhor e apresentar Moça à igreja de Cococi, que, embora certamente acanhada em comparação com os templos grandiosos da misteriosa terra da visitante, tinha altar e padre ordenado.

Antes, Dona Isabel Maria passou talco, alisou a gola e ensaiou, diante do espelho, a mesura que faria ao convidar a forasteira. Sentia um desassossego, como se temesse ofender poderes maiores. Ainda assim, tomou fôlego, ergueu-se na dignidade de esposa de coronel, e foi ao encontro da visita. Encontrou-a na penumbra da sala de estar, recolhida atrás de grossas cortinas, onde os últimos raios de sol não penetravam, folheando sem pressa um álbum de gravuras.

— Tenho falhado com a senhora — desculpou-se Dona Isabel Maria —, mas pretendo me redimir. Hoje mesmo vamos juntas à vila. Podemos passar na capela, ver o Padre Mendes, rezar a missa das sete.

Moça ajeitou a luva de renda antes de responder.

— Aprecio a vista daqui. A noite de Cococi inteira cabe nestas janelas. E não desejo incomodar minha boa anfitriã.

— Incômodo algum! Esta é uma casa de devotos. É que eu e Josefa estivemos perdidas em afazeres com a ausência dos homens, mas nunca faltamos a uma homilia sequer. Será um prazer voltarmos à igreja em tua companhia.

Moça ergueu os olhos, como se retornasse de um pensamento muito longe. Um sorriso delicado se desenhou em seus lábios.

— Quando o tempo for propício.

Dona Isabel Maria primeiro sentiu o cheiro acre de terra molhada, embora o chão estivesse seco. Em seguida, um estrondo retumbou distante, as janelas tremeram em seus caixilhos, e imediatamente o céu se revolveu em nuvens pardacentas. Não choveu, mas o clima se fez tenebroso a ponto de ser preciso mandar o cocheiro abrigar os cavalos. Enquanto ordenava o recolhimento dos animais, Dona Isabel Maria se lembrou dos sermões sobre tentações que surgem disfarçadas de beleza e teve, por um instante, vontade de se benzer.

Tudo aquilo Josefa viu às escondidas, tendo a certeza de que Moça dizia aquilo para ela. Ficou ruminando essas fantasias durante o jantar e, depois, teve que inventar qualquer desculpa para fugir à habitual reunião na sala para o recital de Moça. Era tamanha a antecipação que tomava conta de si que não conseguia sequer controlar os suspiros. No seu quarto, com as janelas fechadas para o vento insubordinado da noite, repassou as palavras de Moça como promessa, "Quando o tempo for propício", repetiu, castigando o travesseiro com as dúvidas que teimavam aparecer. Contou as batidas do coração para distrair o pensamento e pediu em voz baixa que o tempo se cumprisse logo. Adormeceu.

Quando as nuvens se abriram e fez silêncio lá fora, Josefa foi despertada por um delicado arranhar nas venezianas. Levantou-se e pressionou o rosto contra a fresta da janela. Na penumbra, distinguiu não mais que um vulto. Lembrou-se do pesadelo com o monstrinho no quarto de costura e já não era medo o que sentia, mas algo pedindo por ar. Sem perceber, seus dedos deslizaram pelo ferrolho. A pele se arrepiou da nuca aos tornozelos, e ela intuiu que se metia num caminho sem volta, mas não se deteve. As dobradiças da janela nem sequer rangeram, dóceis, cúmplices.

Josefa deu de cara com uma gigantesca suçuarana, maior que qualquer outra que já tivesse visto abatida pelos vaqueiros, alta como uma mula. A onça sentou-se pacientemente nas patas de trás, a cabeça enorme luzindo na claridade da lua. Não rosnava nem se movia; esperava. Reconhecendo aquele olhar insondável, Josefa esticou a mão e disse:

— Boa noite, Caetana.

A onça tocou-lhe a ponta dos dedos com o focinho úmido, deu-lhe as costas e se prostrou. Josefa não teve dúvidas: esgueirou-se por sobre o parapeito e montou o lombo da onça Caetana, encaixando-se às suas curvas e apertando-lhe os músculos entre a umidade de suas coxas. O toque áspero dos pelos espalhou ondas de desfalecimento, e Josefa só não perdeu os sentidos porque tinha fome, muita fome, uma fome terrivelmente antiga.

A onça se levantou, cheirou o ar, e num salto mergulhou na noite. O vento logo roubou a camisola de Josefa, e ela precisou se agarrar ao pescoço largo do animal para não ser lançada para trás. Percorreram descampados, saltaram arbustos, enfiaram-se na mata, subiram montes como se voassem, as oiticicas e carnaúbas deslizando muito abaixo delas.

À beira das terras do Coronzó, nas pastagens de gado, a onça parou e Josefa escorregou de seu lombo. Ficaram por ali, espreitando o rebanho sonolento, fustigando as vacas, aguardando que o touro aparecesse para lhes ameaçar. O bicho surgiu de repente, disparado em uma revoada de terra. Então a onça abocanhou-lhe o pescoço e o derrubou. O sangue jorrou negro e os cascos ficaram tremendo no ar enquanto a onça e Josefa afundavam os dentes na carne morna. Quando os vaqueiros despertaram alarmados pelo barulho, elas já tinham abandonado a carcaça.

Beberam das águas do Ingueirê, onde os nativos velhos diziam que os afogados voltavam para ludibriar os vivos. Diante das luas partidas na correnteza morosa, finalmente saciadas, abandonaram-se à tarefa de se limparem uma à outra, com vagar e atenção. A língua áspera da onça deslizou na pele de Josefa, terna, mas voraz. Em troca, os dedos de Josefa pentearam o pelo, descaroçando espinhos e escamas de barro.

O sertão ainda dormia quando Josefa foi levada de volta ao seu quarto, embalada num torpor de banquete. Ao chegar à janela, a onça deteve-se com a mesma placidez com que surgira. Josefa desceu com lentidão, o corpo ainda palpitando de uma vida que não era só sua, e, ao tocar o assoalho do quarto, seus pés estranharam. Virou-se para agradecer, mas a onça já havia desaparecido no sereno, sem ruído nem pegadas, deixando para trás apenas o cheiro quente de mato e sangue.

Josefa fechou a janela, encostou as costas na madeira e escutou o coral distante dos galos. O tempo propício tinha chegado. Não haveria mais noivos, nem enxovais, nem olhos de bode. Deitou-se com essa certeza. Não teve sono, imaginando como seria encarar o rosto de Caetana à mesa. E, enquanto esperava o dia nascer, percebeu que mais uma vez era incapaz de discernir onde acabava o sonho e começava a realidade. Mas aquilo afinal já não lhe importava mais.

4.

DEIXE QUEIMAR

Primeiro inventaram que eu era vagabunda
Por não lamber botas de generais
Então eu trabalhei o dia todo e a noite inteira
Até não poder mais
Me arrastaram pelo mato até eu gritar
Pela sua mãe
Rasgaram minhas costas com o espelho que eu quebrei
Quando não vi meu rosto lá
Você já se sentiu como eu me sinto agora?
Alguém já te chutou para o lado de fora?

Cortaram as fotos do amor que estavam na minha cabeça
E beberam a alegria
O meu quarto começou a se tornar o mundo inteiro
De onde eu não saía
Passei a evitar amigos e inventar desculpas
Pra ficar sozinha
Fizeram reunião bem no quintal da minha casa
Apontando para a cova rasa
Dessa palhaça você pode rir agora
Mas tudo o que apanhei tá aqui esperando a hora

(Refrão)
Deixe queimar, deixe queimar
Deixe doer, deixe marcar
Me deixa correr
Correr e gritar
Que essa raiva é tudo o que eu tenho agora

Março de 1985.

Podcast Em Busca do Lixo, Episódio 4: A mãe e o primo

[Som de vento, buzinas e vozes indistintas ao fundo.]

Alessandra Moretti: Durante a grande seca de 32, o governo do Ceará implementou uma política que nós, brasileiros, conhecemos apenas de filmes sobre o Holocausto: foram construídos campos de concentração. A ideia higienista do interventor nomeado pelo Estado Novo, Capitão Carneiro de Mendonça, era controlar a grande massa de retirantes que fugiam da fome e da seca em direção à capital.

Não era a primeira vez. Em 1915, o governador Liberato Barroso já havia autorizado a criação do campo do Alagadiço, numa área próxima à atual Avenida Bezerra de Menezes, nas imediações do que hoje é o São Gerardo, bairro vizinho ao Monte Castelo, onde ficava o Muquifo. Dezessete anos depois, Carneiro de Mendonça acreditava que somente um campo de concentração não seria o suficiente. Além de reativar o campo do Alagadiço, mandou construir outro, também em Fortaleza, e mais cinco espalhados pelos interiores. Em 30 de junho de 1932, um jornal cearense reportou que os sete campos de concentração abrigavam 73.918 pessoas.

Detalhe importante: os jornais não chamavam os retirantes de pessoas. Em todas as reportagens que encontro, são "flagelados". Também os campos de concentração não recebiam esse nome na época. Eram conhecidos como "currais".

Isso mesmo: currais de flagelados.

As notícias sobre os campos de concentração ainda não tinham chegado ao povoado de Uruquê, em Quixeramobim, a 203 quilômetros de Fortaleza, quando Raimundo Barbosa, de apenas 16 anos, tentou embarcar para a capital. Mas os assim chamados "trens da fome" vinham sendo vigiados pelas autoridades. Agentes do governo capturaram o rapaz ainda na estação. Raimundo foi enviado para o Sítio Patu, um campo de concentração no município de Senador Pompeu. Passou oito meses preso a uma rotina de trabalhos forçados até conseguir fugir, viajando de favor em carro de boi, e finalmente chegar a Fortaleza, distante mais de 300 km de onde estava.

> **Dona Luci**: Lá no Patu, todo dia morria dois, três, e aí quem tinha que enterrar eram os preso mesmo. Porque aquilo era uma prisão. Meu pai contava que, de noite, eles deixavam ao meno um morto do lado de fora, que era pros cachorro num querer atacar os doente que ainda tavam vivo.

Quem me conta a difícil história de Raimundo é sua filha, Marta Lucinete da Silva Barbosa, a Dona Luci. Conversamos na sala estreita de sua casa no Lagamar, uma comunidade localizada à margem da BR-116 e dividida por um riacho canalizado cujo nome se perdeu no tempo. Estou num sofazinho de dois lugares e Dona Luci numa cadeira de balanço, de frente para a TV ligada. Ao lado do aparelho, uma imagem de Nossa Senhora de Fátima e a foto de um jovem atlético. Reconheço: é o filho dela, João Valdenir da Silva Barbosa, mais conhecido como Jota do Lixo.

[Transição sonora.]

Olá. Eu sou Alessandra Moretti e ainda sigo *Em Busca do Lixo*.

[Vinheta de apresentação do programa.]

Após a encruzilhada sobre a identidade de Nhewó e suas possíveis conexões com o desaparecimento e morte de Teodoro Rubens de Castro, os caminhos que encontro me levam à infância de Jota e a um ambiente marcado por miséria e violência, mas com um forte senso de pertencimento familiar.

Finalmente, Dona Luci me recebe em sua casa.

[Som de clique em gravador.]

Dona Luci: Acho que João Valdenir puxou do avô isso de querer consertar o mundo, como se o mundo fosse dele pra consertar. Nasceu justiceiro. Ele achava que as coisa tinha que mudar, né, do mesmo jeito que o avô dele pensava também. Meu pai era assim com as dificuldade, com os sofrimento tudo que o povo passa. Ele quando chegou aqui em Fortaleza já foram dizendo: "Olhe, Raimundo, fique pelas beirada, num vá se bandear muito pra dentro da cidade, não, que eles te mandam pra morrer lá no Alagadiço". Aí meu pai: "Pois taí, agora é que eu vou mesmo". E se meteu foi lá pelo Centro e tudo, trabalhou no matadouro, depois passou um tempo lá pelo porto. Aí só quando foi conhecer a minha mãe é que veio se arrumar aqui no Lagamar, que tava começando a ocupação nessa época, né. Ele mais ela levantaram uma casinha pra lá da ponte, ali no começo do canal.

Alessandra Moretti: O riacho já era canalizado desse jeito?

Dona Luci: O canal assim, não, mas o riacho sempre existiu, só que nas margem era lama, num tinha assim o cimento, né. Uma água limpa, viu! E as casa era no mei do mangue. Agora tem as ponte, né, mas o Lagamar era lama, lama, lama. Aí as coisa aos pouco foram mudando, aos pouquinho, né, até o ponto em que nós chegamo agora nesse calçamento. Mas antes era lama, era porco, cavalo, tudo se criava aqui. Meu pai teve um tempo que fazia frete que até chegou a ter um cavalinho branco, lindo, que ele deixava solto, pastando, que aqui todo mundo se conhecia, era tranquilo. Depois um desafeto dele matou o pobre desse cavalo na paulada.

Alessandra Moretti: E a casa de seus pais ficava onde?

Dona Luci: Era mais pra ali, no começo. Era uma casinha de taipa, era tudo assim, de taipa, de madeira. Muito mato, também. Tinha os caminho, né, aonde era a rua, mas dum lado e do outro era mato. Lá onde meus pais morava é que foi desocupado pra passar a avenida. A prefeitura tirou eles e mandaro prum conjunto lá num sei onde. Isso foi o quê? Num lembro o ano, mas eu já tava casada, já tinha o João Valdenir. Aí sei que meu pai morreu de tristeza, porque ficou sem os amigo dele e tudo. Coitado, morreu que nem passarinho. João Valdenir ficou arrasado, que ele era louco pelo meu pai. Minha mãe é que viveu mais, até os 92, mas também foi porque depois que o Afonso se foi, eu trouxe ela pra morar comigo.

Afonso era o marido de Dona Luci e pai de Jota. Ele faleceu, em 1985, afogado no canal, a duas quadras de casa. Não é difícil perceber que Dona Luci evita falar do marido, com quem teve um relacionamento, no mínimo, difícil.

Quem me conta mais detalhes é Marimbondo, que foi vizinho da família durante a infância.

Marimbondo: Lá de casa a gente ouvia a gritaiada quando Seu Afonso voltava chumbado pra casa. Bêbado, né. Aí descia a mão em Dona Luci. Quebrava tudo pela casa, as coisinha que Dona Luci comprava na maior dificuldade. Teve uma vez que ele rebolou foi a mesa inteirinha no meio da rua. Aí quando o Jota foi engrossando o pescoço, quis se meter, né, e quem começou a apanhar foi ele. Apanhava muito. Porrada, mesmo, pancada, surra de corda, surra de cinto, surra de tábua. Tinha vez que a gente ia pra escola e parecia que ele tinha sido era atropelado. Era um homem muito difícil, né, o pai dele. Até faca ele puxou pro Jota.

[Som de clique em gravador.]

Dona Aldenora: Um demônio, minha filha. Pense num cabra ruim. Ninguém aqui gostava dele, não. Num sei como que a coitada da Luci foi se juntar mais ele, porque além de tudo Afonso era horroroso, parecia um rato véi, aquela cara de fuinha, num sabe? Acho que ele maltratava ela por isso, porque Luci era bonita, e ele queria enfeiar ela pra deixar que nem ele. O menino deles dois ainda bem que puxou ela. Só teve de ficar meio perturbado do juízo.

Essa é Aldenora Martins, que foi dona de um mercadinho na esquina da rua de Dona Luci. No local, hoje funciona a barbearia de seu neto.

Dona Aldenora: Tem 60 anos que eu moro no Lagamar. Meus filho foram tudo nascido e criado aqui. Sempre foi assim, como em todo lugar, tinha gente boa e gente ruim. Afonso era ruim. Num ajudava com nada dentro de casa, o dinheiro que recebia na oficina ele gastava tudo em bebida. Cansei de vender fiado pra Luci, que sempre foi muito minha amiga. Ela é que botava comida na mesa, coitada. Saía pra trabalhar numa loja de sapato lá no Centro, passava o dia todinho em pé, voltava de noite pra fazer comida, arrumar a casa, cuidar de menino, que, como se não bastasse, ela ainda ficou com o filho da irmã dela, que era rapariga, como é que se diz, mulher da vida, né, todo mundo sabia. Inclusive, tem quem diga que ela deitava até com o Afonso.

Alessandra Moretti: O marido de Dona Luci? Com a irmã dela?
Dona Aldenora: Pagando, né, minha filha. O povo contava, porque aquelazinha era uma rameira, a verdade é essa. Sei que com isso tudo e Luci ainda tinha que aguentar desaforo de bêbado, porque o Afonso só chegava em casa caindo pelas tabela. Foi um grande dum livramento a morte daquele homem.
Alessandra Moretti: Ele morreu afogado?
Dona Aldenora: Culpa da cachaça, minha filha! Todo dia ele saía da oficina do Azeitona e ia beber no bar de Zé Antunes, que era outro carniça, também. Quando saía, era trançando as perna. Numa dessa, deve ter caído na água e o diabo levou.
Alessandra Moretti: Não tinham pontes na época, né?
Dona Aldenora: Aqui era abandonado, a gente vivia ao Deus dará.
Alessandra Moretti: Então ele se afogou na margem?
Dona Aldenora: Minha filha, bêbado sempre encontra um jeito de se lascar. E gente ruim, gente ruim mesmo, uma hora recebe o castigo que merece.

[Som de clique de gravador.]

Marimbondo: O João já tinha uma revolta muito grande por conta do pai dele, né. Ele falava assim: "Por que que eu tô apanhando? Tô apanhando sem motivo". Aí eu penso que o fato dele ter se tornado punk, né, primeiro roqueiro e tal, depois punk, foi mais uma coisa dele querer mostrar pra todo mundo que a vida era injusta. E como ele sempre foi muito de ler, né, como ele lia assim de livro a revista em quadrinho, jornal, conta de luz, o que desse pra ler, então a partir daí a inteligência dele se desenvolveu e ele foi direcionando essa revolta dele.

[Transição sonora.]

Dona Luci: Nunca tive problema com ele quando era pequeno, não, graças a Deus. Foi depois que ele cresceu. Mas também a única coisa que me afetou foi isso dele achar de sair de casa muito novo, né. Quando Afonso morreu, João Valdenir tinha nem 15 ano. Aí quando foi com 16, ele aparece aqui com uma menina desse tamanhozinho, uma piveta, se você visse... Aí João Valdenir chega e diz assim: "Mãe, eu vou simbora". Eu achava que ele queria era se casar, oia. Aí eu: "Que conversa é essa, menino?". Mas ele era assim, já tinha botado isso na cabeça de querer ir simbora. E foi. Aí uns dois ano depois, ele aparece e diz: "Mãe, eu vou pro interior, que eu preciso conhecer minhas origem, daonde que veio meu avô e tudo". Tenho pra mim que foi aquela menina que ficou cozinhando o juízo dele com isso.
Alessandra Moretti: A Marusca?
Dona Luci: Só queria que chamasse de Maca. Isso lá é nome. Bem bonitinha, mas num tinha um pingo de juízo. Nessa época que meu filho inventou essa viagem, eles já moravam junto naquele barraco véi lá pelo Monte Castelo. O bom é que essa menina mesmo num foi com ele pro interior, não, que disse que num podia e num sei o que mais. João Valdenir se mandou sozinho pro mei do mundo.
Alessandra Moretti: E como foi essa viagem?
Dona Luci: Eu num sei direito. Ele foi pelos interior, né, acho que passou por Senador Pompeu, por Quixeramobim, talvez. Eu num sei, minha filha, porque João Valdenir voltou muito mudado, num falava mais direito com ninguém. Era outro. Até Carlos disse isso: "Minha tia, o primo tá estranho".
Alessandra Moretti: Carlos é o seu sobrinho?
Dona Luci: É como se fosse meu filho também. Quase da idade do João Valdenir, dois ano mais novo. Muito bonzinho. Estudioso. Quando eu vinha do trabalho, ele ia me

buscar à noite, né, e a gente vinha conversando numa boa. Era meu amigo. Aqui em casa a gente não conversava muito não, mas, quando ele ia me pegar na parada de ônibus, aí a gente conversava.

Alessandra Moretti: Eu soube que o Carlos foi morar em Belém, no Pará.

Dona Luci: Isso foi depois da morte de João Valdenir. É porque o pobre do Carlos sentiu demais a perda. Eles dois eram muito comparsa, viviam junto. Quando o João Valdenir foi nessa doidice de viagem pro interior, Carlos quase se acaba, coitado. Aí depois que João Valdenir voltou, porque também essa viagem foi coisa de um mês só, Carlos ficou que nem uma sombra atrás dele. Mesmo o João Valdenir daquele jeito.

Alessandra Moretti: O seu filho não voltou a morar com a senhora?

Dona Luci: Não. Ele veio uma noite aqui, só pra deixar umas coisa, e depois eu num vi mais. Tinha que pedir notícia dele pro Mauro Celso, que também era metido nessas coisa de punk, mas menos. Até porque o Carlos nessa época também ficou praticamente morando lá nesse terreno, nessas loucura de punk, como eles diziam. "Ah, tia, a gente é punk." E eu falava assim: "Vocês têm é que tirar o cheiro do mijo primeiro". E depois fizeram aquela crueldade com meu filho.

Alessandra Moretti: Eles ainda estudavam nessa época?

Dona Luci: O João Valdenir deixou de ir pra escola na época que Afonso morreu. Num tinha mais quem fizesse ele ir, não. O Carlos ficou ainda um tempinho, mas depois ele chegou pra mim e disse: "Tia, eu gosto de mexer com carro, deixe eu ficar trabalhando na oficina". Afonso tinha ensinado e ele pegou gosto por mecânica. Aí eu: "Apois vá, que o importante é ter um ofício pra não cair na vagabundagem, né".

Pode parecer que Dona Luci aceitou com muita facilidade dois adolescentes simplesmente terem largado os estudos, mas acontece que, na década de 1980, o Brasil enfrentava altas taxas de evasão escolar. Aproximadamente 40% das crianças brasileiras entre 7 e 14 anos estavam fora da escola. Em regiões mais vulneráveis, essas taxas podiam ser bem mais elevadas. Era considerado normal.

Observo a fotografia de Jota, um rapaz alto, de braços fortes, bonito, apesar do sorriso já sem os dentes da frente, e penso o que teria sido dele se tivesse continuado a estudar. Que profissão teria escolhido? Pergunto a Dona Luci quando a foto foi tirada.

Dona Luci: Eu nem lembro. Tenho muita pena, porque é a única foto que eu tenho dele e saiu assim, banguelo, que aí ele já tinha perdido os dente na queda do ônibus.
Alessandra Moretti: Não foi numa batida policial?
Dona Luci: Não! João Valdenir nunca que teve problema com polícia, não. Isso aí foi quando ele foi descer antes do ônibus parar e sentou a cara no meio-fio. Ele tava vindo pra cá almoçar. Aí me chamaram, fui até lá no maior alvoroço. Quando cheguei, ele tava sentado no chão rindo, com os dente tudo na mão.
Alessandra Moretti: Então ele nunca foi preso?
Dona Luci: João Valdenir? Não, pelo amor de Deus.
Alessandra Moretti: Me desculpe, Dona Luci, mas um amigo dele me disse que o João perdeu os dentes apanhando da polícia, numa noite em que foi preso, e que foi lá na delegacia que ele começou a se chamar de Jota do Lixo.
Dona Luci: Apois quem lhe disse isso tá mentindo. Primeiro que João Valdenir, que eu saiba, e ele nunca que ia esconder uma coisa dessa de mim, João Valdenir nunca pisou numa delegacia. Segundo que, quando ele levou essa queda, já tava com essa história de Jota do Lixo, que isso começou foi quando ele começou a andar mais aquela menina. Tenho pra mim que foi ela que inventou isso, que a menina era meio nojentinha, também. Um nome tão bonito, né, João Valdenir, pra ficar com um apelido desse. Nam! E ele quem pedia pra chamarem assim. Só eu e Carlos que nunca deixamo de usar

o nome dele. Até no velório vieram com isso de Jota do Lixo, e o Carlos: "Não, o nome de meu primo é João Valdenir". Achei isso muito bonito. O Carlos sempre foi muito sério.

Se você ouviu os episódios anteriores, sabe que Marimbondo me contou como Jota foi espancado por um policial até perder os dentes. Seria Marimbondo, o melhor amigo de Jota, seu amigo de infância, uma fonte duvidosa? Lembro de Teodoro, que Marimbondo negou ser Nhewó, e passo a questionar o que ele me disse ao ver a foto.

Marimbondo: Não, não... num é ele, não.

Por outro lado, Laion também não havia reconhecido Nhewó na foto de Teodoro. Talvez o causo sobre a surra da polícia fosse uma mentira que o próprio Jota contava, e Marimbondo apenas resolveu se colocar na história. Ou talvez eu esteja tentando me agarrar a alguma coisa para não tropeçar.

Parece que, quando se trata de Jota do Lixo, sempre que me aproximo de uma saída, caio num buraco que leva a outro.

[Música tensa crescendo. Corte.]

Apesar de ainda surpresa com a revelação de Dona Luci, aproveito para perguntar mais sobre Carlos Eduardo. Afinal, o primo de Jota é uma espécie de presença ao longo de todas as entrevistas que tenho feito. Ele sem dúvida teve um papel importantíssimo em todos esses acontecimentos, e percebo que esta é a melhor oportunidade que tenho de desvendá-lo ao menos um pouco. Talvez a única.

Mas Dona Luci estranha minha curiosidade.

Dona Luci: De Carlos? Por quê?
Alessandra Moretti: A senhora me disse que ele e seu filho eram próximos.

Dona Luci: Sim, mas é que ninguém nunca pergunta de Carlos.
Alessandra Moretti: Não?
Dona Luci: Não, não. De João Valdenir, sempre, né, às vezes eu leio reportagem sobre ele e tudo, mas o Carlos... Carlos era quieto, né? E eu num sei muito das coisa dele depois.
Alessandra Moretti: A senhora disse que ele foi pra Belém logo depois da morte do João.
Dona Luci: Humrum.
Alessandra Moretti: Foi por causa de emprego, casamento...?
Dona Luci: Ele foi porque tava triste. Ficou muito triste com a perda do meu filho. Se eu pudesse, ia embora também, mas tinha minha mãe pra cuidar. Carlos ainda conseguiu terminar os estudo por lá. Virou professor. Sempre foi esforçado.
Alessandra Moretti: Ele chegou a ser internado, né?
Dona Luci: Internado?
Alessandra Moretti: Num hospital psiquiátrico. Por um ano.
Dona Luci: Olhe, isso é coisa de Carlos. Você fale disso com ele. Eu só posso falar pelo meu filho, porque ele num pode mais falar por ele, né? Carlos tá vivo. Se você quiser saber essas coisa... Isso num tem nada a ver.
Alessandra Moretti: Imagina, Dona Luci, eu compreendo. Não tem problema.
Dona Luci: De João Valdenir, pode me perguntar o que quiser, que eu ajudo.
Alessandra Moretti: A senhora ajudou muito. Mas sobre a infância do Carlos, digo, da infância deles dois, a senhora pode me falar alguma coisa? O Carlos foi criado pela senhora desde pequeno?

[Som de rangido de madeira.]

Dona Luci fica inquieta. Tenho medo de ter ido longe demais e ela queira encerrar a entrevista. Mas então ela se levanta e pede que eu aguarde um pouco. Volta com uma maleta de couro já bastante gasta, que põe sobre o sofá. Me levanto para que ela possa se sentar e abrir a mala, que está cheia de papéis, recortes e fotografias. É seu baú de lembranças.

Ela encontra uma foto amarelada e me mostra. É de uma mulher magra, muito bonita, de calça boca de sino e cabelo black power. Ao seu lado, um menino com não mais que cinco anos.

Dona Luci: Essa aqui é Lucivânia, minha irmã, mãe de Carlos. Esse é ele, ó, bem novinho. Ninguém nunca nem soube quem era o pai. Lucivânia era a caçula e a única na família que num deu certo. Nunca quis saber de casar. Pá virada, mesmo. Esse dia aí foi duma festa que ela inventou de ir no Clube do Náutico, que só dava gente rica, e veio um dos macho dela buscar ela aqui de carro. Foi esse homem que tirou a foto. Quando ela inventava essas arrumação, eu ficava cuidando do Carlos, né, porque ela ia dar as cara só lá pelo dia seguinte. Eu morria de pena do bichinho. Só que nisso Lucivânia foi se acabando. Aí eu sei que um dia ela veio aqui com Carlos, e ele já era até grandinho, devia de ter já os seus seis ano, mazomêno, e me entregou, disse que ia simbora. "Pra onde, Lucivânia?" Aí ela: "Eu vou pra Belém, porque conheci um homem por lá", e não sei o quê. Disse que voltava depois pra pegar Carlos. Só que nunca voltou, né.

Alessandra Moretti: A senhora acha que Carlos foi procurar a mãe em Belém?

Dona Luci: Só se ele tinha uma memória muito boa, porque eu mesmo nunca que falei pra ele isso. Mas essas coisa ficam com a criança, né?

Pergunto a Dona Luci se ela permite que eu adicione a foto de sua irmã aos arquivos do programa, mas ela nega. Ainda é um tema delicado. Ao invés de insistir, noto que, entre os papéis na mala, há algumas revistinhas em quadrinhos do Homem-Aranha.

Alessandra Moretti: São do João?
Dona Luci: Eram dele, sim. Ele adorava. Quer ver?

[Interferência no gravador, pequena pausa.]

No próximo episódio de *Em Busca do Lixo*:

Fátima Catano: O que eu sei é que os pais dela eram gente ruim. Tinham vindo do interior, só que bem das brenha mesmo, do sertão, né. O pai, Seu Antônio, ninguém gostava dele, e a mãe, a Marluce, Ave Maria, era horrorosa. Fazia a Maca trabalhar o dia todim limpando a casa, carregando balde d'água. Minha tia que sabia bem das história deles, aí contava que a família tinha vindo duma cidade que se acabou no interior, ainda lá nos anos 60.

Em Busca do Lixo é um podcast da Central Brasileira de Rádio, CBR. Eu sou Alessandra Moretti, apresentadora e roteirista. A produção é de Walter Cisne, com edição de Orlando Faria e checagem de fatos por Vanessa Carmo. A música foi composta por Rodney Ruas. Para ver fotografias, mapas, documentos e muito mais, acesse cbr.com/embusca. Siga o podcast em sua plataforma de streaming favorita e não esqueça de deixar seus comentários e sugestões em nossas redes sociais.

Até semana que vem.

Carlos Eduardo

Percorri os primeiros quilômetros de estrada tratando de relembrar os dias seguintes à chegada de Teodoro no Muquifo, que há muito tempo concluí como sendo os mais reveladores de todo aquele nosso delírio. Fui na rodovia discutindo os detalhes aos gritos dentro do capacete, comigo mesmo, como em geral costumo fazer, pois não suporto o silêncio. Quem me conhece vê nisso um paradoxo, uma vez que pareço perfeitamente à vontade sozinho. Sim, mas nunca em silêncio: penso em voz alta, conto piadas para ninguém, me engalfinho em brigas — o que certamente confere uma camada a mais ao meu prontuário psiquiátrico. Isaías percebeu isso em mim. Numa das nossas primeiras tardes celebradas juntos, ele brincou que nunca havia visto alguém contar histórias com começo, meio e fim somente para si. Gostei do modo como pôs a situação. Antes, aquilo servia de cobrança para Adalgisa: "Por que você não fala assim comigo?". Era a sua queixa favorita, pois falo muito, mas somente frases breves e de pouco significado. Tenho dificuldade de me expressar diante de alguém que não seja eu mesmo. Timidez. Por isso, tergiverso, repito concordâncias, gaguejo, me enrolo. Minhas primeiras aulas, por exemplo, foram constrangedoras.

Além de falar sozinho, também puxo assunto com estranhos. É uma forma muito específica de sofrimento, pois, como disse, sou tímido, então em cada sala de espera, fila ou transporte público, me contorço entre a vergonha e essa patológica ojeriza ao silêncio. Foi desse modo que conheci Teodoro. Era junho de 1985, e guardo a data porque foi o mês que João Valdenir passou em sua aventura pelo sertão. Sem ele e sem Maca, que ensaiou um breve retorno à casa dos pais, eu me arrastava no fundo do poço: saía todas as noites, me embriagava e acordava de repente nos lugares mais inesperados. Naquela manhã, me vi à mesa de uma padaria deserta. Pedi um monte de comida e me obriguei a perguntar ao rapaz da limpeza se conhecia Ramones.

Ele tinha a mesma idade que eu, o nariz achatado e uma expressãozinha de dar pena. Me pareceu excessivamente servil, como um cachorro magro. Pedi que se sentasse. Respondeu que não podia, pois estava de serviço. A timidez me atacou, mas havia o silêncio. Então voltei à carga: "Que mal tem em tomar um cafezinho com o cliente?". Perguntei seu nome. Emitiu um ganido: "Teodoro". Puxei a cadeira e, praticamente, o obriguei a sentar.

— Conhece Ramones?

— O que é isso?

— Uma banda punk. *A* banda punk.

— Tudo bem.

— Sabe o que é punk?

— Não sei, não.

Ele queria parecer simpático, e eu aproveitei que sua timidez se evidenciava mais severa que a minha para experimentar um dia de João Valdenir. Comecei com frases genéricas sobre o movimento, a maioria reciclada das coisas que meu primo ensinava. Mas logo me concentrei no que realmente importava para os adolescentes que éramos: liberdade e sexo. Citei as festas, as moças, as migrações que empreendíamos através da cidade. Sobretudo, falei do Muquifo. Por trás da expressão abobada, o rosto de Teodoro se acendeu exatamente como imaginei que aconteceria. Uma faísca brevíssima. Depois caiu em si.

— E o dinheiro? — perguntou, endireitando-se.

Uma enxaqueca me atormentava e o carburador de um Fusca me esperava na oficina do Azeitona. Teodoro não tinha entendido nada. Ou entendera melhor do que eu. Como o João Valdenir fazia isso? Não valia o esforço. Me defendi com outra pergunta:

— Parece que tô passando necessidade? — E aproveitei para pedir mais uma tapioca.

— Tudo bem.

Mas entendi que ele não acreditava que o dinheiro fosse meu. Ou ao menos não acreditava que fosse honesto. Compreensível: um pivete de 15 anos, com a minha cara, com os meus cabelos, de camiseta preta e calça rasgada, olhos inchados de droga, à toa às seis da manhã de um dia de semana. Teodoro evitava ficar me encarando, mas se entortava para trás como se temesse tornar-se vagabundo por contágio. Sua contida impaciência transbordava na perna inquieta e nos dedos apertando o cabo do esfregão. O melhor uso que poderia fazer de seu próprio tempo era voltar ao trabalho, e foi o que fez, não sem antes dar mil desculpas.

A desconfiança era o maior elogio que um punk podia receber; por outro lado, eu realmente me orgulhava de ser um trabalhador, e qualquer insinuação de dinheiro ganho sem o devido esforço me enfurecia. Afinal, mesmo sem pisar no Lagamar há anos, minha mãe ainda era lembrada pelas vizinhas como mulher de vida fácil. Então eu cortava um dobrado na oficina. Tia Luci recebia uma merreca e ainda tinha que ajudar o João Valdenir de vez em quando, como fez com as passagens de ônibus para o interior, mesmo ele já não morando com a gente. E como a morte de Afonso deixara um rombo no orçamento doméstico, eu vinha tentando preencher a ausência como podia. Me empolguei tanto nessa tarefa que acabei imitando Afonso também na bebida. Não que admirasse esse seu lado; apenas me pareceu natural. "Todo homem que trabalha honestamente tem direito a tomar sua cachaça em paz", dizia ele, e não custa reforçar que o amei. No entanto, a bebida me custava caro. Os homens zombavam de tudo o que eu falava, me empurravam, só fingiam me levar a sério quando eu retrucava para, em seguida, redobrar as piadas:

— O sobrinho de Lucinda é muito afoito.

— E a mãe dele, hein? Saudades.

— Ei, menino, tu te comporta que qualquer um aqui pode ser teu pai.

— Me tirem dessa, que feio desse jeito ele só pode ser filho do Afonso!

E o bar inteiro explodia em gargalhadas. A mim, restavam olhos ardidos e palavrões, que os homens recebiam com mais chacota. Se eu me irritava de verdade, seguravam meus braços e me botavam para fora debaixo de socos. Na vez que derrubei uma mesa e puxei a chave de fenda para ameaçá-los, me bateram tanto que Tia Luci chamou dois vizinhos para me levarem de volta nos braços.

Nada disso contei a Teodoro. Me parecia improvável que pudesse se interessar por essa fronteira onde eu me dividia, com um pé no punk e o outro na tradição de sobrevivência a todo custo dos miseráveis. O pobre aprende cedo e à força que precisa escolher: vagabundo ou peão, e foi com a mais perfeita expressão de conformismo que Teodoro retornou ao esfregão, certo da escolha que fizera. Vi nele um destino igualmente reservado para mim, caso um dia perdesse o farol de João Valdenir e Maca: trabalhar quieto e sempre e muito, nunca o bastante, quem sabe com pequenas pausas à noite e nos domingos para descontar no copo ou no corpo dos filhos, até ser acossado por moscas num banco de posto de saúde.

Aquele fortuito encontro com Teodoro me serviria, meses depois, para eventualmente abandonar a oficina e me instalar de vez no Muquifo. Mas se agora, com tanto a dizer, gasto tempo com ele, não é para explicar meus dilemas punks. Como disse antes, Teodoro foi o primeiro sinal de que havia algo de terrível em nosso grupo. Lembro a noite em que apareceu, depois do retorno de João Valdenir do sertão, já como Jota, quando o Muquifo se estabeleceu em definitivo como a nossa casa.

Estávamos seis ou sete totalmente chapados ao redor de Estevão, um mauricinho da Aldeota que nos acompanhava brincando de doidão. Ele falava sobre um disco do *Bad Brains*, acho, mas todos conversavam e riam ao mesmo tempo, de modo que, depois de ser interrompido umas tantas vezes, Estevão perdeu a paciência e se levantou. Trombou com Jota e outro cara, que vinham entrando no exato momento em que Estevão atravessava o portão. Não sei o que se passou em sua cabeça, talvez a vontade de sair por cima, esses punks de butique têm o ego fragilíssimo, mas foi logo metendo a mão espalmada no peito do cara que acompanhava Jota e dizendo: "Sai da frente que hoje não quero bater em ninguém". Estevão caiu duro no primeiro soco, e foi preciso três de nós para tirar o cara de cima dele. O cara, reconheci, era Teodoro.

Devo admitir que fazia muito álcool e muita droga desde aquele encontro na padaria. No entanto, e apesar do moicano, do rosto pálido — me perguntei se usava maquiagem — e da capa preta, não havia dúvida: Teodoro. Se eu não estivesse tão lesado de aranha, teria dito o seu nome em voz alta. Porém, a Maca se levantou primeiro e o batizou: *Nhewó*. E nunca me atrevi a desmenti-la.

Me ocorre agora que Teodoro não chegou a se apresentar para ninguém no Muquifo. Sendo mais preciso, não falava. E mal se movia. Agia feito uma máquina, precisando ser posto para funcionar. Depois que cedi o lugar na banda, percebi que Maca tinha esse poder sobre ele, mas era Jota quem realmente ligava Teodoro. Viviam saindo juntos, uma dupla em tudo improvável. Davam voltas pelos quarteirões próximos e pulavam muros, sempre à noite, sempre calados. Sei disso porque me dei a tarefa de segui-los. Nunca acontecia nada, e eu passava o dia seguinte caindo de sono. Numa das noites em que me deixei vencer pela preguiça, os dois retornaram ao Muquifo com a gata mais gorda do mundo, do tamanho de um bacurim. Maca deu-lhe o nome de Caetana. A partir daí, o naufrágio se tornou irreversível.

Na estrada, enquanto ia reconstruindo a ordem das coisas na cabeça, temia que as datas e os acontecimentos tivessem se misturado, como é da natureza do passado, mas até que me surpreendi com a qualidade dessas memórias. Porém, a falta de sono contribuía com alucinações que me deixaram nervosíssimo. O mais estranho se deu já na divisa do Maranhão com o Piauí, onde parei para abastecer.

Como dizia uma colega professora que gostava de filmes de terror, o problema dos fantasmas é a didática. Eu pilotava há mais de treze horas, com um único intervalo de vinte minutos de balsa durante a travessia do rio Pindaré. O sol tinha acabado de se pôr, mas, como eu dormira mal, me sentia acabado. Desci da moto com as mãos contendo as dores na lombar e respondi uma mensagem da filha de Isaías, tranquilizando-a com a minha localização. Pedi ao frentista a chave do banheiro. Quando terminei, do lado de fora me esperava Teodoro, vestido com a farda branca da padaria, limpa e engomada. O rosto, porém, um desastre. Embora as órbitas vazias de seus olhos estivessem tomadas por formigas brancas, intuí que me encarava. Claro que tomei um susto tremendo, mas o espectro não procurava confusão e foi desaparecendo sem um ruído sequer. Fiquei impressionado. Seja lá por qual motivo Teodoro me apareceu, devia ser importante.

Pedi uma cadeira de plástico ao frentista para tirar um cochilo, na esperança que Teodoro me voltasse em sonho para completar a mensagem. O frentista recomendou cuidado: os tipos que paravam por ali não eram de confiança. Fiquei em dúvida se ele se referia aos caminhoneiros ou a mim. Tive a prudência de enfiar a mochila dentro da camisa e passar os braços por cima, mas adormeci serenamente, ouvindo dois homens procurando culpados pelo preço do diesel. Despertei quatro horas depois, revigorado, com a mochila a salvo. Não tive sonhos. Só me lembrei de Teodoro porque os caminhoneiros tinham partido e o posto estava mergulhado em um terrível silêncio.

Quarto Caderno

Josefa não precisava mais pedir licença para cruzar o pátio quando bem entendesse. Ninguém se intrometia em sua felicidade, nem as criadas, nem os lavradores, ninguém da casa-grande ou dos arredores da fazenda. Andava com o cabelo sempre úmido de banhos apressados, vestida sem rigores, feito criada, menina achada no mato, e sentia que aqueles vinham sendo os melhores dias de sua vida, regulares e descomplicados. Pela primeira vez desde a infância, não se perguntava se estava dormindo ou não, sonhando ou desperta, pois tudo era tão simples que as manhãs se emendavam nas noites e não havia mais necessidade de se preparar para dormir ou trocar de roupa para o almoço.

Não que tivesse se largado de cuidados. Continuava a conferir-se no espelho e nunca antes tinha dedicado tamanha atenção aos recantos escondidos do próprio corpo. Mas o que a encantava era uma beleza nova, liberta de pudores, distante de penteados impossíveis e do calor recatado das anáguas. Desde que tinha se confessado a Moça, seu mundo havia se tornado vasto demais para aquelas miudezas.

Correra para Moça no dia seguinte ao encontro com a Onça, logo depois do desjejum. Embora Moça jamais deixasse o quarto antes do anoitecer, recebeu Josefa antes da primeira batida à porta. Dentro do quarto reinava a escuridão, a janela calafetada por colchas espessas, e a única claridade era a chama contida de uma vela. Aferrolharam-se e passaram a manhã inteira conversando, a primeira de muitas. Josefa revelou o vergonhoso tesouro de grampos, broches, fios de cabelo e outros pequenos lixos que colhera do rastro de Moça pela casa. A outra riu daquela devoção, dizendo-lhe que poderia ter entregado tudo, bastava o pedido. Confirmou todos os desejos e varreu todas as dúvidas de Josefa. Apenas quando ela começou a contar da Onça, querendo atestar-lhe a identidade, Moça muito discretamente mudou de assunto:

— As coisas boas que nos acontecem não precisam ser decifradas.

Josefa teve a certeza que, se abrisse a boca e nomeasse os encontros noturnos, algo se quebraria e não teria retorno. Por isso se conteve e apenas concordou. Ficaram naqueles termos, em uma compreensão silenciosa de que a noite de uma agora pertencia igualmente à noite da outra.

Aquela paixão súbita de modo algum embotou os pensamentos de Josefa. Muito pelo contrário: sentia-se mais forte, mais curiosa e mais atenta. Continuava a bordar o enxoval, porém despreocupada do casamento, como se tudo não passasse de uma invencionice besta que alguém tinha arrumado para aborrecê-la. Assim, a data marcada para a chegada de seu pai e do noivo foi aos poucos se perdendo em uma difusa eternidade.

Acendeu-se nela um sopro antigo, e a casa-grande passou a se mover em torno de seus impulsos. Uma por uma, a maior parte das criadas foi deixando a fazenda, liberadas por Josefa, embora a ordem jamais tenha sido dada. Não houve fuga: as mulheres apenas saíram com suas trouxas e seus filhos, e ninguém lhes pediu explicação. A cozinha permaneceu com as panelas secas e os lençóis empilhados na pedra. Ficaram apenas Dorotéa, porque muito velha, e Catarina, porque muito jovem. E os lavradores, sabendo que o Coronel Feitosa jamais concordaria com aquilo e, quando retornasse, daria jeito de buscá-los até no inferno se preciso fosse.

Mas o certo é que ninguém se alarmou, exceto Dona Isabel Maria, que perambulava pelos cômodos reclamando sozinha do desleixo.

— E o almoço? Onde está o almoço? — murmurava com as mãos estendidas.

Desde a noitinha em que convidou Moça para visitar a igreja, ela vinha se amofinando e só conseguia falar naquele fiapo de voz. Era vista andando sem rumo pela casa, batendo sempre com o leque inutilmente fechado nas bochechas. Passava o dedo nas beiradas do assoalho, assoprava o pó dos batentes, resmungava da ferrugem nos fechos das janelas e acabava adormecida onde quer que o cansaço finalmente a derrubasse. Mais de uma vez, Josefa encontrou-a disputando espaço com os cães no pátio: Dona Isabel Maria tinha abandonado seus aposentos porque a imagem que via no espelho da penteadeira lhe parecia errada, o rosto encurtado, a pele desfeita. Uma velha. Então, cuspia contra o reflexo e apagava a chama das velas com as mãos, convencida de que o vidro estava possuído pelo Inimigo. Na manhã em que o encontrou estilhaçado, não se lembrava de tê-lo quebrado, e por isso nunca mais quis entrar no quarto. Também passou a desconfiar da disposição dos móveis e, sobretudo, dos mascates. Não queria conversa. Expulsava-os, chamava pelas criadas ausentes, dava ordens para ninguém. Ria sem motivo e depois chorava por horas. E, mesmo ainda usando seus melhores vestidos, com corpete e saia armada, andava sempre descalça.

Quando Dona Isabel Maria desapareceu, Josefa desejou que a madrasta tivesse aproveitado a oportunidade para escapar daquela terra que tanto detestava. Que vivesse a sua vida, pensou. Mas encontraram aberta a porta do quartinho de costura no quintal e, lá dentro, sentada no chão, de costas para o mundo, Dona Isabel Maria tentava bordar retalhos de pano velho com os dedos. Não falou nem pediu nada, mas, desde então, passou a morar ali. Dorotéa lhe deixava comida na soleira, mas ela pouco se alimentava. Cantava sozinha, e, às vezes, ao pino do meio-dia, batia-se contra as paredes de taipa, enlouquecida pelo calor.

Josefa, de vez em quando, chegava a se aproximar da porta do quartinho de costura, sem arriscar-se a entrar. A madrasta havia se tornado parte da casa, mas uma parte oculta, enterrada. E ninguém mais podia trazê-la de volta.

Mesmo aquela circunstância não foi capaz de estragar a nova rotina de Josefa, que agora até mesmo apreciava os momentos mais escaldantes das tardes alongadas prostrada na varanda. Os lavradores olhavam-na com receio, a filha do Coronel Feitosa quase despida à vista de todos, mas também não se atreviam a dizer nada. Dorotéa chamava-lhe a atenção:

— Te ajeita, menina! Que desgosto vais dar ao teu pai e aos teus irmãos. E teu futuro marido?

Ela não respondia. Voltava para o seu quarto passando as pernas pela janela, irritada porque se ia aproximando o dia da chegada dos homens. Ao anoitecer, corria para os aposentos de Moça, não para ser tranquilizada, mas para se refugiar. Também porque sempre que revelava a Moça que o terror ameaçava tomar conta de sua alma, a suçuarana aparecia de madrugada, convidando-a a predar touros, de forma que logo as visitas da onça tornaram-se constantes.

Foi isso que encorajou Josefa a novamente tocar no assunto da identidade de Moça. Não de forma direta, mas por entre pausas e perguntas que pareciam tratar de outra coisa. O que desejava era a confirmação daquele nome que ficara em sua lembrança desde o primeiro sonho que partilharam: Caetana.

— Sim, podes chamar este corpo de Caetana... — respondeu Moça.

— É o teu nome?

— Nomes são fugidios. Duram pouco, porque precisam ser usados de novo. Por isso as pedras não têm nome.

— Mas acabaste de me dizer...

Ela apontou para si mesma:

— O que eu disse é que a isto aqui podes chamar de Caetana.

Josefa então, solene, permitiu-se afirmar:

— Tu és a Onça.

Moça afastou-se para a janela. De lá, ficou contemplando o interior do pequeno quarto que Dona Isabel Maria lhe destinara, o quarto onde antes eram guardadas as tralhas da casa-grande e que fora inteiramente tomado por suas caixas e baús, ocupando as paredes até os caibros do teto.

— Ora, minha querida, por que te importas com o que eu sou?

Josefa olhou para Moça, linda como nunca. Mas havia algo nela que parecia querer se descolar, um sopro que se desprendia da pele, deixando-a com as linhas do rosto esfumaçadas.

— Porque tens que ser alguma coisa...

— Não quero ser uma coisa.

— Então tens que ser alguém. Tens que ser alguém! Caetana, ou a Onça. — Desistiu, enterrando o rosto nos lençóis: — Moça, que seja.

Moça voltou para a cama e sentou-se por detrás de Josefa. Abraçou-lhe os ombros e a virou para cima. Josefa acreditou que Moça se via através de seus olhos ardentes de choro, e teve também a inesperada visão de si mesma como em um espelho: deitada sobre a cama, completamente entregue e morta de medo.

E então escutou sua própria voz dizendo as palavras de Moça:

— O que eu sou é acontecência.

Escapou do abraço e pulou da cama, balançando a cabeça. Moça continuava sentada, com aquele vapor crescente ao seu redor. E embora nada dissesse, Josefa sabia que ela a escutava de dentro.

De dentro.

Uma brisa quente varou o quarto com o cheiro forte de terra e couro. Josefa recuou até encostar os calcanhares no tamborete.

— Estás me usando? — perguntou.

No lugar das palavras, a resposta foi um assobio leve que atravessou o espaço entre elas, roçando o reboco por dentro das paredes, pelo madeirame, pelas vigas, testando os limites da casa. Josefa decidiu fugir, mas quando deu o primeiro passo, ouviu o estalar de linhas ao redor do seu corpo, como se estivesse sendo costurada ao ar. Não foi a sua vontade que a fez se voltar de novo para Moça e vê-la agora de pé, com os braços pendentes e o rosto perdido debaixo das emanações que se expandiam.

— Não precisa ter medo — disse Moça, e, sem dar nem sequer um passo, chegou-se muito perto do rosto de Josefa: — Quer que eu te solte?

O vapor se adensava em uma membrana translúcida, viva, ondulando com a respiração. Misturado àquilo, o calor do quarto colava-se à pele de Josefa em uma goma quente. O cheiro de terra foi ficando mais forte. Um leve toque atravessou-lhe o pescoço, e Josefa amoleceu de uma febre morna do ventre às axilas. Moça estendeu uma das mãos e puxou-lhe dos calafrios o pensamento mais escondido. Josefa vacilou, encurvando-se, rendida, as costuras invisíveis que a prendiam ao ar apertando cada uma de suas juntas. Nos últimos vestígios de espanto, ela, por fim, ergueu o rosto, com uns olhos suplicantes:

— Quero só que me explique.

Moça recompensou-a com um beijo. Quando Josefa abriu de novo os olhos, o vapor tinha desaparecido.

— Eu sou acontecência — disse Moça. — Tudo o que vive acontece. Não se mede por contorno nem por nome. Não precisa de carne para durar, nem de lembrança para existir. E se estende para muito além das coisas. Acontecência é o que fica depois que o tempo se cansa.

— Tudo o que vive...

— Tudo. O erro é esquecer que se é acontecência. Acreditar na casca e se apegar ao nome e às histórias que inventam. Quando se aceita tudo isso, aceita-se a morte. Porque toda casca apodrece. E quem se agarra à casca, apodrece junto. Eu aprendi a não me deixar ficar presa. Já fui muitas, minha querida, mas o que eu sou é acontecência.

Josefa apertou as mãos contra o próprio peito. Sentia o coração, mas em outro lugar, vibrando em outro corpo que não o seu. Quis se livrar imediatamente daquela aflição.

— Eu vou morrer?

— Te assusta?

Josefa pensou rapidamente em Dona Isabel Maria, enlouquecida no quartinho de costura. Pensou na mãe, morta de uma doença qualquer ainda nas primeiras veredas da travessia do sertão. Pensou na velha Maria de Fátima, surrada até não conseguir mais se levantar por causa de um cisco de osso no pirão do Coronel. Pensou no bebê bode e no Sargento-mor Francisco Ferreira Pedrosa.

— Não — mentiu. — Um pouco.

— Então vou te mostrar um mundo que se move por baixo deste, e só atravessa quem não se esquece de acontecer. Temos pouco tempo.

Josefa suspirou e se deixou ser tomada, libertada à força pelos longos caninos de Moça em seu pescoço. E tendo seu corpo levado para dentro da escuridão, ela acreditou que aquilo era a morte. Depois, que talvez fosse como um renascimento. E, por fim, não quis mais pensar em nada. Submersa e consciente, apenas deixou escapar entre os lábios mordidos de prazer:

— Me ensina.

5.

O MAPA AINDA VIVE NA CABEÇA DELA, embora não exista mais, e ela tenta ler os caminhos dentro do mapa, dentro de si, mas erra e, mais uma vez, se perde. Anda sobre estilhaços. São assim torturantes os seus delírios. Mais lúcida, a aranha dissolvida na boca, escreve sobre a moça que primeiro desenhou o mapa para atravessar a escuridão e o silêncio, seguindo as estrelas para Zerzura e Ubar, para Ys e Itaperabussú, seguindo os relâmpagos até encontrar a casa onde choravam seu nome, onde seria enganada, cega de amor, o coração trespassado e o mapa sem utilidade, reduzido a fragmentos picotados. O mapa de um deserto precisa ser remendado a todo o momento, porque a areia se move rápido sem vigia, e mesmo quando se encontra um crânio cujas órbitas ainda mapeiam o movimento dos grãos e a beleza do tempo estranho, é preciso aguardar a noite de lua certa, pois, no chão, o silêncio é fronteira e, no céu, a luz escreve por finas teias de aranha. Nisso consiste o mapa, e ela entende que, depois de tudo o que viu, não lhe bastam os estreitos horizontes da cidade, do mundo, da pele.

Janeiro de 1986.

Podcast Em Busca do Lixo, Episódio 5: A amiga e o caderno

Alessandra Moretti: Primeiro, um aviso importante: este episódio aborda automutilação, com detalhes que podem ser sensíveis para alguns ouvintes. Se o assunto for delicado demais para você nesse momento, aconselho não prosseguir ou ouvir na companhia de alguém de confiança. E lembre-se sempre de procurar ajuda. Você pode ligar gratuitamente pro CVV, discar 188 ou entrar em contato por meio do site cvv.org.br. Você não está sozinho.

[Som de clique de gravador.]

Fátima Catano: Eu conheci a Maca quando era muito novinha. Foi logo que eu vim pra Fortaleza pra morar com minha tia, que eu sou lá de Uruburetama, né, aí eu vim novinha pra cá e nós ficamo amiga assim de ser vizinha, de sair pra brincar junta e tudo. Inclusive, sabe quem botou esse apelido de Maca nela? Fui eu. Ela ficou usando também porque ela num gostava do nome, né, Marusca, nome feio e que era da avó dela, aquela bruxa. Apois é, a gente morava na mesma rua. Foi uma das grandes amigas que eu tive na vida, isso até ela começar a se isolar com os punks e depois... Foi isso, aconteceu aquilo tudo. Mas sim, uma das grandes amigas que eu tive.

Encontro Fátima Catano numa manhã nublada, o primeiro dia em que o solzão de Fortaleza se esconde de mim. Como dizem os cearenses: "Amanhece um dia bonito pra chover". Mas não chove, e o que sobra é uma sensação de se ficar presa numa estufa gigante.

Estou bem distante da praia, na periferia da cidade, no Conjunto Prefeito José Walter, caminhando por avenidas retas, estreitas e cheias de árvores. Há crianças brincando nas calçadas e gatos dormindo sobre os muros. Toco a campainha de uma casa verde torcendo para ter acertado o endereço, pois não há número, e mal acredito quando Fátima se apresenta. Ela é uma das testemunhas que mais me deu trabalho para localizar. Até semana passada, eu tinha apenas o seu antigo apelido: Ferrosa.

Alessandra Moretti: Dona Fátima?
Fátima Catano: Oi?
Alessandra Moretti: Tudo bem? Meu nome é Alessandra. Eu sou jornalista da CBR, de São Paulo. Tô fazendo uma pesquisa sobre a Marusca Andrade. A senhora a conheceu, não foi?
Fátima Catano: Valha, mulher… A Maca? Conheci, sim.
Alessandra Moretti: Seu apelido na época era Ferrosa?
Fátima Catano: Tem muitos ano que ninguém me chama assim, viu. Isso é do tempo do ronca. Tenho mais nem idade pra ser chamada de Ferrosa. O povo me chama mais só de Catano, mesmo. Que também num deixa de ser apelido.

[Transição sonora.]

Olá. Eu sou Alessandra Moretti e estou *Em Busca do Lixo*.

[Vinheta de apresentação do programa.]

No magro inquérito policial da morte de Jota (que consegui com muita dificuldade, mas essa história eu conto depois), havia a citação a uma possível testemunha, uma certa F. Catano, descrita como vizinha e amiga de Marusca Andrade. Não foi tomado nenhum testemunho dela, mas o sobrenome extremamente raro ficou na minha cabeça. Podia ser erro de grafia, desleixo do escrivão, variação do italiano Cattano, com dois *t*, ou de Caetano, esse sim bem mais comum no Ceará e que ainda tinha um elo com o nome da gata de Maca, que, lembrando, se chamava Caetana.

Mas esse nome, Catano, assim, diferente, era tudo o que eu tinha. E precisava ser o bastante.

Perguntei aos pais de Maca, que me garantiram não se lembrar de nenhuma vizinha com esse nome, e nem com as variações possíveis, então tive que verificar cadastros antigos da Secretaria de Saúde e tentar a sorte cruzando o sobrenome com atendimentos nos hospitais distritais de Fortaleza, conhecidos como Frotinhas e Gonzaguinhas. Eu, o produtor, Walter Cisne, e nossa pesquisadora, Vanessa Carmo, conferimos registros de atendimento de seis desses hospitais, espalhados pelas periferias. Encontramos uma única Catano. Fátima Catano. Um dos endereços bate com a rua dos pais de Maca e outro, mais novo, de 2022, na época da vacinação contra a covid, apontava para o bairro José Walter.

Era ela.

Como eu desconfiava, o sobrenome correto deveria ser Caetano, uma família influente de Uruburetama, cidade serrana do interior do estado, 115 km de Fortaleza. É o que Fátima me conta.

Fátima Catano: Mulher, eu sou enjeitada. Filha fora do casamento, né. Aí o que acontece é que meu pai ficou me criando que nem bicho lá em Uruburetama, porque eu nasci dum caso dele, num se sabe com quem. Mãe de verdade eu nunca tive, e a mulher de meu pai me maltratava muito. Aí, um belo dia, me mandaram aqui pra Fortaleza. Isso eu era bem novinha, ainda. Quem me criou foi uma irmã de meu pai, tia

Odalice, que Deus a tenha, que assim né, pra todos os efeitos foi minha mãe. Ela já vivia aqui sozinha e quis me criar. Mas de minha mãe mesmo, biológica, eu nunca nem tive notícia. Também num fui atrás, porque abandono a gente só aguenta um.

Alessandra Moretti: Você e Maca foram amigas próximas?

Fátima Catano: A gente se deu bem logo de cara. A Maca virou quase uma irmã. Tinha três anos de diferença entre a gente, mas ela parecia às vezes até a mais velha. Muito sabida de tudo. Queria fazer as coisa que eu fazia. Nessa época, teve uma empregada que tia Odalice arrumou que gostava de rock e tinha essa fita cassete... Tu num sabe nem o que é isso, né?

Alessandra Moretti: Sei, sim. Eu cheguei a ter toca-fitas.

Fátima Catano: Então, pronto. Ela tinha essas fita cassete do *Led Zeppelin*, do *Dire Straits*, e eu gostava era muito. Aí a Maca também começou a gostar. Isso antes de descobrir o punk, né, que ela foi conhecer com outro povo. Mas rock ela começou a gostar por minha causa. Como a gente morava na mesma rua, bem pertinho, ela escapava pra vir aqui em casa ouvir música mais eu. A Maca morava com os pais e com a avó, que era a velha Marusca, a bruxa. Eu tenho pra mim que a velha era caduca, porque botava medo em todo mundo. Ficava no portão gritando pro povo, doida, doida. A casa da Maca era ruim por isso, e porque os pais dela num eram flor que se cheire. Se tem uma coisa que eu me arrependo é não ter feito mais pela Maca. A bichinha vivia tentando fugir daquele inferno. Se cortava toda, sabia? Ela mesma se cortava. Pegava uns pedaço de vidro e ficava se cortando nas coxa, nos braço. Tinha vergonha, mas eu descobri um dia e perguntei: "O que é isso, mulher?". Ela tinha uns 11, 12 anos. Eu podia ser um pouco mais velha, mas num era uma adulta, né. Apois aí eu disse: "Que arrumação é essa, Maca?". Porque, quando eu vi, pensei que ela tinha se acidentado, mas era bem certinho, sabe, as marca retinha uma do lado da outra, as cicatriz. Isso

num era muito comum naquela época, não como é hoje, né. Mas eu fiquei cabreira. Aí ela: "Não, mulher, isso num é nada, não". E eu perguntando quem foi, quem foi, quem que tinha feito aquilo, aperreando o juízo dela, aí Maca: "Mulher, fui eu. Pronto, fui eu". E me contou que ficava se cortando às vezes e não sabia explicar por quê. Desse jeito, acredita?
Alessandra Moretti: Ela contava de alguma briga em casa, esse tipo de coisa?
Fátima Catano: O que eu sei é que os pais dela eram gente ruim. Tinham vindo do interior, só que bem das brenha mesmo, do sertão, né. O pai, Seu Antônio, ninguém gostava dele, e a mãe, a Marluce, Ave Maria, era horrorosa. Fazia a Maca trabalhar o dia todim limpando a casa, carregando balde d'água. Minha tia que sabia bem das história deles, aí contava que a família tinha vindo duma cidade que se acabou no interior, ainda lá nos anos 60.
Alessandra Moretti: Se acabou como?
Fátima Catano: Se acabou. Oxe. Foi todo mundo embora. Isso acontece no interior, às vezes, por causa de seca. Vieram de mala e cuia pra Fortaleza. Mas assim, num eram necessitado, não, eles eram bem de vida. Mas era um povo podre, a família dela. A velha vivia fedendo, sabe? É sério: fedia de verdade. Eu lembro que a Maca reclamava que era um cheiro véi de mofo que se impregnava na casa toda. A Maca falava que era o fedor da cidade, fedor de coisa amaldiçoada, desse jeito.
Alessandra Moretti: Você lembra o nome da cidade?
Fátima Catano: Num sei se era Toroci, Icaci...
Alessandra Moretti: Cococi?
Fátima Catano: É, mulher, acho que era isso mesmo, um nomezinho engraçado desse.

Não acerto o nome da antiga cidade da família de Maca por um golpe de sorte, muito menos por conhecer os inúmeros municípios, distritos e localidades do Ceará. Eu já esperava encontrar algo a respeito de Cococi, pois é uma palavra que aparece rabiscada várias vezes nas margens dos quadrinhos de Jota, que sua mãe, Dona Luci, me permitiu folhear e fotografar.

E no Caderno nº 6.

No fundo da caixa onde Dona Luci guardava a única foto da mãe de Carlos, debaixo de revistas e papéis amarelados, encontrei esse caderno fino, pequeno, de 14 por 20 centímetros. Me chamou atenção a capa, com uma trama imitando um tecido azul, e o número seis escrito num pequeno retângulo branco. Dentro, encontrei páginas escritas à mão, numa caligrafia caprichada de criança. Folheei o caderno rapidamente. Percebi que apenas as primeiras páginas estavam ocupadas com fragmentos de história, talvez contos, todos se passando, adivinhem, em Cococi.

Dona Luci não me permitiu levar nada, mas me autorizou a fotografar as páginas. Todas essas imagens, aliás, estão disponíveis em nosso site, e, para vê-las, basta acessar cbr.com/embusca. Ainda vamos mergulhar nesse caderno e em seu conteúdo. Mas, por ora, eu preciso falar de Cococi. Porque Cococi existiu. E quase ninguém se lembra.

Cococi foi uma das primeiras vilas do Ceará, localizada a cerca de 500 quilômetros de Fortaleza, no Sertão dos Inhamuns. O povoado foi fundado ainda no século XVIII, durante o período colonial, mas foi oficialmente elevado a município apenas em 1957. Sobreviveu por 13 anos nessa condição independente. Em 1970, foi extinto por uma lei estadual e reincorporado ao território de Parambu.

A verdade é que Cococi era praticamente uma cidade particular. Quase 90% de seu território pertencia à poderosa família Feitosa, estabelecida na região por volta de 1700, atraída pelas pastagens de criação de gado. Tudo começou com um enorme lote de terra concedido pela Coroa portuguesa a Francisco Alves Feitosa, o patriarca, que construiu a casa da fazenda e ergueu a Igreja de Nossa Senhora da Conceição, ainda de pé, em 1740. Ao redor, formou-se um povoado, depois uma vila, e por fim um município, com direito a hotel, cartório e quase 4 mil habitantes.

Os Feitosa sempre foram donos da cidade. Nos anos 60, a prefeitura funcionava num anexo à casa do major Eurípedes Feitosa, dono da terra, do prédio, e, de certa forma, de Cococi inteira. Eurípedes foi o último prefeito da cidade. Antes dele, quem governava Cococi era seu filho. E, antes do filho, seu sobrinho. Todos, claro, da mesma família Feitosa. Eram, literalmente, prefeitos da própria fazenda.

Apesar do poder e da influência dos Feitosa, a cidade-fazenda chamaria atenção das autoridades graças a uma matéria da revista *O Cruzeiro*, publicada em 2 de junho de 1970, com o título *Cococi: esta cidade tem dono e maldição*. Logo em seguida, o Tribunal de Contas soltou um relatório considerando o município desculpa para recursos federais serem simplesmente repassados a uma família de latifundiários. Com denúncias de mau uso de verbas públicas, os Feitosa abandonaram a cidade.

Mas havia outro motivo, mais antigo e comentado nas redondezas: desde tempos imemoriais, os patriarcas da família morriam de forma violenta e às vezes misteriosa, como se uma força invisível pairasse sobre a linhagem. Foi assim com Eurípedes, supostamente esquartejado por desafetos. A reportagem d'*O Cruzeiro*, ainda que concentrada nas denúncias, chegou a mencionar de passagem a chamada "maldição de Cococi", nome que logo se popularizou.

Com as mortes sucessivas e o crescente abandono da cidade pelos próprios herdeiros, o destino do município foi selado. Finalmente, em setembro de 1970, Cococi deixou de existir administrativamente e o povo, aos poucos, foi embora.

Hoje, o antigo centro urbano de Cococi está abandonado. Só a igrejinha tricentenária ainda recebe fiéis, uma vez por ano, na festa de Nossa Senhora da Conceição. É nesse período, nos dias 7 e 8 de dezembro, que Cococi desperta.

Me pergunto se Jota do Lixo passou por essa cidade fantasma em sua peregrinação adolescente pelos sertões. E se o passado da família de Maca teve alguma influência nisso.

Fátima Catano: Foi dessa cidadezinha que eles vieram. Num sei o que faziam por lá, mas tinham dinheiro. Tanto, mulher, que a casa que eles moravam no Benfica era boa, espaçosa, tinha até jardim. E olha que o velho nem trabalhava.
Alessandra Moretti: O Seu Antônio não era dentista?
Fátima Catano: Que conversa! Quem ainda fazia alguma coisa era a Marluce, esses serviço de costura, mas até nisso quem botava a mão na massa mesmo era a Maca. Mas Antônio? Num saía pra trabalhar, não. Passava o dia era em casa enchendo o saco da Maca. Eles três, né, Seu Antônio, Marluce e a velha Marusca, que Maca dizia que culpava ela por alguma coisa, num se sabe o quê. Maca morria de medo dela. Mas é como eu disse: nenhum dos três prestava. Teve uma vez que Maca fugiu e se escondeu lá em casa, só que tia Odalice contou pros pais dela, claro, né, e a mãe da Maca saiu puxando a coitada pelos cabelo no meio da rua. Teve também a vez que chamaram eles na escola porque pegaram a Maca no banheiro com uma menina. Agora pense aí isso naquela época. Foi horrível. Botaram ela de joelho na calçada quente, imagina, de meio-dia até de noite. A tarde inteira na quentura, no sol, queimando o couro das perna.
Alessandra Moretti: Minha nossa...
Fátima Catano: Eu tenho pra mim que ali foi a gota d'água, que naquela época ela já andava com uma turma, né, e aquilo de repente fez ela desistir de ficar em casa. Fugiu de vez e arranjou um canto com os punks. A Maca se apegava a qualquer coisa. Foi nessa época que ela começou a circular pelas festinha, vendendo aranha, droga, né, e parece que a coisa fez ela se envolver com gente barra pesada. Eu também frequentava os baile, os show de rock e tal, mas num ia muito com a cara dos punks nem dos metaleiro, que era tudo

bêbado, drogado, gente que gostava de confusão... Só que a Maca fazia amizade rápido. Tinha aquele jeito dela, mas era sabida demais. Se perdeu, né, a bichinha, depois do negócio do incêndio. Aquilo ali foi droga. Eu tenho pena, porque ela escrevia muito bem, fazia anotação de tudo.

Alessandra Moretti: Você chegou a ler algo dela?

Fátima Catano: Umas coisa, né. Eu achava meio esquisito, sabe. Era uns negócio da família dela, eu acho. Ela dizia que tava escrevendo a história deles, tipo um acerto de conta, porque sonhava com uma antepassada lá dela, mas eu acabei num lendo tudo porque ela fugiu e ficou perdidinha do juízo. Teve um dia que a gente se encontrou numa calourada na faculdade de filosofia e ela tava baqueada, magrinha, tão pálida, e dava pra ver que andava se cortando de novo. Tava com um lenço preto no pescoço, com certeza querendo esconder alguma marca. A última vez que vi a Maca consciente foi nesse dia. Mais ou menos consciente, né, porque ela tava doidona falando desse tal de Muquifo, que depois eu fui saber que era o barraco lá, dizendo que era protegido, que, se não fosse por isso, já tinha morrido todo mundo. Eu até falei assim pra ela: "Mulher, venha morar comigo que eu dou um jeito com Tia Odalice pra te aceitar". Mas a Maca nem tchum. Ficou foi dizendo que num ia durar muito, "ah, porque eu acho que eu vou morrer", e tal e coisa. E eu: "É o quê, mulher?". Aí ela vinha com umas história que o Jota do Lixo tava protegendo ela, mas que ela tinha que sair da casca. Olha as conversa.

Alessandra Moretti: Protegendo de quê?

Fátima Catano: E eu lá sei.

Alessandra Moretti: E Nhewó? Você conheceu?

Fátima Catano: Ah, essa aí eu nunca vi, mas a Maca dizia que vivia mais ela. Moravam elas duas no terreno lá.

Alessandra Moretti: Isso é interessante, porque o que eu sei é que Nhewó era um rapaz, e que a Maca namorava o Jota.

Fátima Catano: A Maca gostava de mulher, isso eu tenho certeza. Quer dizer, ela gostava de menino e de menina, né, porque teve até uma vez que ela levou um rapazote lá em casa, mas o pobre era tão do feioso que acho que ela tava fazendo caridade. Mas pra namorar mesmo ela gostava de menina. Que eu saiba. Foi por conta da Nhewó que a Maca fugiu de novo.

Alessandra Moretti: Como assim?

Fátima Catano: A Maca saiu de casa em 83. Eu lembro porque, nessa época, eu tava num rolo com um rapaz que foi servir na Marinha. Só que ela voltou em 86, um ano antes do negócio do incêndio, e ficou tentando morar com os pais. Passou um mês, só, naquele inferno. Um dia, acho que era já de noitinha, a Maca apareceu aqui em casa. Ela tava com uns caderninho tudo numerado, sabe, e me disse que ali tava escrevendo essa história importantíssima da antepassada que se comunicava com ela e num sei o quê. Conversa de doido. Aí também contou que tinha conhecido uma pessoa, que tava apaixonada e ia fugir mais ela. E eu: "Mulher, vai primeiro tirar o cheiro de mijo, tu é criança, é muito nova". Perguntei onde ela tinha arrumado essa moça e ela: "Ah, por aí". "Como é o nome dessa moça, Maca?" "É Nhewó." "Isso lá é nome de gente, Maca! Nhewó?" Mas a Maca já tava andando com os punk nessa época, então, né. Sei que foi essa Nhewó que deu os caderninho pra Maca e arrumou lá o canto pra elas ficarem.

Alessandra Moretti: O Muquifo?

Fátima Catano: O Muquifo. E acabou do jeito que acabou, né. Aí, depois disso, eu fui ver a Maca numa vez que ela trouxe o rapazinho aqui em casa e se trancou no meu quarto. E depois, né, só lá na calourada. Coitada da minha Maquinha. Tenho é muita saudade dela.

Pego o celular e mostro a foto do caderno que encontrei na casa de Dona Luci, mãe de Jota, escondido entre as revistas em quadrinhos. Fátima reconhece.

Alessandra Moretti: Os cadernos que você fala eram iguais a esse aqui?
Fátima Catano: Pronto! Era da Maca, sim. Ela tinha bem uns dez desses quando veio aqui em casa antes de fugir. A Nhewó que deu pra ela.

[Transição sonora.]

Também mostro as fotos das páginas que tirei do Caderno nº 6 para Marimbondo, o amigo de Jota. Ele confirma que aquele caderno era bem conhecido dentro do grupo punk do Muquifo. Mas o que me surpreende não é apenas o reconhecimento imediato, e sim o fato de Marimbondo sugerir que era Jota quem escrevia no caderno.

Marimbondo: Eu já vi esse caderninho, sim. O João andava pra cima e pra baixo com uns caderninho parecido depois que voltou do interior, né. Ficava escrevendo coisa que ninguém entendia. A gente via de longe, aí num sabia o que era. Ele dizia que era um diário, sei lá.
Alessandra Moretti: Então você confirma que era o mesmo caderno que estou te mostrando aqui na foto?
Marimbondo: Certeza. A capa é igual. Teve um dia que a Caetana pisou num caderno, sujou com lama, e o João ficou doido, esculhambou com a gata, mas depois saiu rindo, dizendo que aquilo era parte do combinado. Aí eu lembro que perguntei assim: "Vixe, que negócio de combinado é esse?".

Quando ouço Marimbondo falar em *combinado*, me lembro das várias versões sobre Maca e Nhewó, o suposto triângulo que formavam com Jota e como tudo isso se liga com o que Fátima me disse.

Mas então, quem realmente escreveu o Caderno nº 6?

E quanto a Cococi?

[Som de entrada em chamada de vídeo.]

Euclides Almeida: O João escrevia muita coisa, mas num lembro se ele fazia assim mais organizado, não. Sei que ele andava produzindo tipo um diário misturado com manifesto. Era isso, um manifesto baseado no nosso dia a dia de marginal, sabe como é, se é que posso chamar assim, sobre como a polícia perseguia a gente, sobre como tinha esse grupo de moradores querendo expulsar os punks do bairro, sobre o preconceito que a gente sofria e tal.
Alessandra Moretti: Então Jota registrava essa perseguição.
Euclides Almeida: Isso. Ele dizia que tinha que deixar tudo documentado. Falava: "Se me matarem, vocês têm prova".
Alessandra Moretti: Chegou nesse nível?
Euclides Almeida: Tu num imagina.
Alessandra Moretti: E Maca, tinha alguma participação nessas anotações?
Euclides Almeida: Os caderno era dela. Assim, o João ficava com uns caderno pra ele escrever e tal, e guardava com o maior cuidado, né, mas a Maca era quem mais escrevia no geral. Eu também acho que eles misturavam, sabe, mas num sei dizer o que eles faziam porque num deixavam ninguém chegar perto. Antes, eles mostravam, "ó, tá aqui uma letra de música", ou um texto pra gente discutir com a galera, essas coisas. Mas aí quando o Nhewó apareceu, eles ficaram com isso de "não, num pode mostrar porque ainda tamo fazendo", e num sei quê. Começou a rolar umas parada mais bizarra, entende? Então, sei lá. Tinha muita coisa acontecendo.

Alessandra Moretti: Do seu ponto de vista, essas esquisitices foram atraindo a raiva da comunidade do bairro?
Euclides Almeida: Eu diria que sim. Totalmente. Tinha gente que já odiava punk, mas que tolerava até certo ponto. A partir do momento que começou a rolar esses lance mais bizarro, isso de ficar andando pelo bairro à noite, que o João nessa época você só via se fosse à noite, aí essa raiva foi virando medo. E quando o medo cresce, se transforma em violência. É assim que é, num é? Sei que se formou um grupo lá no bairro que, se visse um punk, metia porrada.
Alessandra Moretti: Um grupo de moradores.
Euclides Almeida: Sim, uma porrada de gente, uns cara do time de futebol do bairro e tal. Ficavam fazendo ronda perto lá do Muquifo. Só não mexiam com a gente lá dentro. Mas era um de nós sair e tome porrada no lombo. Eu escapei de uma boa uma vez, quando tava saindo dum ensaiozinho da *Partido Contra*, ensaio não, que nessa época a gente nem ensaiava mais, era só eu e Maca tirando um som. Enfim. Apareceu bem uns quinze caboco atrás de meter a peia em mim. Por nada! A minha sorte é que ia passando uma picape e eu bufo, me joguei na caçamba, tava nem vendo. Se não, acho que tinham me matado. Porque eles tinham medo da gente, como eu te falei. Quer dizer, ficaram com medo dos punk porque, na cabeça deles, a gente era tudo metido com satanismo, né, só que isso, que eu saiba, era coisa só do Nhewó. O João não curtia essas parada, não. Mas tava esquisito, também. Ele voltou lá da viagem dele todo estranho.

Segundo Fátima, Maca falava do Muquifo como um lugar protegido. Talvez ela sentisse que a própria marginalidade punha medo nos conservadores do bairro, e que isso era uma forma de defesa. Mas a revelação de Euclides, de que havia uma verdadeira milícia disposta a expulsar ou exterminar quem se identificasse como punk, dá outro contexto.

É difícil, hoje, recriar o estado de paranoia dos anos 80, mas me parece que havia, sim, um grande clima de insegurança mútua.

[Transição sonora.]

No próximo episódio de *Em Busca do Lixo*:

Dona Nazarena: Num deu nem uma semana dessa confusão toda e tacaram fogo no terreno com o pobre coitado lá dentro. E num morreu a outra menina por milagre. E foi aí que a água do meu poço ficou envenenada. Num tão ligada essas coisa?

Em Busca do Lixo é um podcast da Central Brasileira de Rádio, CBR. Eu sou Alessandra Moretti, apresentadora e roteirista. A produção é de Walter Cisne, com edição de Orlando Faria e checagem de fatos por Vanessa Carmo. A música foi composta por Rodney Ruas. Para ver fotografias, mapas, documentos e muito mais, acesse cbr.com/embusca. Siga o podcast em sua plataforma de streaming favorita e não esqueça de deixar seus comentários e sugestões em nossas redes sociais.

Até semana que vem.

Carlos Eduardo

Passava da meia-noite quando cheguei a Fortaleza.

A pousada ficava no Centro. Me espantei com o casal de proprietários ainda acordado, esperando de pé na calçada. Explicaram que era preciso trancar os portões. Estacionei a moto na garagem sem coberta e fui conduzido por um corredor sorumbático até o balcão, onde a mulher, jovem e gravidíssima, me entregou uma caneta e a xerox de um formulário de check-in. Dois hóspedes se deixavam absorver pelos celulares na sala apertada, com teto baixo e uma única janela da qual se via a garagem através das grades. A julgar pela mesa tomando quase todo o espaço, ali também eram feitas as refeições. O casal sabia que eu enfrentara mais de 1.500 quilômetros, por isso a mulher se ofereceu para me preparar a janta. O homem perguntou o motivo da viagem. "Comércio", respondi. Ele fez uma expressão de quem já esperava a resposta, informou que o Mercado Central ficava a três quarteirões, e já foi erguendo minha mochila, querendo se provar tão solícito quanto a mulher. Puxei a mochila com tal força que ele deu um rodopio sobre os calcanhares e até os hóspedes arregalaram os olhos. Para não assustar ninguém, justifiquei em voz alta que precisava pescar em meus documentos as informações pro formulário.

Jantei caldo de peixe e subi até o quarto. Fiel às fotos no site, apesar das paredes mais encardidas, com a cama debaixo do ar-condicionado, ladeada por uma mesa de cabeceira e um armário estreito, não diferia muito de minha quitinete na Sacramenta. O banheiro compartilhado ficava no mesmo andar e, grudada à porta, uma A4 apresentava o horário do café. Guardei minhas coisas, escondendo os cadernos de Jota embaixo do colchão. Visualizei as mensagens de Alessandra no celular, suas reiteradas tentativas de marcar entrevista e a surpresa com a revelação de que eu me dirigia a Fortaleza. Escrevi que tinha chegado. Disquei o número da filha de Isaías, mas ela não atendeu. Em seguida, liguei para Adalgisa para saber se poderia pagar a pensão no mês seguinte. Ela atendeu mais impaciente do que o normal. Aceitou minhas desculpas e não viu problema, dizendo que dava para se organizar, mas não engoliu o motivo que inventei ao sair de Belém. Que oportunidade tão maravilhosa poderia surgir para um professor de inglês a ponto de fazê-lo atravessar quatro estados? Inventei umas banalidades, trocamos mais algumas palavras desajeitadas, e ela se despediu de um modo que me pareceu definitivo:

— Tu nunca quis viajar com teus filhos.

Falar com Adalgisa provocava em mim os mais variados efeitos. Escapei de algumas crises de pânico somente ouvindo a sua voz no telefone e tive outras causadas justamente por ela, especialmente quando me espezinhava com assuntos de família. Todo pai ausente sabe que é um canalha, e, no meu caso, ainda havia o exemplo da minha mãe, a eterna repetição do trauma etc. Mas o que fazer depois de tantos anos? Não se pode simplesmente aparecer na vida de dois adolescentes como se nada. Sequer me atrevo a pronunciar seus nomes. Então, por quê? Nunca questionei o valor da pensão, nem a ajuda com livros, farda, uma roupinha pro Natal, a excursão da escola, essas coisas. Não quero com isso atenuar a minha canalhice, embora eu dê a meus filhos muito mais do que eu tive: tudo o que minha mãe me deixou foi uma foto e a lembrança de sua sombra se entortando na pia para dizer: "Levanta, neném, vai brincar na rua". "Não quero, mãezinha, quero ficar olhando a senhora fazer o almoço." E me esticava para pegar um punhado de cheiro verde que ela tinha acabado de picar. Às vezes me torturo pensando que por isso ela me deixou, porque eu ficava no seu pé, porque na hora dos clientes, eu me escondia para olhar aquela mulher que em nada parecia com minha mãe. E, quando saíam, eu aparecia de novo para puxar seu vestido, pois sabia que, exausta daquele jeito, olhar pro céu noturno era melhor que sufocar no barraco. Então eu perguntava onde moravam as estrelas.

— As estrelas são anjos, neném, e moram com Nosso Senhor.

— E o que são anjos, mãezinha?

— São crianças que acham melhor não nascer.

— E por que acham isso?

— Ah, neném, porque descobriram que a gente, depois que nasce, não para mais de sofrer.

Busco culpá-la porque sou desde sempre um covarde. No dia em que o Azeitona estapeou minha mãe para não pagar pelo amor que recebera, jurei matá-lo, mas o tempo foi passando e não só deixei de cumprir minha promessa como ainda passei a trabalhar para ele, embora, por mais de uma vez, tenha planejado furá-lo com a chave de fenda.

Ainda pequeno, tive muito clara a compreensão de minha covardia. Reconheço que isso pode ser mal interpretado, uma vez que, aos treze anos, tive culhões para matar um homem adulto. Mas afogar Afonso foi um ato sobretudo de covardia, do medo de ser privado de João Valdenir, e de nunca mais conseguir me ligar a alguém como ele. Como eu disse, sou tímido, o que em mim é sintoma dessa covardia mais ampla: evito chamar atenção para não descobrirem minhas feridas. Sou de fato desinteressante, porém pesa contra mim uma feiura impossível de ignorar, e, por isso, as pessoas me dedicam uma espécie de atenção naturalista, como diante de um animal exótico ou de um acidente de carro — Isaías teve um ataque de riso quando expliquei essa teoria —, e meus segredos se estampam fácil na cara de fuinha, ossuda e constantemente sebosa.

Até nos ensaios da *Partido Contra* eu me encolhia apavorado, e nos dois shows que participei, consegui errar todos os acordes, ocupado em evitar aquela profusão de olhos voltados para mim. Lembro das risadas: Carlito Pau-de-Gato. Maca vinha em meu auxílio, consolando-me: "É muito punk tocar errado". Cada vez mais eu me incomodava de ser um guitarrista, mas ainda não conseguia largar o instrumento por temor de sair do círculo interno do Muquifo e, assim, me afastar de Maca e João Valdenir, embora ele já não se importasse com a banda. Tinha deixado de compor as músicas desde o seu retiro no sertão e, a bem da verdade, pouco falava sobre o movimento. De todo modo, eu preferia mesmo as composições de Maca, apesar de não serem bem recebidas pelos punks. Maca tinha muita sensibilidade. Quanto à questão de sair da banda, ela deve ter adivinhado como eu me sentia, pois marcou uma reunião de emergência no meio da tarde. Encontrei-a sozinha sobre o tamborete onde escrevia por horas e horas de pernas cruzadas. Estava lindíssima, com o blusão preto onde pintara uma versão bastante razoável do símbolo anarquista, e a cabeleira refletindo clarões vermelhos. Desde que fizemos sexo, eu não disfarçava mais a queda por ela. Pediu para falarmos baixo, pois, como sempre, Jota e Nhewó dormiam no barraco.

— Mandei o Euclides dar uma volta — foi logo avisando — porque eu queria falar só contigo. Me diz uma coisa, Carlito: tu quer sair da banda?

Só por causa dessa pergunta, comecei a chorar. Fico ainda pior quando choro, com os olhos inchados e a cara rapidamente lambuzada. Maca me abraçou, jurando que não estava chateada, pois sabia que todo aquele desalento era por acreditar que eu a desapontava. Por outro lado, teve a delicadeza de afetar um certo abatimento, dizendo: "E agora, onde vou arrumar um guitarrista legal como você, que curta as minhas maluquices?". Hoje percebo como era cuidadosa, pois dar nenhuma importância à minha saída me magoaria de formas talvez mais profundas.

Tentei beijá-la, mas ela se afastou como se não percebesse e me deixou repousar o rosto em seu ombro. Ela tinha total consciência do enraizamento de meu amor, tanto que jamais quis arrancá-lo, nem mesmo arriscou uma poda. Babando sobre o seu blusão, concluí que, ao seu modo muito particular e difuso, ela também me amava.

Achei a cama da pousada de uma maciez quase aprisionadora. Mesmo assim, levantei bem cedo, como se tivesse compromissos marcados, disposto, talvez até confiante. Tomei o café da manhã apenas na companhia do casal de proprietários, agradáveis como sempre. Só estávamos nós três. O homem me explicou que os hóspedes saem ainda de madrugada pro mercado. "Mas você ainda está se recuperando da estrada", completou, e eu aproveitei as marcas de cansaço no rosto para imputar à viagem o embaraçoso incidente com a mochila.

Voltei ainda ao quarto para conferir o esconderijo dos cadernos de Jota. Liguei novamente para a filha de Isaías e a chamada caiu na caixa postal. Na garagem, subi na moto e abri o aplicativo de mapa com dois pontos marcados: o Muquifo e a casa de Tia Luci. Deixei a garagem com o caminho traçado para o Muquifo, mas o clima agradável, a brisa marinha e o sol principiando a escalar o céu me fizeram mudar de ideia. Encostei e puxei o celular para mudar a rota. Adicionei o endereço dos pais de Maca.

A partir daí, foi só ladeira abaixo.

Quinto Caderno

O Sargento-mor Francisco Ferreira Pedrosa levava sempre na algibeira uma bandeira esfarrapada, pintada com um leão rampante dourado e três flores-de-lis sobre um escudo azul e vermelho. A quem lhe indagasse a ascendência, exibia orgulhoso o brasão de armas, reconhecido, segundo dizia, por Dom João I. Afirmava-se um legítimo Albuquerque Cavalcanti, mas toda a elite senhorial sabia que o ramo materno que o ligava àquela estirpe de fidalgos napolitanos não era dos mais fortes. Nunca recebera por direito o uso do nome da casa, e aquela bandeira bem poderia ter sido subtraída de uma tia senil.

Obrigado a forjar o próprio destino, Francisco largou os engenhos lamacentos da Capitania da Paraíba para colher fortuna nas veredas do norte. No tempo em que rebentou a Guerra dos Bárbaros, ajudou oficiais da Coroa a desalojar indígenas das colinas do Quixelô, e, em paga de tal zelo, recebeu sesmarias vastas, embora estéreis.

Mais tarde, farejou um prêmio mais suculento na rixa entre os Feitosa e os Monte. Tomou partido dos primeiros, porque os Monte já soltavam fumaça de ruína. Entrou capitão de cavalos no regimento do Coronel Francisco Alves Feitosa, e teve gosto de sangue em algumas dezenas de massacres pelos sertões. Cinco anos depois, veio a carta-patente alçando-o a Sargento-mor da Cavalaria da Ribeira do Quixelô e dos Inhamuns, posto vago após a morte de Salvador Alves da Silva, alvejado com um tiro de bacamarte após ser surpreendido aos cochichos com Maria Eulália Gonçalves, a jovem esposa de Francisco.

Nunca se chegou a processar o novo Sargento-mor pelo assassinato do antecessor, muito menos pelo desaparecimento de Maria Eulália logo depois. Ele não era, afinal, estranho à viuvez. A primeira mulher afundara a cabeça num poço para escapar de suas mãos antes ainda de lhe dar um filho. A segunda se esvaziara em sete partos de meninas e sucumbira à febre. Mas, após Maria Eulália, Francisco via suas pretensões dinásticas esfareladas em três matrimônios, sete filhas e nenhum varão a quem legar o pano surrado dos Albuquerque Cavalcanti. Nenhuma família decente se dispunha a confiar suas donzelas a um homem já velho e com aquela reputação.

Apenas quando a guerra contra os Monte arrefeceu, o Sargento-mor arriscou confidenciar ao Coronel Feitosa a angústia com a falta de herdeiro. Não esperava muito, uma carta bastaria, uma simples recomendação que lhe abrisse caminho para mais um matrimônio. Em vez disso, recebeu uma proposta:

— Minha caçula em troca das tuas terras nos Cariris.

Francisco demorou um bocado para entender e se perguntou se não estava diante de uma cilada.

— Aquilo lá vale nada, Coronel.

— Não é pela terra. O meu nome tem que reinar sozinho naquela ribeira para extirpar os vestígios de Benedito do Monte.

Entrar debaixo da asa Feitosa equivalia a revestir-se de aço, e Francisco apertou com muito gosto a mão do futuro sogro.

Só veio a encontrar Josefa semanas depois, na casa-grande da fazenda de Cococi. Compreendeu então por que o Coronel a guardara do mundo. Era mulher feita, já passada da idade que lhe dourava os olhos, e de comportamento inquieto, dada a revoadas do espírito. Não quis nem se aproximar de Francisco, mas ele não se inquietou. O que importava era o ventre conhecer a antiga faina de gerar menino. Entrevisse ou não algum traço de loucura naquela alma, bastava-lhe medir os quadris e imaginar o rebento varão que ali seria produzido. Deixou-a com a promessa do casório e foi resolver sua parte no arraial de Nossa Senhora do Ó em trâmites mais demorados do que esperava.

Com tudo encaminhado, de volta aos descampados de Cococi, Francisco trazia o necessário para fincar raízes. Vinham atrás dele dez homens armados, quatro carroças de mantimento e as duas filhas ainda solteiras, que ele pretendia arranjar com primos do Coronel. A um dia de marcha da vila, já adivinhando na boca o gosto de Josefa, ordenou à tropa que armasse acampamento para esperar pelo Coronel, que voltava de incursão pelas bandas do Jaguaribe. Não cometeria o desrespeito de desfilar sozinho pelos domínios do futuro sogro.

Montaram as tendas ao cair da tarde. A fogueira clareou os rostos dos homens, beges de sol e cachaça. Francisco instalou-se sozinho na cabana maior, como convinha, e chamou o cabo Vicentino para servir-lhe cachaça e carne de teju.

— Diz aos rapazes que fiquem atentos. Gentio sangra por montaria.

— Sim, meu sargento.

Mal saiu o cabo, vieram as meninas. Na mais velha, os olhos fundos de estrada tinham já ao redor a pele ensebada de moça, que tanto enojava Francisco, pois ele acreditava que o primeiro sangue matava qualquer coisa de santa que as mulheres pudessem cultivar. Ambas compartilhavam o enfeite de cabelos grossos e ondulados que se arrepiavam fácil, e a mais velha trazia nas mãos uma tigela vazia. Ficaram na entrada da barraca, em silêncio, testando-lhe a paciência. Uma encorajava a outra com pequenos empurrões até a menor finalmente abrir a boca:

— Tenho fome, meu pai.

Francisco ergueu a cabeça preguiçosamente.

— E a carne seca? Acabou-se?

A menor abaixou os olhos e se calou. Era outra característica das pequenas que o agradava, aquele temor absoluto. Como se para confirmar as crenças de Francisco, a mais velha apertou de leve o ombro da irmã e disse, sem erguer o rosto:

— O dente dela amoleceu, meu pai.

— E daí?

— Ela não mastiga mais o charque. Tá chorando de fome desde ontem. Pensei que o senhor poderia dar um pedaço de carne nova. Vicentino disse que caçou três tejus.

— Estão de conversa com os homens?

— Não, meu pai. Foi Vicentino que ofereceu.

— Voltem para a barraca. Não quero filha minha tentando a tropa.

— Eu posso cozinhar um dos tejus.

Francisco pousou a cabaça no chão e se levantou. A menor se encolheu toda. Para sorte das duas, ele estava de bom humor. Apontou para o fundo da escuridão da noite.

— Pois vá lá cozinhar terra. Lá no Quixelô, vi menino arrancar macambira no dente.

A mais velha ainda tentou insistir, mas o braço de Francisco foi mais rápido. Com o dorso da mão, desferiu-lhe um tapa que a desmontou. A tigela ficou espatifada.

— Agora vão comer no chão que nem duas cachorras. Fora! — gritou, com a mão espalmada no ar. — Ou vos mando dormir amarradas junto dos cavalos.

As meninas recolheram os cacos com pressa e sumiram. Francisco voltou a se sentar, bufando. Levou a cabaça aos lábios, e a cachaça misturou-se a um repuxo de bílis. A garganta arranhou e ele teve que cuspir: pronto, o bom humor tinha ido para o brejo. "Mulher não serve nem para aviso", pensou.

Deitou-se sobre a esteira de couro curtido, ajeitando sob a nuca a dobra do gibão, e deixou-se embalar por pensamentos longos, para esquecer a raiva. O corpo estava pesado; entorpecido pela aguardente, mas a cabeça acendia ideias com nitidez. Não pensava em si, mas no filho ainda por nascer, que, sendo homem — e Francisco tinha essa certeza —, teria de carregar o peso de tudo o que ele não alcançara. Via-o galgando postos, casando-se com alguma outra herdeira poderosa de sangue limpo e bons dentes. Via-o cavalgando na frente de um sobrado de dois andares, com varanda para a ribeira, onde um retrato a óleo do pai, ele próprio, o Sargento-mor Francisco Ferreira Pedrosa, de espada e gibão, repousaria na sala.

Pensou no nome, que deveria soar como um trovão, nome santo e de guerra. O filho não conseguiria reclamar o sobrenome dos Albuquerque Cavalcanti, claro, mas seria um Feitosa. Tanto melhor. Francisco de pai e avô, decidiu: Francisco Ferreira Pedrosa Feitosa. Convenceria o sogro a deixar-lhe o nome dos Feitosa como fecho, pois Francisco conhecia o resultado do orgulho irresponsável de pai, tendo que levar uma bandeirinha já quase desmanchada para lá e para cá como atestado de suas origens. Não, ele faria de seu filho um Feitosa de fato e de direito. Aquela seria a sua maior vitória.

Com esse pensamento, foi sendo vencido pelo peso da bebida e da noite, o braço ainda repousado sobre o cabo da peixeira. Lá fora, os homens riam cada vez mais longe, como se afundassem. O fogo estalava manso. Algum bicho noturno piava.

Foi despertado por um estampido. Francisco ergueu-se de um pulo, os olhos ainda embaciados. Um tiro, e disparado perto. E, se não fosse pelo relinchar louco dos cavalos, nenhuma resposta além do silêncio. Francisco apalpou o bacamarte, catou o chifre de pólvora e saiu.

O acampamento estava quieto. A fogueira quase morta lançava suas derradeiras brasas ao redor das armas abandonadas. Nenhum homem à vista, apenas os cavalos, presos aos troncos de angico. Um deles, o alazão do cabo, sacudia-se como se estivesse sendo devorado por dentro. A corda de couro, repuxada ao limite, tinha lhe rasgado o pescoço, e agora um filete trêmulo de carne pendia, vertendo sangue que se acumulava sob as patas. O animal tombava devagar com um mugido estranho, espumando pela boca, e os outros redobravam os esforços para se soltarem.

— Vicentino? — gritou Francisco. — Manoel? Zeferino?

A voz se perdeu no uivo da brisa, que agora lançava folhas de juazeiros em seus pés descalços. Francisco sacudiu-se e começou a caminhar de tenda em tenda. Encontrou-as vazias. Como as roupas e mantimentos estavam todos lá, Francisco logo descartou fuga e motim. Decidiu que só poderia ser alguma armadilha maligna dos bárbaros, portanto, o melhor que poderia fazer era tentar acalmar um dos cavalos e galopar até a vila.

Foi então que escutou o choro baixo de menina. Quase nada, mas ele parou para escutar. O som vinha da barraca das filhas. Talvez a menor tivesse se escondido, pensou, era a menos estúpida das duas. Ela poderia revelar o que diabo acontecera com os homens. O choro insistia, abafado, e ele foi pisando cuidadosamente até a entrada da barraca, onde a coberta pendia frouxa.

— Menina?

Olhou para a escuridão de dentro. Dois passos e por pouco não caiu, tropeçando em um tronco. Empurrou com o pé e percebeu que era outra coisa, algo macio e úmido. Abaixou-se e agarrou um braço inteiro, decepado do ombro, ainda vestindo parte do gibão. Francisco largou o membro como se o tivesse queimado e cambaleou para trás, esbarrando em algo que cedeu sob o peso. O chão da barraca era só carne: braços, pernas, torsos, cabeças, tudo empilhado.

Já tinha visto coisa pior, então a pressa de escapar do que quer que tivesse feito aquilo calou o susto. Voltou tropeçando, batendo contra as estacas. Atrás dele, o choro começou a se tornar uma gargalhada debochada. Francisco ergueu o bacamarte contra a barraca e atirou, mas o riso continuava.

— Quem é a puta?

Um rugido longo se ergueu do mato. Francisco tirou um punhado de pólvora do chifre amarrado à pederneira e se apressou para enfiá-lo no cano da arma. Colocou em seguida o chumbo, mas percebeu que esquecera em sua barraca a vareta para empurrá-lo até o fundo do cano. Não importava. Ergueu o bacamarte para o escuro e, mirando uma sombra, atirou. Antes mesmo que o eco se formasse, o cano do bacamarte estourou em sua mão. Fragmentos voaram em todas as direções, e o metal dilacerado rasgou-lhe o antebraço, abrindo uma fenda do cotovelo à palma da mão. Um estilhaço alojou-se na base do maxilar, outro na coxa. Francisco caiu de joelhos com um urro de espanto. O braço direito pendia mole, inútil, cuspindo jorros de sangue.

Algo se moveu à sua frente, envolto em uma nuvem de folhas. Por um fio de luz que escapava das brasas da fogueira, Francisco viu a mancha negra de um animal caminhando com os ombros arqueados. A suçuarana avançou sem pressa nem ruído. Francisco experimentou primeiro o calor, depois o peso. As presas encontraram sua barba comprida e, em um movimento rápido, a onça arrancou-lhe a mandíbula. Francisco sentiu a língua solta no vazio e uma cachoeira quente sobre o peito. Ainda percebeu os dentes da mulher montada na sombra da onça. Ela olhava para ele e ria de se dobrar.

Depois o chão subiu, ou ele desceu, afogado dentro de si.

6.

ARANHA MOVEDIÇA

Me disseram pra eu não fazer um discurso
Que tudo o que eu falo e a roupa que eu uso
É lixo, e que eu não podia falar isso
Lixo, pra eu largar desse capricho
Me disseram: doida, esquece disso
Me disseram: doida, esquece disso
Tu é muito nova, tá cheirando a mijo
Nós vamos te ensinar a ter mais juízo
Me disseram que eu não sei pensar direito
Cheia de defeito, não vou tomar jeito
Lixo! Que sabem bem o que eu preciso
É lixo! Só vão me dar mais um aviso

Porque eu pareço um saco de lixo
Um saco de lixo cheio de lixo
Presidindo a convenção de sacos de lixo
Eu sou a deusa do lixo (4x)

De joelhos diante da injustiça
Afundando no meio da carniça
Aranha movediça!
Aranha movediça!
Eu sou a deusa do lixo (4x)

Outubro de 1986.

Podcast Em Busca do Lixo, Episódio 6: O poço e o monstro

Alessandra Moretti: Antônia Nazarena Mesquita Lopes tem 78 anos e memória de menina. Por quase toda a vida morou na Rua Padre Anchieta, no bairro Monte Castelo, deixando a casa onde cresceu e criou os nove filhos apenas porque a pensão do marido já não cobria os reparos cada vez mais necessários. Por conselho do filho mais velho, vendeu a casa e se mudou para um apartamento espaçoso e arejado na Aldeota, zona nobre de Fortaleza, que divide com duas netas. No seu antigo endereço na Padre Anchieta, funciona agora uma pequena indústria de confecção.

Como muitos moradores do Monte Castelo, Dona Nazarena, como prefere ser chamada, guarda saudades do bairro, onde levava uma vida muito mais ativa. No apartamento novo, depende das netas para tudo, inclusive frequentar a missa, numa igreja que ela confessa achar feia, que Deus a perdoe. Mas o que Dona Nazarena mais se ressente é do quintal espaçoso, onde mantinha uma criação de galinhas-d'angola abastecida por um poço artesiano.

Foi nesse poço que Dona Nazarena presenciou o acontecimento mais assustador de sua vida.

Dona Nazarena: Minha casa era boa demais. Foi papai que construiu ela todinha e deixou pra mim. Depois que ele se foi, que Deus o tenha, eu e Marcílio fomo aumentando, fizemo o alpendre cercando ela todinha, dividimo os quarto. Era muito bonita. Fui feliz demais ali. Depois é que teve essa questão aí do poço, né, que ficou estragado. Mas nem por isso, sabe, nem por isso que eu saía de lá, porque foi até Padre Cristiano benzer o poço depois, a meu pedido, e o que se benze é como se diz: tá livrado de todo o mal. O Edvan aí mandou selar porque o poço num tinha mais uso, mas não que fosse uma coisa que ah, meu Deus, eu achava que era mal-assombrado. Eu sou uma mulher que tem muita fé, minha filha. Assustada eu fiquei, claro, mas eu rezo todo dia, sou muito temente a Deus. E num tive participação nenhuma naquilo.

Dona Nazarena é um achado. Logo no meu segundo dia em Fortaleza, circulando pelas vizinhanças do terreno onde ficava o Muquifo, descobri que ela poderia ter peças do quebra-cabeça chamado Jota do Lixo. Foi Jucélio Almeida, o porteiro do prédio cor-de-rosa, que me avisou que a antiga proprietária da casa onde funciona a confecção tinha sido roubada repetidas vezes pelos punks.

Jucélio Almeida: Isso todo mundo aqui sabe. Eles viviam pulando o muro pra roubar galinha, pato, peru, essas coisa, porque ela tinha uma criação farta. Era uma família bem de vida, o homem era da Marinha, os rapaz e as moça tudo formado. Dona Nazarena gostava demais daqui. Só foi se mudar aí antes da pandemia, acho que arrastada mesmo pelos filho. Isso tem o quê? Uns cinco, seis ano, por aí.

O diretor da confecção me informa que o imóvel é alugado. Depois de muita insistência com a imobiliária, consigo finalmente que o proprietário me retorne por WhatsApp. Me apresento, explico o objetivo da reportagem, e torço para que ele ainda tenha o número da vendedora ou, ao menos, do intermediário. Mal acredito quando me passa o contato de Edvan, filho de Dona Nazarena, com quem fechara negócio.

Edvan concorda em agendar a entrevista.

Dois dias depois, numa manhã ensolarada de sábado, ele próprio me aguarda na portaria do prédio onde hoje mora sua mãe. Não me parece preocupado, pelo contrário, até: em suas próprias palavras, prefere que a mãe conserve a mente funcionando. É no elevador, com o gravador já ligado, que ele faz uma única observação:

Edvan Lopes: Agora é o seguinte, moça, se eu ver que isso tá mexendo muito com mamãe, aí eu peço pra interromper. Essa época e esses assunto foram complicado pra ela, e é uma senhora já de idade. Tá tudo bem, como eu disse no telefone, não tem problema nenhum, é até bom você vir aqui, conversar com ela... Ela vai gostar muito, mas mamãe guarda umas coisa disso aí, desses acontecimento, que, às vezes, botam ela muito nervosa.
Alessandra Moretti: Basta você me dizer e a gente interrompe.
Edvan Lopes: Só se ela ficar mesmo... Você entende, né, uma senhorinha, assim. Enfim, o combinado não sai caro.

Olá. Eu sou Alessandra Moretti e continuo *Em Busca do Lixo*.

[Vinheta de apresentação do programa.]

O elevador para no décimo terceiro andar. A porta de entrada já está aberta à nossa espera. Sou recebida com café e bolo de cenoura, tudo feito e servido por Dona Nazarena, uma mulher sorridente e com uma aparência ótima. Eu me sento no sofá, quase pedindo licença às duas palmeiras-ráfia que ocupam lugar de destaque em grandes jarros na sala.

Nossa conversa flui em torno dessas palmeiras. Enquanto me serve o café, ela conta a dificuldade de fazer qualquer plantinha vingar no apartamento e de como era diferente em seu antigo quintal, espaçoso e iluminado.

Só então entramos no assunto dos roubos.

[Som de clique em gravador.]

Dona Nazarena: Não, minha filha, quem lhe contou isso não sabe de nada. Num teve isso de viverem me roubando, não. Conversa. Teve o acontecido duma noite só, aquela noite, né, mas até lá nunca que me levaram nenhum dos capote nem nada, não, nunca que ninguém tinha nem entrado lá em casa, Deus me guarde.

Capote é o nome pelo qual a galinha-d'angola é conhecida no Ceará. Seu sabor é muito apreciado, assim como os ovos. Dona Nazarena me conta que tinha uma pequena criação desses animais, não mais que uma dúzia, um hábito que herdara do pai.

Mas então, se não havia roubos como Jucélio me disse, o que aconteceu?

Dona Nazarena: Nessa época, Marcílio, meu marido, ainda era vivo, mas trabalhava embarcado, e os três menino tavam casado, com filho, já tinham saído de casa. Aí quando Marcílio saía nas viagem da Marinha Mercante, ficava eu mais as quatro menina. Edilene já tinha o quê, seus vinte e poucos ano, né. E eu tinha medo de ficar só mais por elas, mesmo, porque nesse tempo, minha filha, tava sumindo muita gente da idade delas.

Alessandra Moretti: Como assim? Sequestro?

Dona Nazarena: Desaparecia. O povo dizia que era um carro preto que passava e levava tanto rapaz quanto moça. Tem muita gente ruim no mundo. Aí sei que numa noite dessa eu acordei foi com o alarido no quintal, os capote tudo na zuada, que eles fazem assim, num sei se tu já ouviu: "Tô fraco, tô fraco, tô fraco". É como os capote pia, né. Qualquer coisinha eles ficam nessa zuadeira, mas tava uma coisa sem jeito, nunca vi um negócio daquele. Aí me levantei assim e disse: "Edilene, minha filha, espie ali pra ver o que é isso". Porque eu pensei que era um cachorro, né, uma raposa, uma cobra, um cassaco, um animal desse que tivesse maltratando os bichim. E Edilene nem como coisa de acordar. E eu chamando, chamando. Aí fui eu mesmo investigar o que era, né. Olhei assim pela veneziana e nada. Mas a zuada dos capote, Ave Maria, um desespero. Abri a porta do quintal, que num sei se você conhece, era aquelas porta de duas banda, sabe, que abre em cima e embaixo, destarrachei o trinco de cima e aí, no que eu acendi a luz do quintal, minha filha, pense na coisa mais horrível... Nossa Senhora do Perpétuo Socorro! Tinha dois vulto saindo agachado do galinheiro, né, mas o ruim num era isso, que eu até podia achar que tavam só roubando. O negócio é que tinha um que tava atracado no pescoço dum capote. Arrancando os pedaço.

Alessandra Moretti: Com as mãos?

Dona Nazarena: Não, menina, com a boca. Na dentada, assim. Chega espirrava sangue. Parecia um bicho, uma... Como é que fala? Num era de Deus.

Alessandra Moretti: A senhora conseguiu ver quem era? Conseguiu ver bem?

Dona Nazarena: Dava pra ver demais, e eu nunca tive a vista ruim, que até hoje eu só uso óculos pra ler, nem catarata eu precisei operar. E a luz que Marcílio tinha instalado no quintal era mesmo que um holofote, ficava que era um dia. Quando fez assim que acendeu, tava lá eles dois, né, o mais escurim, parrudo, carregando um capote debaixo do braço, e esse outro, que era fino, magro véi, sabe, todo melado de sangue... A cara, a roupa toda. Era esse que tava mordendo o pescoço do capote. Aí eu me toquei que era uma moça.

Alessandra Moretti: Uma moça?

Dona Nazarena: Sim! Uma mocinha. Só que vestida de homem, com uma calça preta, uma camiseta preta, toda de preto. E os cabelo vermelho pra cima. Mas uma mocinha, muito da pálida, parecia um fantasma. Nossa Senhora! Na hora, eu fiquei de boca aberta, sabe, engasgada, pregada no chão, nem pra frente nem pra trás. Foi aí que o menino, o mais fortim, já saiu na carreira pra pular o muro. Mas essa outra me olhou com os olho brilhoso, de bicho, mesmo, rebolou o capote no chão, e fez como se fosse pular pra cima de mim, que eu jurava que ela ia atravessar o quintal e se pegar pelo meu pescoço, só que ela foi dum pulo assim com os braço reto e... *vupo!*, pra dentro do poço. Parecia que tava era voando.
Alessandra Moretti: Ela mergulhou no poço?
Dona Nazarena: Nunca vi uma coisa daquela. Nisso que eu dei um berro: "Ah!". Dei um berro que num sei como num arrebentei foi a boca. Aí as menina acordaram e vieram na carreira, "O que tá acontecendo, minha mãe? O que tá acontecendo?", e eu só apontando pro poço, aperreadazinha. Edilene fez que ia sair pro quintal e eu: "Pelo amor de Deus, você num saia, não". E ela: "Mas, mãe, os capote". E eu: "Num sai, num sai de jeito nenhum". E aquela algazarra, os vizinho chegando, "O que foi, o que foi", vieram tocar a campainha e tudo. Aí que Seu Chico de Dona Amélia já veio foi com uma lanterna e eu: "Seu Chico, vá ali ver o poço, que uma mulher acabou de pular lá dentro". "Uma mulher?" "Foi, Seu Chico, uma mulher que tava comendo meus capote, ela pulou no poço agorinha." Aí ele foi com a lanterna e um cassetete que ele tinha e olhou, olhou, mas era o canto mais limpo. Num viu foi nada, nem a água se mexia.
Alessandra Moretti: E o capote morto lá no chão.
Dona Nazarena: Morto. E sem a cabeça.
Alessandra Moretti: Sem cabeça?
Dona Nazarena: A moça comeu foi a cabeça, minha filha.
Alessandra Moretti: Inteira? Eu não tinha entendido.

Dona Nazarena: Apois foi. E aí eu ainda tava naquilo, né, achando que ela tava se escondendo lá embaixo, só que lembrei também do outro, que tinha pulado o muro, e falei: "Olhe, tinha um outro rapaz". Esse num fez maldade com os capote, não, mas pulou o muro pra fugir.

Alessandra Moretti: Ele não tinha levado o capote.

Dona Nazarena: Levou nada. Quando me viu, soltou. Aí o que é que acontece: tinha esse terreno baldio bem na frente lá de casa. Assim, tinha vários, né, que no vizinho também na época era vazio, mas tinha esse do outro lado da rua que uns rapazinho fizeram lá de abrigo. Era tudo jovem, assim, que pra mim nem tinha muito problema, mas o povo do bairro achava ruim porque eles faziam muita zuada com negócio de bateria, de música, os rock, como chama, né. Mas nunca mexeram com a gente nem com as menina. Eram respeitador. Nessa época aí eles tavam até mais quieto, já tinha um tempo que ninguém se aborrecia com eles. Apois na hora a Edilene fez assim: "Mãe, isso é aqueles vagabundo que vieram roubar os capote". Aí o povo foi tudo atrás, né, e eu: "Minha gente, o poço, a mulher tá se escondendo é no poço". Porque, minha filha, eu lá ia me importar se levassem um capote? Se eles viessem me pedir, eu falava: "Tome aqui, leve logo três". O ruim mesmo foi a cena que eu vi, porque aquilo ali, pra mim, era como se fosse o Anticristo, Deus me perdoe pelo amor de Deus, aquela moça muito da brancosa mastigando o pobre do bicho vivo e aquele voo que ela deu pra dentro do poço...

Alessandra Moretti: E depois que a senhora falou, os vizinhos...?

Dona Nazarena: Foram tudo lá pro terreno. Aí, realmente, tava o rapaz, o morenim, que era bem alto, bonitão e tudo, tava por lá atrás de se esconder. Olha as coisa... E eu apontei assim: "Foi ele". Mas num falei pra fazer mal, não, que eu acho que quem tem fome e precisa, por mim... É errado roubar? É, mas num era com isso que eu tava preocupada, não. Eu tava aperreada era com aquela outra.

Alessandra Moretti: A senhora sabia o nome desse rapaz? O que tinha pulado o muro?

Dona Nazarena: Ninguém sabia nada deles, não. A gente evitava, né, e eles também ficavam só lá entre eles.

Alessandra Moretti: Tinha mais alguém com ele no terreno?

Dona Nazarena: Só uma mocinha, bem novinha, a bichinha, que ficou na frente dele: "Num vão pegar ele, num vão pegar". Mas aí o povo num contou pipoca. Empurraram a menina, que era um vem-venzim, e começaram a bater no coitado desse rapaz.

Alessandra Moretti: Lincharam ele?

Dona Nazarena: Olhe, bateram muito, muito. E eu: "Meu povo, deixe isso pra lá, meu povo, vamo ver lá no quintal", que o problema pra mim tava era lá no poço, mas os vizinho já tavam tudo com raiva deles fazia era tempo. Aí era murro, era chute. Principalmente os menino do time.

Alessandra Moretti: Que time?

Dona Nazarena: Nessa época, tinha um time de futebol lá no Monte Castelo. Como era o nome, Edvan?

Edvan Lopes: Era o Bangu.

Dona Nazarena: Sim, o Bangu. A gente até ajudava às vezes pra comprar uniforme, essas coisa. Era uns menino muito bom, tudo do bairro, mesmo, e jogavam no campinho que tinha no fim da rua. Aí num sei de onde eles tavam voltando naquela hora que se juntaram pra bater nesse rapazinho. Num bateram mais porque o Seu Chico, que era um homem muito direito, muito sério, não deixou, que também o rapaz já tava no chão até sem os dente.

Alessandra Moretti: Ele perdeu os dentes?

Dona Nazarena: Isso aqui da frente ele perdeu tudo, coitado. E isso por causa dum capote. Num é certo.

Dona Nazarena demonstra uma pontada de culpa. Nesse momento, Edvan faz a primeira interrupção. Pede que eu desligue o gravador e sugere que terminemos por hoje. Mas Dona Nazarena não aceita. Ela me diz que o filho não leva a história a sério e que até mesmo as filhas, que estavam presentes, resolveram atribuir a uma alucinação a cena da mulher voando para dentro do poço.

Para Dona Nazarena, o que ela viu foi real, e, para mim, fica muito claro o seu desconforto com os vizinhos e os filhos, que não teriam se preocupado tanto em esclarecer a situação. O único alvo naquela noite acabou sendo o rapaz que havia pulado o muro.

Dona Nazarena: De primeiro, eu usava essa água do poço pra lavar o alpendre, pra aguar as planta e pra dar de beber pros capote. Apois, minha filha, se eu lhe disser que as planta murcharam todas. Todas, todas, todas. Secaram de repente. E começaram a aparecer umas formiga branca, a coisa mais feia do mundo, que terminaram de arrasar meu jardim todo. E os capote também morreu tudo, como se tivessem sido envenenado. Eu tô mentindo, Edvan? Diga se eu tô mentindo.
Edvan Lopes: Tá não, mamãe.
Dona Nazarena: E isso foi quando, que as planta morreram? Num foi logo depois que botaram fogo lá no terreno? Diga, Edvan. Num foi logo depois?
Alessandra Moretti: O incêndio de 87? O incêndio que matou um rapaz? Foi esse mesmo rapaz que pulou o muro da senhora?
Edvan Lopes: É, pessoal, vamo parar por aqui, depois a gente continua com mais calma…
Dona Nazarena: Se aquiete aí, Edvan, que eu tô conversando com a moça. Minha filha, num deu nem uma semana dessa confusão toda e tacaram fogo no terreno com o pobre coitado lá dentro. E num morreu a outra meninazinha por

milagre. E aí foi que a água do meu poço ficou envenenada. Num tão ligada essas coisa? Edvan é porque não acredita.

Edvan Lopes: Não é isso, mamãe...

Dona Nazarena: E é o quê? Se eu tô lhe dizendo que foi Padre Cristiano lá em casa e disse: "É mesmo, Dona Nazarena, esse poço aqui precisa duma bênção". E fez uma oração lá e depois disso pronto, num teve mais problema com essa água. Aquilo lá, minha filha, foi o demo. O povo é que não quer ver, mas foi o demo que fez o coitado do rapaz entrar lá em casa e depois botou o povo da rua todo contra ele, que ele num fez nada demais, não. E depois eu fiquei tendo os sonho...

Edvan Lopes: Mamãe...

Dona Nazarena: Deixe de besteira, menino! Oxe. Me deixe falar. Depois, assim, coisa de um mês, eu fiquei tendo uns sonho muito estranho.

Alessandra Moretti: Que sonhos, Dona Nazarena?

Dona Nazarena: Eu sonhava que tava numa cidadezinha sem ninguém. Assim, tudo estiorado, acabado, mesmo, uma casa grande e bem velha, com as janela tudo fechada de tijolo... E aí eu entrava nessa casa e ficava uma voz me chamando, dizendo assim: "Me deixe entrar, me deixe entrar".

Alessandra Moretti: Um sonho recorrente.

Dona Nazarena: Eu acordava nervosa, né. Aí ficava aquilo martelando no juízo. E quem foi atrás de saber o que era isso foi seu pai, Edvan. Ele acreditava em mim. Foi atrás com uns amigo dele que conhecia muito assim dos interior, né, e eu disse direitim como era as coisa: as casa abandonada, a igrejinha... Aí esse amigo de Marcílio veio aqui em casa me mostrar umas foto e pronto, tava lá a cidade do meu sonho. Cococi.

Alessandra Moretti: Cococi?

Edvan Lopes: É uma cidadezinha no sertão.

Alessandra Moretti: A senhora sonhava com Cococi, Dona Nazarena?

Dona Nazarena: Só até ver essas foto. Depois que eu vi, parou, nunca mais sonhei. Mas tenho pra mim que era um aviso. Que Deus queria que eu fosse lá. Se fosse por Marcílio, a gente tinha ido, é porque num deu foi tempo, que nessa época ele começou a adoecer já. Mas era pra eu ter ido. Tenho fé em Deus e em Nossa Senhora que eu ainda vou, porque acho que isso é... Olhe, eu fico com isso na cabeça, minha filha. Essas coisa toda. É um peso que eu carrego. Esse rapaz foi morrer por conta de quê? Agora, se tivessem perguntado direito pra ele, ao invés de fazer o que fizeram, ou se eu pudesse ir lá nessa cidade ver as coisa... entender, né? Era só o que eu queria, sabe, ver mesmo, porque eu num fiquei doida, minha filha, o povo acha que eu fiquei. Taí, meus filho acha também, todo mundo acha.

Edvan Lopes: Pronto, pronto, acabou. Não, mamãe, não: tá bom, já. Pode desligar, Alessandra, por favor.

Respeito a decisão de Edvan e desligo o gravador, pois Dona Nazarena começa a chorar. Eu fixo minha atenção na xícara de café para não cruzar o olhar com Edvan. Tento disfarçar meu choque com a informação sobre Cococi e me esforço para não deixar minha mente criar armadilhas. É uma tarefa difícil.

O silêncio na sala é quebrado apenas pelo farfalhar das palmeiras-ráfia. Mas logo Dona Nazarena se acalma e, enquanto me despeço, ela insiste para que eu leve um pedaço do bolo e ainda pergunta se tenho onde almoçar. Então me acompanha até a porta, baixa os olhos e repete baixinho que, se tivessem perguntado, se tivessem pelo menos perguntado o que era aquele bicho...

Edvan me acompanha no elevador. Diz que entende minha curiosidade, mas pede que, caso eu decida usar a entrevista, faça isso com cuidado. Eu concordo, não me sentindo de modo algum coagida.

Uma investigação não é apenas sobre fechar histórias, mas sobre os buracos que elas abrem. Encontramos mais um no fundo de um poço selado no Monte Castelo, que, de algum modo, leva para a cidade perdida de Jota do Lixo.

[Transição sonora.]

No próximo episódio de *Em Busca do Lixo*:

Jucélio Almeida: Acho melhor terminar por aqui. Tá parecendo um interrogatório e eu num fiz nada de errado. Eu tava era lhe ajudando, minha filha. Não sou bandido.

Em Busca do Lixo é um podcast da Central Brasileira de Rádio, CBR. Eu sou Alessandra Moretti, apresentadora e roteirista. A produção é de Walter Cisne, com edição de Orlando Faria e checagem de fatos por Vanessa Carmo. A música foi composta por Rodney Ruas. Para ver fotografias, mapas, documentos e muito mais, acesse cbr.com/embusca. Você pode seguir o podcast em qualquer plataforma de streaming. Não esqueça de deixar seus comentários e sugestões em nossas redes sociais.

Até semana que vem.

Carlos Eduardo

Não via a Maca desde a noite em que matei meu primo, ou seja, há 38 anos, por isso não sabia o que esperava encontrar. Quer dizer, estava ciente de que continuava viva, embora vegetasse numa cama, e que seus pais seguiam dedicados à manutenção da redoma erguida sobre ela. Na verdade, a pergunta que eu deveria ter me feito era bastante simples: por que eu precisava vê-la? Não me comprazia a decadência de ninguém, muito menos a de Maca. Então por quê? Como essa questão permaneceu apenas como um leve incômodo, continuei o percurso rumo ao Benfica, tomado por uma saudade que levianamente afastava minhas dúvidas.

Exceto por João Valdenir e por Marimbondo, que também morava no Lagamar, apenas Maca sabia sobre minha mãe. Decidi contar porque ela me passava toda a confiança do mundo. Mas também para lhe pedir ajuda.

João Valdenir tinha saído de casa em definitivo há quase um ano, ironicamente por conta da morte de Afonso: rejeitava a tristeza que sentia pelo pai, um homem tão desprezível, e a única solução que encontrou foi se distanciar da casa que o oprimia com recordações. Claro que já estava envolvido de corpo e alma no movimento punk, de modo que a decisão resultou em um feliz alinhavo. Tia Luci não fez grandes objeções, mas, para mim, foi como o apagar de um sol. Assim que João Valdenir saiu pela porta, a culpa pelo assassinato de Afonso começou a me assombrar. Definhando depressa, comecei a estudar os métodos menos dolorosos de suicídio. Minha vida só reconquistou o sentido quando, semanas depois, João Valdenir inesperadamente apareceu, me chamando para acompanhá-lo a uma festa. Descobri depois que o fez a pedido de Tia Luci.

Seja como for, me vestiu com uma camiseta branca onde se lia "SEM PÁTRIA NEM PATRÃO" e me ensinou como se pendurar na janela do ônibus. Minha primeira festa punk se deu no Davis Clube, onde conheci Maca (à época, de cabelo verde). Os próximos meses se deram aos saltos, como nos sonhos, e ora eu me via numa festa esfumaçada, ora trocando o disco de freio de um Monza, ou então caminhando para uma reunião do coletivo anarquista e depois levando tabefes do Azeitona por ter lhe roubado as ferramentas. Um dia, João Valdenir arrumou uma guitarra e me declarou integrante da *Partido Contra*, a banda que criara para Maca. Então, eu já podia me batizar punk: "Carlito Pau-de-Gato", o primeiro de seu nome.

Ainda que extasiante, aquele período me provocou tamanha necessidade de João Valdenir que acabei por me tornar mais esquivo. Pressentia — de novo — crescer o risco de perdê-lo. Acho que isso me levou a buscar uma maneira de me esconder; assim, ninguém perceberia o quanto meu primo me fazia feliz e, portanto, não tentaria tirá-lo de mim. Por isso digo que minha covardia se desdobra em timidez. Em todo caso, aquela desconfiança se concretizou quando ouvi sobre os planos da viagem de João Valdenir pelo sertão. Não lembro quem me contou, só sei que perdi a cabeça e parti para a briga, alucinando que se tratava de um estratagema para nos separar. Tiveram trabalho para arrancar o gargalo de garrafa de minhas mãos, e, ao final, ninguém entendeu nada, pois eu não falava coisa com coisa.

No entanto, Maca percebeu. Nos últimos tempos, andava desconfiada à sua maneira, rarefeita, de vez em quando sumindo por dias. Aparecia usando farda de colégio e com novidades. Havia descoberto umas bandas obscuras, que ninguém gostava por vergonha de admitir que não conhecia, e desandou a escrever poemas sobre uma cidade amaldiçoada. Dias antes do meu surto, em um de nossos ensaios, enquanto eu me enganava afinando a guitarra e Euclides vencia um baseado após o outro, ela falou sobre os filmes de terror que vinha assistindo com uma amiga. Notei que João Valdenir ficou incomodado. Em determinado momento, ele a cortou: "Tu tá precisando mudar de turma". O olhar de Maca se voltou confuso, mas João Valdenir já fulminava: "Isso é papo de dark alienado". A briga foi feia, e houve pelo menos um momento em que tive a certeza de que João Valdenir vira Maca fazer uma cara só por ele percebida, uma cara qualquer que merecesse ser desfeita a tapas. Não chegou a tanto, mas Maca foi embora do Muquifo jurando não voltar. No entanto, os dois se reconciliaram, e esse era o motivo por trás da viagem de João Valdenir para o sertão, me explicou Maca quando a pedi que o convencesse a ficar. Fiquei perplexo.

— Mas isso não faz o menor sentido!

Estávamos no Benfica, na casa de Ferrosa, uma amiga dela. Maca sugeriu que fôssemos para lá porque, no Muquifo, não se podia ter o mínimo de privacidade. Era a primeira vez que eu entrava numa casa com reboco, forro e piso de azulejo. No quarto, o fascínio se aprofundou diante da cama alta, dos pôsteres, do guarda-roupas, do toca-discos. Como Maca não compartilhava de meu deslumbramento, concluí que ela, assim como Ferrosa, era rica, uma conclusão bastante óbvia, uma vez que, além de amigas, moravam no mesmo bairro.

— Não faz o menor sentido! — repeti.

— Depois da briga, quando a gente foi se acertar, ele leu meus cadernos e ficou curioso com Cococi. Daí, como já queria conhecer o lugar onde o avô nasceu, inventou essa peregrinação.

Por pouco não fui tomado por um ódio vulcânico diante daquele disparate, então tive que escolher minhas palavras com muito cuidado:

— Se vocês estão juntos de novo, por que ele vai te deixar?

— Tu não entendeu, Carlito. A gente fez as pazes, mas agora somos só amigos.

— E por isso tudo bem ele te abandonar?

— Mas nem toda distância é abandono.

Certamente Maca disse algo menos metido, mas o tempo e o repetido retorno àquele momento transformaram sua fala nessa cafonice. O que importa é o efeito provocado: me desmontei todo na frente dela e tive que lhe contar sobre minha mãe. No fundo, esperava comoção, apostando que sentiria pena suficiente para lutar ao meu lado contra a viagem de João Valdenir. Mas cometi um erro de cálculo. Nunca tinha elaborado direito o abandono, e por isso não fazia ideia do tamanho da minha autopiedade. Quando ela emergiu, era medonha, e me arrastou para um buraco sem fundo onde as palavras perdiam seus significados. Me vi articulando a boca para nada. Quanto mais tentava me explicar, menos sentido fazia, e me demorei nesse vaivém até aceitar a derrota e me calar. Mas o espanto continuava, e sem perceber ao certo o que fazia, senti um estranho alívio ao me concentrar na minúscula dor de minhas unhas cravadas na pele.

Maca tocou o dorso de minha mão, virou meu pulso fechado para cima e, gentilmente, abriu meus dedos, entrelaçando-os com os dela. Balançava a cabeça, devagar e muito séria, quando disse apenas: "Não comece com isso". Em seguida, guiou meus dedos pelo seu braço. Senti a pele áspera, pequenas lombadas que, repetidas, só podiam ser propositais. Ela ergueu a manga da camisa, e continuei tateando aquele rastro sem fim de cicatrizes que se espalhavam pelo ombro descendo pra axila.

— O que é isso? — perguntei.

— Sou eu.

— Eu quis dizer esses cortes.

Ela apenas se arrepiou de cócegas, sacudiu o corpo e se inclinou para frente. Nossos rostos ficaram muito próximos. Os cabelos vermelhos de Maca resvalaram em minha bochecha e, ao vê-la tão de perto — uma pequena cicatriz no queixo, os pelinhos acima da boca —, subitamente fui lembrado da minha incontornável feiura. Tentei me afastar, mas ela levantou meu queixo e pressionou a boca contra a minha. Como não me movi, a ponta de sua língua abriu delicadamente meus lábios e mergulhou. Ao mesmo tempo, acariciava minha nuca, me levando para mais perto dela, e, com o braço livre, desceu minha mão do ombro à cintura. Em pouco tempo, aquele beijo nos jogou na cama e nos despiu.

Ter perdido minha virgindade com Maca naquele quartinho prosaico que, para mim, será sempre uma suíte presidencial, não explica o papelão que fiz após estacionar a moto. No máximo, serve para entender o ímpeto — jamais a insistência. Pois ao me ver diante da casa amarela dos pais de Maca, com as mãos nas grades do portão, começou a me invadir um desânimo que eu deveria ter interpretado como alerta. Em vez disso, bati palmas até ouvir soar uma voz lá de dentro. Depois de alguns minutos, uma velhinha esticou o pescoço pela porta, meio ofuscada pelo sol nos óculos, e perguntou:

— O que é?

— Dona Marluce, eu sou amigo da Maca. — Percebi que deveria ter planejado melhor minha abordagem e me corrigi: — Da Marusca.

Ela demorou um pouco para se mover. Então, saiu para o jardim, mas não se afastou do batente. Entre onde estava e o portão, dois metros e meio nos separavam.

— Amigo? Que amigo?

— Meu nome é Carlos.

— Não conheço. — E já foi me dando as costas.

— Eu que tirei ela lá do incêndio, lembra? Vem mais pra perto que a senhora me reconhece.

Mas ela já tinha entrado. A porta aberta, no entanto, me fez acreditar que voltaria. Talvez estivesse trocando de roupa, ainda era cedo. Me encostei no portão e me pus a observar um cachorro que desfilava despreocupadamente na outra calçada. Como se adivinhasse que eu o olhava, ele parou, farejou o ar, e desviou de seu caminho. Vinha agora em minha direção, abanando o rabo com um ar de coitado. Bati palmas novamente, em parte para chamar a mãe de Maca, mas sobretudo para afastá-lo. O cão não se impressionou. Testou se aproximar por um lado, depois pelo outro, repetindo tudo de novo sem perder de vista as minhas mãos. Como não encontrava nada, passou a latir. Me perguntei o que andavam fazendo com os cães de Fortaleza para ficarem assim tão exigentes. Experimentei um carinho em sua cabeça, mas ele entendeu errado e quase me acertou uma mordida, como se eu lhe tivesse cometido uma infâmia. Então agachou-se, me encarando fixamente.

E nem sinal da mãe de Maca. Gritei por ela, sacudindo o portão, e disse: "Sou eu, Dona Marluce, o Carlos, a senhora me conhece", mas tudo o que consegui foi atrair a atenção da vizinhança. Da porta aberta, só o escuro. Aí me aborreci, dei uma derradeira balançada no portão, e voltei para a moto. O cachorro me acompanhou rosnando. Decidido a ignorá-lo, não apressei o passo nem fiz mais qualquer barulho. Mas foi só eu passar a perna para subir na moto que o bicho enlouqueceu, começou a dar pulinhos nervosos, latir e mostrar os dentes. Girei a chave, na esperança que o ruído do motor o desencorajasse. Não poderia ter feito pior. O cachorro deu ainda dois passos para trás e avançou, cerrando as presas em minha canela. Precisei de todos os esforços para manter o equilíbrio; se tombasse, a moto desabaria sobre mim e então, sim, o bicho encontraria minha garganta. Fiquei de pé, equilibrando o peso da moto com uma perna só, enquanto a outra ardia na boca do cachorro. Acelerei o motor, e, finalmente, o barulho fez o cão abrir a mandíbula. Mas não recuou.

Uma multidão de curiosos se juntava para rir daquela desordem. O focinho do cachorro vibrou e o corpo enrijeceu, pronto para um novo salto. Engatei a primeira, torci o punho e arranquei. A moto quase me atirou de costas. A vizinhança celebrou minha fuga, embora o cachorro não tenha se dado por vencido. Sua diligência durou até o quarteirão seguinte. Depois desistiu de me perseguir e ficou latindo para garantir que eu não voltasse nunca mais.

Sexto Caderno

Logo no início da Quaresma, os degraus da Igreja de Nossa Senhora da Conceição se tornavam morada do rabequeiro José Bexiga. Cego desde menino, via o mundo pelo faro, e, por ter vencido a varíola, pagava promessa de tocar hinos em frente às igrejas da Quarta-feira de cinzas até a Páscoa. Migrava de povoado em povoado, até se assentar em Cococi, onde os moradores se afeiçoaram à figura esburacada. Há cinco anos repetia o ritual dos dias santos no vilarejo dos Feitosa, mas daquela vez, nem bem terminou o segundo domingo de Quaresma e Bexiga sumiu. Toda a vila de Cococi deu por falta do cantador, sobretudo Padre Mendes, que tinha gosto por música. Mandou o sacristão Tomás bater de porta em porta, vasculhar telhados e funduras, até ter notícia de José Bexiga.

Tomás voltou sem nada, e o padre enfrentou três dias de silêncio naquela terra esquecida por Deus. No amanhecer da quinta-feira, deu-se o milagre:

— Acharam José Bexiga!

Estava escondido nos fundos da venda de Sebastião Alírio, entre monturos de macaxeira e caixas vazias de querosene. Chegaram até ele pelo fedor. O rosto vazio escondia-se atrás dos joelhos estropiados, a barba e os cabelos colhidos de carrapicho e poeira. Nada dizia. Só meneava a cabeça por água, espalmava a mão se lhe perguntavam de doença, e sorria se diziam que fez falta.

Não quis contar dos sons que ouvira na praça da igreja, da raspagem de garras na pedra, do riso baixo de mulher satisfeita, do resfolegar de fera, dos rugidos. Nem do cheiro que, de tão forte, misturou-se ao dele para sempre.

Quando Padre Mendes veio rogar-lhe que retornasse aos hinos da penitência, José Bexiga pegou a rabeca e partiu-a em duas.

Vai Josefa, Nhá Josefa
Pé descalço pela rama
Corta a pele, corta a reza
Vai montada na Caetana

Faustino e Damião eram dois espelhos. Do pai herdaram o ofício de tanger gado e, da sina, o celibato que os condenava um ao outro, duplicados em voz, passo e pensamento. Todo amanhecer igual ao anterior. Despertavam antes do galo, as redes se levantavam juntas, o gibão no ombro ao mesmo tempo. Apenas à soleira quebravam a simetria, porque a porta estreita da tapera só dava para um de cada vez.

Naquela madrugada, saiu primeiro Damião, em seguida Faustino. A brisa vinha prenhe de maus presságios, na falta dos mugidos que dão o sossego dos vaqueiros. No roçado, o rebanho apinhava-se num canto, tremendo, olhos amarelados sob a lua que se despedia. Cada vaca se apertava à outra, e o curral exalava um azedume que embrulhou o estômago dos irmãos. No lado oposto, o touro e dois bezerros jaziam descarnados, a carne polida até o osso. Sobre a porteira, pendiam os couros costurados por linha grossa de algodão.

Pela primeira vez, os irmãos tiveram reações diferentes. Damião ficou pensativo. Faustino cuspiu para não engolir o enjoo. Sabiam ambos que aquilo não vinha de ladrões de reses, pois dedo de gente não faria semelhante costura, e lembraram a infância, quando a mãe Kariri contava a lenda da Bicho-lua, que atravessava o sertão para roer o couro dos viventes.

O que lhes restava era recolher toda aquela carnificina, avisar o patrão, voltar para a tapera e esconder-se em algum canto, torcendo para não serem os próximos.

Corre, corre, corre, filho
Corre longe, vai ligeiro
Não se pode ver, menino
Nhá Josefa vir primeiro

Fosse mais crédulo, Padre Mendes diria que aquilo era obra de Satanás.

Prendeu o lenço no nariz para evitar o fedor. À sua frente, o corpo do jagunço Caboré boiava na poça salobra junto ao riacho. Não tinha mais barriga, apenas uma janela aberta onde antes moravam as tripas, e dali escapavam borbulhas de água avermelhada. Sobre o peito, alguém havia depositado uma pequena imagem de Nossa Senhora, de madeira, com as mãos postas e o rosto já meio descascado. Faltava-lhe metade do manto.

Não era para aquele tipo de coisa que Padre Mendes se ordenara.

— Foi você quem botou a santa aí?

Raimundo Vaqueiro assentiu.

— Fui eu, Seu Padre.

E contou de novo, pela terceira ou quarta vez naquela madrugada, como encontrara o pobre Caboré naquele estado. Catava um novilho desgarrado pelas bandas da mata, quando escutou uma risadaria por dentro d'água, riso grosso de festa. Pensou que fosse brincadeira do capataz da fazenda vizinha. Quando chegou na beirada, foi que viu.

— Suçuarana, Seu Padre. Só que não era dessa cor de poeira que a gente conhece. Aquela brilhava. Mesmo de noite, parecia que tinha pó de ouro no pelo. E tava mirando pra mim como se fosse gente. Já vinha com o corpo de Caboré na boca, pegando pelas costas, arrastando igual gata com a cria. Eu rezei três Pai-Nosso, mas não adiantou.

O vaqueiro baixou os olhos e coçou a palma da mão. Tomou coragem e contou que, depois de largar Caboré na margem do Ingueirê, antes de sumir, a onça se abaixou para uma mulher nua subir em suas costas.

— Uma mulher nua, Raimundo?

— E eu vou mentir, Seu Padre?

Padre Mendes balbuciou uma prece. Mais ruidosas, as moscas cobriam o corpo do jagunço. A santa se inclinava ligeiramente, como se prestasse atenção.

Vai Josefa aonde agora?
Filho meu, pergunte não
Leva o riso todo dela
Pra debaixo lá do chão

Quando desapareceu o pequeno Tibiquinho, sobrinho de segundo grau do Coronel Feitosa, foi Dona Felipa quem deu o alarde à vila inteira, batendo palmas e gritando no meio da rua. O neto torturava as formigas bem debaixo da gameleira da praça, disse a velha, bastou ela piscar e pronto, o menino sumiu. Mal tinha anoitecido e, na esteira do retorno de José Bexiga, o Cabo Laurentino começou as buscas por Tibiquinho nos fundos da venda de Sebastião Alírio. Nada.

Dona Felipa, de pé no meio da rua, cravava:

— Sumiu pra dentro do mato, não volta como era.

Três dias depois, Helena de Santina ouviu um zum-zum vindo da copa da mesma gameleira. Era um som de abelha, alto como ela jamais ouvira. Levantou os olhos com a lentidão de quem já sabe o que vai ver e quase morreu de susto com Tibiquinho sentado no galho, nu em pelo. O queixo ainda pingava um mel escuro e grosso, e, no lugar dos olhos — Minha Nossa Senhora da Conceição! —, abriam-se fendas oblíquas, preto sobre dourado, como um bode. As abelhas dançavam em torno dele desenhando a sombra de uma cruz, e Helena, sem saber por quê, se ajoelhou. Chamou gente, chamou o padre, o sacristão, chamou até Dona Felipa, que chegou às carreiras. Mas nem a avó teve coragem de subir para buscar o menino. Ficou no pé da gameleira chamando, "Desça, meu Tibiquinho, desça que seu pai volta logo de viagem, desça, meu bebê". Foi então que ele falou:

— Me batizaram de novo. Agora sou filho da onça.

Depois saltou. Não caiu; desceu flutuando, os pés pousando no chão da praça suaves como penas. Passou correndo pelo povo no rumo da mata, levando consigo o enxame de abelhas.

Dona Felipa, quieta como nunca se vira, foi a primeira a se aproximar do tronco. No lugar exato onde Tibiquinho estivera, havia um corte gotejando seiva escura. Ela puxou o lenço da cabeça, desenhou um sinal da cruz, e sentenciou:

— Esta vila vai se acabar inteira.

Naquela noite, ninguém apagou as lamparinas. Os homens trancaram as portas com toras. As mulheres ficaram de guarda atrás das janelas fechadas. As crianças dormiram abraçadas aos cachorros, e o padre não pregou o terço. Na praça, a gameleira perdeu todas as folhas, carregadas pelo vento Aracati, e antes do Domingo de Ramos estaria reduzida a uma pilha de galhos esbranquiçados.

Vai Josefa, Nhá Josefa
Faz da dor de um homem pó
Rastro de onça em mato fundo
Salva o meu menino só

Na estradinha de volta para Cococi, Tomás carregava com o maior cuidado do mundo o cibório envolto em pano branco, amarrado à cinta como se fosse criança. O relicário fora esquecido por Padre Mendes depois de dar extrema-unção a uma parturiente, morta, junto do filho, no escuro de uma palhoça no meio do nada. Era difícil esconder a raiva que sentia do padre: sacristão, faz isso, sacristão, faz aquilo, sacristão, volte lá para buscar as hóstias, sacristão, vá até os cus de Judas... Nem lhe deixara levar o jumento, o que teria poupado os pés já lacerados de calos. Mas preferia isso a fincar enxada. Melhor servir ao padre do que à fome. Que outra vida teria um órfão de bárbaros como ele? Em Cococi, ao menos, o tratavam como um desgraçado útil. As humilhações eram maiores na Missão, tendo que ensinar o credo aos parentes de seus pais, que o olhavam sempre como se fosse estrangeiro ou traidor.

A meio caminho da vila, em uma curva da vereda, Tomás encontrou o chão alargado num buraco. Aproximou-se e sentiu um vento morno sair de dentro com cheiro de pão embolorado. Tomás estranhou o silêncio. Pôs a mão sobre o cibório, por instinto, mas a tampa abriu-se por conta própria e uma das hóstias voou, pousando na beira da fenda. Do buraco, brotou um rastro de formigas albinas. Cercaram a hóstia e a arrastaram para dentro em uma velocidade que não permitiu a Tomás um só movimento.

Ele foi tomado por um pavor sem sentido. Correu para o outro lado da estrada e meteu-se no matagal, ignorando os espinhos de mandacaru na batina. Foi dar à beira do Ingueirê, onde dias antes haviam encontrado o cadáver de Caboré. Não havia mais nada, só o correr manso da água. Ele se abaixou na margem e banhou o rosto com as mãos em concha. Algo na água respirou, começou a pulsar em círculo e, do centro, formou-se um redemoinho que alcançava as margens. Por baixo de uma espuma negra, emergiu uma cabeça de touro, decapitada, os chifres servindo de alças a fios invisíveis que a puxavam para dentro do mato.

Quando Tomás voltou a si, estava deitado na curva da vereda, a batina colada ao corpo. O cibório jazia tombado entre as pedras. Não havia buraco. Nem hóstia. Nem cabeça de touro.

Vai Josefa, Nhá Josefa
Pé descalço pela rama
Corta a pele, corta a reza
Vem sorrindo mais Caetana

A mão deformada não o impedia de ser o tropeiro mais veloz e confiável dos Inhamuns. Ao contrário: dizia-se que fora justamente por causa dela que Miguel Mão de Gengibre se resolvera a galopar. Tivera o punho queimado na infância como castigo por meter os dedos curiosos na refeição de um missionário e, desde então, aprendera a não esperar esmola nem respeito. Fugiu do aldeamento e correu sertão adentro em lombo de burro, levando tudo quanto era carta, ordem, contrato, jura de amor ou ameaça. Por isso também aprendeu a não abrir a boca mais do que o necessário.

Mão de Gengibre não se atrasava, não mexia no alheio e não desviava caminho. Uma vez enfrentou sozinho três jagunços só com a mão torta e uma espora. Foi nessa confiança que o pároco de Cococi confiou-lhe a ordem de levar carta selada ao Coronel Feitosa, ainda acampado no Jaguaribe. Pediu urgência, e o Cabo Laurentino ainda avisou de perigos. Mão de Gengibre não perguntou nada. Enfiou o bilhete no embornal e partiu no mesmo instante.

A noite o alcançou já na subida da serra. Foi ali que viu no lajedo uma silhueta parada. Primeiro achou que fosse boi perdido. Mas era onça, das grandes. E montada sobre ela, uma mulher. O rosto, não dava para ver. Mão de Gengibre fez o sinal da cruz com a mão ruim e tocou galope até a próxima elevação. Ao olhar para trás, só o escuro. Não voltou.

Na manhã seguinte, encontrou um acampamento abandonado. O chão fedia a bicho morto e as barracas estavam quase desfeitas, varridas pelo sertão. Botas, colheres e cabaças rolavam pela terra. Um cavalo agonizava, deitado de lado, com o ventre aberto por urubus, ao lado de outros três enforcados nas próprias cordas que os prendiam. Pendurado num galho da árvore, um braço de homem.

Mão de Gengibre achou melhor não mexer nas barracas. Só afastou os urubus, cortou o pescoço do cavalo, fez novamente o sinal da cruz, e voltou à sela. No embornal, a carta do padre seguia intacta.

7.

SERRA ELÉTRICA

Não tem mais o que se possa fazer
Não tem mais o que eu possa fazer
A tua alma já está indo embora
Enquanto corto a tua cabeça fora
Os meus dedos não se movem mais
Os teus dedos não se movem mais
Mesmo depois que guardei teus pedaços
Ainda sinto a sombra dos teus abraços
Agora sei o que tenho a dizer
Agora sei o que devo dizer
Ele se enforcou com as minhas meias
E cortou os braços, as pernas e as veias
Porque eu só queria te ver em paz
Tudo o que eu queria era viver em paz
E pro dia ficar ainda mais perfeito
Falta uma estaca enfiada no teu peito

(Refrão)
Mas antes que venham os cães
Pra lamber tuas feridas
Te darei meu coração
E também outras mentiras
Mas antes que cheguem os vermes
Pra roer o teu corpo
Molharei teu rosto morto
Com lágrimas de adeus

E eu juro, meu amor, eu juro
Darei tuas migalhas para os pobres

Abril de 1987.

Podcast Em Busca do Lixo, Episódio 7: A letra e a milícia

Alessandra Moretti: Buscar Jota do Lixo é uma experiência de desapego. Meses de visitas, pesquisas e entrevistas mexem com a cabeça de qualquer um. Passei a acreditar que algumas rodas dessa história começam a se mover por conta própria. Não é difícil traçar teorias em um caso como o de Jota do Lixo, e mais fácil ainda é se deixar levar pelo que vai parecendo óbvio. Mas nada é óbvio nessa busca, como já ficou claro há bastante tempo. Reconhecer isso dói. É um banho de água fria depois do outro. Uma aula de humildade.

É nesse estado de espírito que me deparo com mais uma parede.

Chegou a hora de falarmos sobre o Caderno nº 6. Lembram dele? No quinto episódio, encontramos um caderno escrito à mão numa caixa de recordações que Dona Luci, mãe de Jota, ainda preserva. Apesar de não permitir que eu levasse o caderno, Dona Luci não viu problema em me deixar fotografá-lo.

Lembramos? Ok, de volta ao labirinto.

Estou tomando o café da manhã no saguão do hotel com Walter Cisne, meu produtor, quando o celular vibra com a notificação do e-mail. Confiro o título: "resultado do exame grafotécnico". Abro o arquivo no anexo. Assinado pela perita Dra.

Camila Barros Sena, o laudo apresenta três conclusões principais, destacadas em negrito após longas explicações técnicas.

1: **A escrita do Caderno nº 6 não corresponde às amostras atribuídas a João Valdenir da Silva Barbosa.**

2: **Foram encontradas indicações de múltiplas autorias, ao menos duas, e talvez uma terceira.**

3: **As variações indicam fusão de autores dentro das mesmas frases.**

A minha primeira reação é de euforia. Mas logo me dou conta de que estou diante de mais um problema. Apesar de confirmarem uma das minhas principais hipóteses de trabalho, a de que Jota não teria sido o autor do conteúdo do caderno, as informações também dificultam atribuir a autoria exclusivamente a Maca, como sua amiga, Fátima Catano, a Ferrosa, sugeriu.

Camila Barros Sena: As análises apontam que o caderno não foi redigido pelo mesmo indivíduo que escreveu as amostras atribuídas a João Valdenir da Silva Barbosa.
Alessandra Moretti: O Jota do Lixo.
Camila Barros Sena: Isso, o Jota. O caderno não é dele. Quer dizer, tudo indica que não foi escrito por ele.

A perícia grafotécnica é um ramo da ciência forense que tenta responder a uma pergunta simples: quem escreveu um texto? Os especialistas analisam traços específicos da escrita cursiva, a escrita à mão. Mas há limites, porque a nossa caligrafia varia com o tempo, com o estado emocional, o tipo de caneta, o tipo de papel, o tamanho do texto. Por exemplo, alguém pode escrever de forma completamente diferente só porque não tem onde se apoiar naquele momento. Isso significa que a grafoscopia trabalha sempre com margens de dúvida.

E quando as amostras chegam apenas por fotos feitas com um celular, a situação fica ainda mais delicada, claro.

A Dra. Camila analisou 42 documentos de referência atribuídos a Jota. São bilhetes, dedicatórias e rabiscos feitos em margens de revistas que Dona Luci também me permitiu fotografar. Essas amostras foram comparadas com as 13 páginas do Caderno nº 6.

Camila Barros Sena: A escrita humana pode ser analisada a partir de alguns padrões como ângulo e altura de haste, ritmo, inclinação, pressão. Cada um desses elementos compõe uma assinatura, vamos dizer assim, né. Quando existe a possibilidade de fazer o exame físico, a gente identifica fissuras no papel, variações de relevo, essas coisas. Se não tem o material original e precisa trabalhar com imagens, e que não são de alta resolução, como é o caso, essas coisas se perdem. O que a gente buscou então, nesse caso, foram mais os traços individualizantes.

Alessandra Moretti: No laudo, a senhora diz que a escrita pode ter sido feita por até três pessoas diferentes.

Camila Barros Sena: Existe essa possibilidade, sim. Bom explicar que um exame grafotécnico é sempre qualitativo, ou busca ser, né, pelo menos. Não tem absoluto. A gente vai se basear na convergência de vários indícios, ainda mais num caso como esse, que nós só temos o suporte digital. Então, dentro dessas limitações, né, a gente identificou, além da caligrafia principal, outro padrão, e ainda um terceiro. Não são variações pequenas, são até bastante evidentes, mas pela forma como estão misturadas no documento, pode ficar um pouco mais difícil pra um leigo diferenciar.

Alessandra Moretti: Então é certeza que o caderno foi escrito por mais de uma pessoa.

Camila Barros Sena: De novo, não tem absoluto num exame grafotécnico. A gente não pode falar em certeza matemática. Mas tudo indica que sim, tem mais de um autor.

Alessandra Moretti: O que significa fusão de autores dentro da mesma frase?

Camila Barros Sena: Uma frase começa numa mão e termina em outra. Por isso eu disse que pode ficar meio complicado de identificar essas diferenças numa primeira análise. Assim, a escrita de todo mundo é super variável, principalmente num texto mais longo como esse. São páginas aqui que todas as laudas tão preenchidas, né. Mesmo assim, como eu falei, não são diferenças banais, sabe. Todo trecho tem pelo menos esses dois padrões diferentes. O terceiro padrão, a terceira mão possível, aparece em algumas palavras pontuais, só.
Alessandra Moretti: Como são esses três padrões?
Camila Barros Sena: Bom, a primeira mão, que é a predominante, apresenta letras altas, *g* fechado em formato de grampo, traços longos. Já na segunda mão, os laços são estreitos, tem cortes em *s* de forma incompleta e também alguns indícios de maior velocidade na execução. Já a terceira mão, que eu disse, né, tá mais no terreno das possibilidades, porque aparece de forma bem pontual... então nem tem muito material pra análise. Essa mão tem um traço muito fino, com tremores. Mas isso só se vê em algumas dessas palavras ao longo das páginas.
Alessandra Moretti: Um traço de pessoa mais idosa?
Camila Barros Sena: Olha... Pode-se dizer que sim. É possível. Mas claro que isso é uma suposição. Não dá pra chamar de hipótese.

Não falo nada para a perita, mas acho até melhor quando as coisas ficam só no terreno das suposições. Hipóteses e teorias, nessa investigação, me parecem às vezes servir só para serem derrubadas.

Olá. Eu sou Alessandra Moretti e continuo com vocês *Em Busca do Lixo*.

[Vinheta de apresentação do programa.]

[Ruído de folhas de papel sendo passadas.]

Releio o Caderno nº 6. O texto se organiza em seis pequenos causos, todos girando em torno de Cococi, a cidade fantasma no sertão cearense. O fio condutor é o aparecimento de uma entidade encantada, às vezes onça, às vezes mulher, até mesmo um enxame de abelhas. Essa entidade sempre deixa algo, e quem cruza o caminho dela ou volta marcado ou não volta. Os personagens são arquetípicos: um rabequeiro, irmãos vaqueiros, o menino da vila, o sacristão, um tropeiro. No geral, as histórias têm uma pegada de terror, meio *gore*, até, com animais esfolados e cabeças cortadas. Chama a atenção também que, entre cada microconto, há uma quadrinha popular sobre a aparição de Nhá Josefa, uma figura sobrenatural que anda com — atenção para o nome — Caetana.

Lembram da gata de Maca?

Marimbondo: A Maca só andava encangada com aquela gata dela. Caetana, o nome.

Tem ainda outra coincidência. A melhor amiga de infância da Maca se chamava Fátima Catano. Só que esse sobrenome, Catano, na verdade é uma modificação proposital de Caetano, com *e*. A alteração foi feita como uma tentativa de apagar o parentesco, porque Fátima não era reconhecida oficialmente pela família.

Alessandra Moretti: Você sabia que a Maca tinha uma gata lá no Muquifo?

Fátima Catano: Mulher, eu ouvi falar mesmo que encontraram um gato morto lá depois do incêndio. Era dela? Ô, a bichinha.

Alessandra Moretti: Ela deu o nome de Caetana pra essa gata.

Fátima Catano: Será que foi por minha causa? Bem que podia ter botado Catana, né. Só que ia ficar feio. Vai ver por isso eu tive mais sorte que a gata, coitada.

Supondo que tenha sido mesmo Maca quem escreveu o Caderno nº 6, para uma adolescente, é um texto até bastante maduro. Recomendo que vocês acessem o nosso site e leiam na íntegra. O link está na descrição do episódio.

[Música de mistério.]

No universo punk, o normal são fanzines de duas páginas. Encontrar um caderno com um texto tão trabalhado e fora do assunto de bandas, underground e contracultura, é exceção. Se Maca pretendia transformar esses cadernos em livro, não dá para saber. Mas, depois do laudo grafotécnico, fica impossível não reparar nos traços diferentes nas mesmas linhas, fica impossível não procurar o ponto exato em que a letra muda no meio da frase.

E fica impossível não se perguntar: por quê?

[Som de entrada em chamada de vídeo.]

Euclides Almeida: Oi, tá me ouvindo bem?
Alessandra Moretti: Dá pra ouvir, sim.
Euclides Almeida: Ótimo, ótimo. Tá tendo uma nevasca aqui, então o sinal da Internet fica direto caindo. Agora pense aí como fica um cearense debaixo de neve, né.

Um mês depois de Jota do Lixo ser encontrado morto no terreno incendiado no Monte Castelo, Euclides Almeida saiu do Brasil.

A *Partido Contra* havia encerrado suas atividades muito antes. Segundo Euclides, Nhewó nunca se interessara realmente pela banda, e Jota foi deixando de fazer os shows acontecerem.

Sobraram Euclides e Maca escrevendo músicas e ensaiando, às vezes com a presença de Carlos Alberto, que, mesmo oficialmente fora da banda, ainda frequentava o Muquifo.

Mas aquelas últimas semanas dos punks no Monte Castelo foram de decadência, frustração e medo. Tudo isso levou Euclides a realizar o antigo desejo de imigrar para os Estados Unidos. Para isso, contava com a ajuda de um tio, que vivia em Seattle desde os anos 70, uma poupança guardada pela mãe, e o dinheiro que conseguiu vendendo a bateria.

Euclides Almeida: Ah, cara, eu num falei pra ninguém, não. Fora o pessoal da minha família, ninguém sabia. Eu já tinha comentado com a Maca e o João, mas não especificamente sobre eu ir e tal. Comentei porque, na época, ainda rolava essa conversa de ir pra São Paulo, de nordestino ir fazer a vida lá, até mesmo das bandas de rock irem pro Sudeste pra tentar arrumar gravadora, essas coisa. Mas pra mim era o seguinte: se eu vou sair da minha terra, que seja logo é pra longe. E eu já tinha essa vontade de conhecer outro país. Aí, como o meu tio era mecânico de avião e acabou indo trabalhar por lá nos Estados Unidos, surgiu essa oportunidade.
Alessandra Moretti: Então você vendeu a bateria e aí a banda acabou de vez.
Euclides Almeida: Não, não. Como eu disse, né, eu nem falei nada que tava me planejando de viajar. Quando tivesse assim faltando tipo uma semana, aí eu ia me despedir, conversar direitinho e tal. Mas, cara, a *Partido* acabou porque acabou. Ninguém nem chegou a sentar e dizer assim: "Pronto, vamo terminar a banda, é isso". Não, como eu te falei, fui pegar a bateria lá de manhã e à noite o Muquifo foi incendiado. Já num tinha banda. Foi mesmo porque tava ficando impraticável.
Alessandra Moretti: Como assim?

Euclides Almeida: Cara, várias coisas. Bom, pra começo de conversa, a nossa turma tinha meio que virado as costas pra banda. Porque as música mudaram, né. Depois que o João voltou dessa viagem dele, e com o Nhewó por lá, ele num queria mais saber da *Partido*, né, aí a Maca ficou compondo. Só que as música dela eram outra coisa, era mais intimista, mais bizarra, e aí os punk ficaram: "Que porra é essa?". Porque punk não sente, né, punk briga. E aí ela tava lá querendo falar de sentimento. Tinha isso, e também o João metido nas parada lá com o Nhewó, a própria Maca com a gata e com os caderno dela. E eu no meio disso tava mal, cara. Tinha entrado numa fase mesmo de muita droga, tempo todo doidão de aranha, ou bêbado, tava mesmo complicado. E aí o bicho começou a pegar sério com os cara do time de futebol, então eu fui ficando com medo.

Euclides não era o único punk que se afastava do Muquifo assustado com a crescente violência no Monte Castelo. Laion também.

Laion: Eu mesmo só fui parar de ir no Muquifo por conta dos cara que começaram a perseguir a gente lá no bairro, né, mas assim, até isso, foi culpa já do Nhewó. A real é essa. Tanto pelas coisa de satanismo, que assustava o povo, quanto porque a gente ficou com pouco número. Era uns gato pingado, aí ficava fácil pra quem quisesse pegar os punk do Muquifo. Ah, minha filha, tava complicado demais pra ser punk e andar no Monte Castelo, pode ter certeza.
Alessandra Moretti: Tinha então uma espécie de milícia perseguindo vocês?
Laion: Naquela época, onde tivesse punk, ia ter gente querendo expulsar. Porque não aceitava, entendeu? Era assim com a polícia, com vizinho, com os nossos pais, também.

Alessandra Moretti: Mas nesse caso os vizinhos se organizaram.
Laion: É, dá pra dizer que montaram uma espécie de milícia, mesmo, pra caçar os punks. Mas é aquela história, conseguiram fazer isso porque a galera já tinha debandado do Muquifo com medo das coisa de cemitério, de alma, de num sei o que lá do Nhewó. E da Maca e do Jota também, que eles tavam meio que metido nisso.
Alessandra Moretti: E aí você achou mais seguro se afastar.
Laion: Se eu não me afastasse, tinha me lascado junto. Olha aí o que aconteceu com eles, né. Quem continuou, se deu mal.
Alessandra Moretti: Mas o Marimbondo continuou frequentando o Muquifo.
Laion: Ah, minha filha, ele ia muito de vez em quando. Só porque era amigo de infância do Jota, né, mas dava um pulo por lá raramente. Acho que era a mãe do Jota e do Carlito que pedia pra ele ficar conferindo como eles tavam. E o Marimbondo se cagava de medo, também, que eu sei.
Alessandra Moretti: Da milícia?
Laion: Do Nhewó.

[Som de clique.]

Euclides Almeida: Nessa época, a verdade é que tava cada um com a cabeça numa coisa diferente e ninguém mais olhava assim pro movimento, pra toda aquela coisa que a gente foi construindo em volta da *Partido Contra*. O João passava o dia todo sumido, ninguém via, só aparecia de noite, e a Maca nos caderninho dela, anotando as coisa e tal. O Nhewó a gente também mal via, que eu acho que foi bem nessa época que ele começou a fazer as parada dele lá no cemitério, sei lá. Eu não dormia mais no Muquifo fazia um bom tempo, né. Ficavam só eles três e, às vezes, o Carlito. Tava todo mundo assustado e rolavam umas acusação de assalto e tal. Chegou a dar polícia, mas aí a galera fugia, se espalhava. Teve uma vez que a polícia foi lá e derrubou quase tudo. A sorte é que só furaram o bumbo da minha bateria. Mas lembro que o João ficou louco porque tinham aberto o caixão dele.

Alessandra Moretti: Caixão?

Euclides Almeida: Um baú grande que a gente brincava chamando de caixão. Ele tinha achado esse baú lá pelo interior e num sei como trouxe, porque era enorme. Sei que a polícia só fez abrir, mas parece que nem mexeram em nada, não.

Alessandra Moretti: E a milícia do time de futebol participou disso?

Euclides Almeida: Quando a polícia tava no meio, eles nem apareciam. Eram uns moleque, cara, que nem a gente. Tipo, sei lá, 15, 16 ano. O Bangu era tipo um timezinho amador de lá, e aí esses pivete foram crescer pra cima da gente porque os punk já num tavam com muita força. Então foi uma coisa em cima do medo, né. Começaram patrulhando o campinho, depois foram nisso de "ah, a gente é vigilante do bairro". Quando se viu, tavam caçando a gente. Teve ameaça séria. Diziam que iam fazer isso e aquilo com a Maca se pegassem ela. O negócio foi ficando escabroso. O próprio João foi seguido algumas vezes e tal. Enfim, foi bem nessa época que eu já tava com o juízo cansado de tomar aranha e resolvi largar o Muquifo.

Alessandra Moretti: O Laion tem uma certa... Ele tem uma teoria sobre esse período. Você conhece o Laion.

Euclides Almeida: Sim, o Lair. Conheci.

Alessandra Moretti: Então, ele tanto disse que o Nhewó tem culpa nisso dos punks se ausentarem do Muquifo quanto deu a entender que o próprio Nhewó poderia ter incendiado o Muquifo.

Euclides Almeida: O Laion, não... Cara, o Laion fala muita merda. Me desculpe. Aquele trabalho lá que ele fez, como é? *A revolução não marca hora*. Tudo besteira. Ele me entrevistou na época e tal. Ele quer dizer que era chegado na galera, mas é conversa fiada, cara. Ele até andava lá no Muquifo, só que parou de ir foi cedo. Dizer que o Nhewó ia se envolver com isso do incêndio é coisa de maluco. Nada a ver.

Alessandra Moretti: E quanto ao time?

Euclides Almeida: Eu vou lhe dizer o que eu acho, tá bom? Mas assim, não tô acusando ninguém, não tenho prova, quem tinha que ter investigado era a polícia, e é muito confortável pra mim, aqui de longe, ficar fazendo suposição, né. Eu tenho pra mim que esses moleque do time encheram o João de porrada, que inclusive não seria a primeira vez, encheram ele de porrada, né, só que passaram do ponto. A galera esquece como é fácil alguém morrer de pontapé. Então, eles passaram do ponto e resolveram tacar fogo no Muquifo pra sumir com o problema. Agora, isso importa pra alguém hoje em dia? Duvido.

Alessandra Moretti: Ok, mas nesse cenário, o que explica o desaparecimento do Nhewó e o estado em que acharam a Maca?

Euclides Almeida: O Nhewó eu sinceramente não sei o que foi. Num sei se deram fim nele também... Não sei.

Alessandra Moretti: E a Maca?

Euclides Almeida: Ah, cara, vai saber o que fizeram com ela. Acho que só cumpriram a ameaça.

[Som de tráfego pesado.]

Retorno ao Monte Castelo. É tarde de quarta-feira e cai uma garoa fina. Parte da Avenida Sargento Hermínio está interditada, e por isso há um desvio que condena a pacata rua Padre Anchieta a um engarrafamento que faria inveja a uma marginal paulistana. Garoa e trânsito: quase me sinto em casa.

Por sorte, a maior parte dos ônibus dobra antes da quadra do Muquifo. Desço do carro bem na frente do terreno baldio, mas dessa vez o meu destino é o prédio cor-de-rosa vizinho.

Bato no vidro da guarita. O porteiro, Jucélio Almeida, ergue o boné, reconhece meu rosto e sorri. Explico que preciso confirmar alguns pontos de nossa última conversa. Ele abre a porta do prédio. Diz que é melhor sair da chuva e me oferece uma cadeira para conversarmos bem ao lado da porta de entrada. Pergunto se não vai atrapalhar, mas ele me garante que aquele horário é sempre mais tranquilo. Como sempre, parece muito feliz em ajudar, e é por esse motivo que escolho ir direto ao ponto.

Alessandra Moretti: O senhor já comentou comigo que jogava futebol no time do bairro.
Jucélio Almeida: Naquela época eu era outro. Gostava demais dum joguinho de bola. Hoje é que eu sou só um burro véi.
Alessandra Moretti: Então o senhor era um dos jogadores do Bangu. Um dos integrantes do time, correto?
Jucélio Almeida: Isso... Quer dizer, era... Olhe... Num lembro se o nome era Bangu, mesmo. Era só a gente que se juntava pra fazer esses torneio com os outros bairro, né, que tinha esses outro... Como é, rapaz? Tinha a Ponte-Preta lá da Vila Manoel Sátiro, o time do Cruzeiro, lá da Parangaba...
Alessandra Moretti: E o Bangu, aqui do Monte Castelo.
Jucélio Almeida: É.
Alessandra Moretti: Seu Jucélio, várias pessoas com quem eu falei comentaram que os punks aqui do Muquifo foram perseguidos por membros do Bangu.
Jucélio Almeida: Quem foi que falou isso? É mentira, moça.
Alessandra Moretti: Seu Jucélio... Se o senhor me deixar falar...
Jucélio Almeida: Olhe, isso era um bando de vagabundo, de drogado, viu? Ficavam fazendo a maior esculhambação

aí nesse terreno. Eu lhe disse. Num vá acreditar no que esse povo agora vai ficar dizendo, não.
Alessandra Moretti: Seu Jucélio, espera um pouco. Calma. Não foram só os punks, ou melhor dizendo, os ex-punks que me falaram isso. Eu conversei com pessoas que moravam aqui na época, também.
Jucélio Almeida: Hoje em dia é assim, né, tudo vira essa história de querer ser vítima. Não, minha amiga, num teve isso de se perseguir ninguém, não.

Aguardo Jucélio baixar o tom de voz.

Jucélio Almeida: Eu não aceito que levantem falso pra mim. Taí uma coisa.
Alessandra Moretti: Ninguém aqui tá fazendo qualquer acusação, Seu Jucélio. Vamos lá: então não teve nenhuma briga entre os punks e o time do Bangu?
Jucélio Almeida: Briga? Briga tinha era entre eles aí, direto. Briga, assalto, eles invadindo a casa do povo, coisa de maldade grande, mesmo, coisa ruim.
Alessandra Moretti: Satanismo?
Jucélio Almeida: E eu lá sei dessas coisa? Num mexo com isso, não.
Alessandra Moretti: Eu quis perguntar se a coisa ruim que o senhor fala…
Jucélio Almeida: Agora vir aqui pra dizer que o pessoal do time de futebol ia se meter em confusão com vagabundo? Isso lá é coisa!
Alessandra Moretti: Não teve nem briga nem ameaça? O senhor tá me dizendo que nunca teve nenhum problema entre eles e vocês do time?
Jucélio Almeida: Vocês, não. Me bote fora disso.
Alessandra Moretti: O senhor não era do time, Seu Jucélio?

Jucélio Almeida: Olhe, minha amiga, eu num sou bandido pra ser interrogado, não.

Alessandra Moretti: De forma nenhuma, Seu Jucélio. Isso não é um interrogatório. De forma nenhuma. Ok, um momento. Eu só quero entender. O senhor tá dizendo que nunca teve nenhuma briga, nenhum desentendimento entre os punks e o pessoal do time do Bangu... Mas não foi isso, por exemplo, que a Dona Nazarena, que morava ali na frente, na casa da confecção, me falou.

Jucélio Almeida: Tu tá me chamando de mentiroso?

Alessandra Moretti: Calma, Seu Jucélio.

Jucélio Almeida: Eu tô muito calmo. Só não gosto que me chamem de mentiroso.

Alessandra Moretti: Acho que é melhor a gente conversar outra hora.

Jucélio Almeida: Eu sempre me coloquei aqui pra ajudar no que fosse preciso e tudo mais, agora chega uma pessoa no seu local de trabalho se dizendo repórter...

Alessandra Moretti: Eu sou jornalista, Seu Jucélio.

Jucélio Almeida: Chega se dizendo repórter e começa a fazer um verdadeiro interrogatório desse, chamando um homem trabalhador de mentiroso...

Alessandra Moretti: Seu Jucélio, eu não lhe chamei de mentiroso. Vamos fazer o seguinte...

Jucélio Almeida: Isso eu não aceito, porque eu sou honesto. Muito honesto.

Alessandra Moretti: Vamos fazer o seguinte, eu não uso o seu nome, não cito... Aliás, eu não coloco essa nossa conversa no ar, tá bom? A gente para por aqui e pronto.

Jucélio Almeida: Não, pode colocar. Eu faço questão. Coloque. Eu num assinei lá aquele documento? Num volto atrás na minha palavra, não. Se trouxer outro, assino de novo.

Alessandra Moretti: Ok, Seu Jucélio, tudo bem. Muito obrigada pelo seu tempo.

Jucélio Almeida: Mas se for pra botar, tem que botar tudo. Num faça como vocês fazem que é cortar o que a pessoa fala e num sei o quê...
Alessandra Moretti: Fique tranquilo, vai tudo do jeito como está. O senhor pode por favor abrir a porta pra eu sair?
Jucélio Almeida: Porque depois a gente fica como o ruim da história, né? Num é isso o que vocês fazem?
Alessandra Moretti: Eu não sei do que o senhor tá falando.
Jucélio Almeida: Ficam distorcendo as coisa pra encaixar no... Nessas mentira de vocês. É todo mundo coitado, agora. Todo mundo. Tu num é a primeira não, viu? Já teve um doidinho que veio com essas conversa pra cima da gente.
Alessandra Moretti: A porta, por favor.
Jucélio Almeida: Dizia que era jornalista, também. Ficou infernizando o povo aqui do bairro com essas invenção. Pode perguntar por aí. Tu vai ver como ele tá agora. Vai ver. É assim que termina. Porque vocês querem ficar nessa sujeirada, né. Por isso que o país tá do jeito que tá. Porque bandido e traficante são tudo... são aplaudido, né. Aqui no Brasil é assim. Me chamar de mentiroso, já pensou?
Alessandra Moretti: A porta, Seu Jucélio.
Jucélio Almeida: Tá destrancada, minha amiga!

Não estava.

Alessandra Moretti: Boa tarde.
Jucélio Almeida: De nada.

Escolhemos manter a entrevista com Jucélio Almeida sem cortes desde a pergunta inicial.

[Transição sonora.]

No próximo episódio de *Em Busca do Lixo*:

Laion: O que teve mais assim de querer apontar um culpado, ou culpados, né, foi o Dionardo. Ele realmente fez um escarcéu medonho, minha filha. E tinha o jornalzinho que ele publicava, né, que era praticamente sobre o caso do Jota. Eu cheguei a usar na minha pesquisa, até.

Em Busca do Lixo é um podcast da Central Brasileira de Rádio, CBR. Eu sou Alessandra Moretti, apresentadora e roteirista. A produção é de Walter Cisne, com edição de Orlando Faria e checagem de fatos por Vanessa Carmo. A música foi composta por Rodney Ruas. Para ver fotografias, mapas, documentos e muito mais, acesse cbr.com/embusca. Você também pode seguir o podcast nas plataformas de streaming de áudio e deixar seus comentários e sugestões em nossas redes.

Até semana que vem.

Carlos Eduardo

O ridículo entrevero com o cachorro me impediu de seguir o cronograma que tinha preparado. Voltei para a pousada e, ainda na garagem, levantei a boca da calça para examinar o estrago. Quando o cachorro atacou, senti um choque quase impessoal, como se a perna fosse de outro. Agora, depois do susto, o enorme padecimento para despregar o tecido da pele me dizia o contrário: a perna era minha, terrivelmente minha. Os dentes tinham entrado fundo, e brotavam filetes de sangue de quatro buracos que, ao menos do ângulo em que eu via, em conjunto formavam um rostinho gaiato.

Tive vontade de ali mesmo me deitar no chão e berrar, mas a dona da pensão me viu pela janela gradeada. Ficou muito comovida com o deplorável estado em que eu me encontrava. Veio me ajudar, dizendo que eu precisava de um curativo, infecções são perigosas. Eu mal podia encostar o pé no chão, então ela foi me servindo de apoio pelo corredor até a salinha de entrada, onde me sentou no sofá para buscar a farmacinha da despensa. Voltou, ajoelhou-se com uma bacia, e lavou o ferimento com algodão embebido em água oxigenada. Chiei, apertando todos os músculos do corpo. Nisso, o marido apareceu me perguntando o que tinha acontecido com um tom que julguei mórbido. Entregue à humilhação, ferido e sujo, cuidado por uma grávida em vias de parir, pensei em todas as desculpas possíveis, mas a mulher se adiantou: "Deve ter sido mordida de cachorro". A mim só restou assumir um semblante dolorido e confirmar com um leve aceno. O homem balançou a cabeça com ares de revolta: "Fortaleza está um caos", disse, e desandou a matraquear sobre gangues de cães de rua que aterrorizavam impunemente a cidade, logo desviando o assunto para a política que, afinal, era sobre o que pretendia discursar.

Uma hora depois, já no quarto, com a perna enfaixada sobre o travesseiro, eu me esforçava para organizar as prioridades. Toda aquela desordem tinha me roubado a manhã, que passara voando, então me perguntava se ainda valia a pena manter o roteiro com as visitas ao Muquifo e a Tia Luci. Esta última, devo admitir, não me animava, pois a ideia de ser confrontado com a visão do Lagamar me enchia de angústia. No celular, além da coordenadora me cobrando o atestado, havia novas mensagens de Alessandra me felicitando pela viagem e querendo saber da entrevista. Perguntei se poderíamos ter uma primeira conversa sem ser gravada. Ela respondeu de imediato: "Claro, como você quiser". Combinamos para as cinco, na Praça Luíza Távora, quando o sol estivesse menos colérico.

Fechei os olhos decidido a descansar, suspirando como um inválido. Tudo isso e eu sequer tinha conseguido ver Maca. Tentei compor na cabeça a figura dela na maturidade, mas o que me surgia era sempre o mesmo corpo miúdo dentro do blusão largo, sempre em movimento, falando, cantando, amando. Nunca lembrava de sua imobilidade, como na noite do incêndio, e como deveria estar naquele exato momento, passadas quatro décadas. Penso nela como se habitássemos um presente perpétuo feito de instantes que se alternam entre as cores de seu cabelo, ora verde, ora vermelho, de um brilho invulnerável. Uma luz que abriu brecha em minha covardia e me permitiu fugir com os cadernos dias antes do fogo: Maca empurrando a sacola contra meu peito, falando rápido, me mandando guardar bem.

— Tão todos aí. Falta só um, acho que Jota levou. Mas não tem problema, os principais são esses. Cuidado.

— E o que eu faço com isso?

— Se der ruim, queima tudo.

O ar cheirava a pano úmido e cola de sapateiro. Olhei para os lados: apenas Euclides tentando convencer uma mocinha a segui-lo para dentro do barraco e Teodoro sentado no chão — onde estava Jota? —, numa luta para manter as pálpebras erguidas.

— E ele? — perguntei.

Maca beijou a testa de Teodoro, que nem se moveu.

— Olha, se alguma coisa acontecer, lembra de acertar aqui. — Com dedos geladíssimos, guiou minha mão até o ponto exato em seu peito. — No coração, entendeu?

— Acertar quem?

— Fiz uma merda grande, Carlito, mas vou tentar resolver. Vai dar certo. De qualquer jeito, vai dar certo. Vamos mandar essa maldição pra casa.

— Do que é que tu tá falando?

— Lembra que é no coração — repetiu. E depois, rindo: — Acho que sou mesmo igualzinha à minha avó.

Acordei no escuro, faminto e suando frio. A gaze do curativo estava toda empapada e um hálito de febre vencia o menor dos movimentos. Conferi a hora: passava das seis. Mandei um áudio para Alessandra me desculpando pelo atraso e sugerindo um novo horário no dia seguinte. Vesti uma camiseta e bermuda, engoli uma dipirona e fui urinar antes de descer as escadas, tudo numa vagareza terrível. Não tive peito para mexer no curativo.

Na recepção vazia, chamei pelo casal de proprietários. Dez minutos se passaram até eu concluir, com algum sobressalto, que estava sozinho. Mas precisava comer, então me arrastei à procura da cozinha. Encontrei um bolo de milho protegido das formigas por uma redoma de acrílico. Como não queria bagunçar as gavetas, passei uma água na faca de pão que achei na pia e, de pedaço em pedaço, me dei conta tarde demais que liquidara mais da metade do bolo.

Me levantava para deixar a faca onde a tinha encontrado quando ouvi alguém se aproximando. Pensei que fosse outro hóspede e, por reflexo, meti a faca dentro das calças, me posicionando de modo a esconder o bolo. Era a dona da pousada.

— Melhorou?

— Sim — menti.

— Quer jantar? Não te chamei pro almoço porque achei melhor que descansasse.

— Acordei morrendo de fome e achei esse bolo.

Eu me afastei um pouco para revelar a catástrofe.

— Ia comer só uma pontinha — acrescentei —, mas tava uma delícia.

Ela se aproximou para levantar a redoma e me apressei em dizer:

— Vou passar numa padaria e comprar outro.

— Imagina! Tô super orgulhosa. Meu marido não gosta do meu bolo de milho.

— Pois achei perfeito.

— Deu pra notar.

Ela ria segurando a barriga, mais grávida do que nunca, os pés mal cabendo nas chinelas. Perguntei se tinha previsão. Respondeu que estavam só aguardando a médica retornar de férias pra fazer a cesárea. Preferia o parto normal, mas uma diabetes gestacional surgiu do nada só pra complicar, e, por isso, a médica aconselhara antecipar o nascimento: "É mais seguro pra mim e pra Maria Eduarda", disse. Eu quis mencionar a coincidência com meu segundo nome, mas a ponta da faca tinha escorregado para a minha coxa, e a posição que me obrigava a manter já beirava o martírio. A mulher deve ter notado o incômodo, pois olhou para o curativo. Com uma penca de exclamações, se dispôs a trocá-lo, já alongando o braço. Recuei de pronto, com as mãos enfiadas nos bolsos para evitar que a faca caísse, me condenando pelo disparate de agir como se tivesse cometido um crime. Mas não dava para voltar atrás — o que ela pensaria de mim? —, então comecei a formular uma razão para convencê-la de que a gaze amarelada e rajada de vermelho não precisava de troca.

Fui providencialmente salvo pelo toque do celular. Pedi licença, mancando para fora da cozinha. A voz firme e simpática de Alessandra competia com um ruído de fundo composto por música e conversa alta. Disse que acabara de ouvir meu áudio. Ainda me esperava, se eu pudesse encontrá-la. Estava jantando num restaurante em frente à praça onde havíamos marcado o encontro. Olhei para trás, a dona da pousada intransponível, e respondi que chegaria no máximo em quinze minutos.

Àquela hora, esperava pegar trânsito, mas fora a parada que fiz para guardar a faca no baú da moto, percorri o caminho sem percalços, chegando até mais rápido do que previa. Ao estacionar, notei que o motor produzia pequenos engasgos, mas me tranquilizei culpando o filtro de ar. Puxei o celular para dar mais uma olhada na foto de Alessandra, duvidando que conseguiria encontrá-la. No entanto, reconheci seu rosto logo na primeira esquina. Ela estava sentada numa mesa na calçada de um bar, expondo os braços coloridos de tatuagem, um tanto mais jovem do que a foto do WhatsApp deixava transparecer, de cabelo curtíssimo, óculos redondos sobre bochechas cheias, um rosto que sugeria ingenuidade. Meu primeiro impulso foi virar o corpo e sumir, porque junto dela havia um sujeito magricela, muito branco, de bigode imperdoável. Mas nossos olhares se cruzaram, então ele cutucou Alessandra, que acenou: "Carlos!". Antes que eu pudesse reagir, ela já atravessava a avenida aos sorrisos. Apresentou-se alegremente, repetindo o quanto estava feliz em me ver, e me levou ao bar, onde o rapaz bigodudo nos esperava menos entusiasmado.

— Esse é o Walter — disse Alessandra —, produtor do programa.

O Walter estendeu a mão e trocamos monossílabos. Alessandra quis saber do meu machucado. Aleguei um pequeno acidente de moto durante a viagem, o que desembocou num discurso interminável em que ela assegurava o esforço para me encontrar em Belém. Depois, emendou um papinho que certamente tinha elaborado previamente, começando por trivialidades como a comparação de uma Fortaleza solar — esse clima, essa praia, essa tranquilidade — com a cinza São Paulo. Aproveitou para explicar como seu longo interesse pelo movimento punk surgiu no underground paulistano, mas a interrompi com um gesto.

— Podemos conversar só nós dois?

Quando desfez o sorriso, percebi que não tinha nada de ingênua; os óculos escondiam um par de olhos rigorosos.

— Desculpa, Carlos, mas eu prefiro que o Walter fique por perto. Já tive umas experiências bem ruins sozinha.

— Não é pra ele ir embora, só quero um pouco mais de privacidade. Como te falei antes: depois a gente grava e tudo certo. Ou então ficamos conversando por telefone, mesmo.

O Walter se levantou bruscamente, apontou uma mesa vaga a poucos metros de distância, e disse a Alessandra que ficaria lá até que terminássemos. Para mim, dedicou apenas um movimento do bigode. Em vez de constrangido, parecia até um pouco aliviado. Depois que ele assumiu seu posto de vigia, deixei o peso do corpo pender sobre a cadeira. A febre aumentava, então fui direto:

— Larga essa história, Alessandra.

— Não acredito, Carlos. É sério? Você veio até aqui pra isso?

— Tu não faz ideia de onde tá pisando.

Ela cruzou os braços.

— Tenho teorias.

— Pois te digo logo que estão todas erradas.

— Então me conta.

— Tu não ia entender.

— Ah, me explica, vai.

Com um leve arqueio das sobrancelhas, ela apoiou o queixo nas mãos entrelaçadas, encenando uma candura que, somada à aparência ligeiramente infantil, só acentuava a ironia. Aquilo me fez simpatizar imediatamente com ela. Senti um ímpeto de contar tudo, provavelmente porque a inflamação na canela me amolecia o corpo. Quis dizer-lhe: vá por esse caminho, evite aquele, isto é fato, aquilo é armadilha. Não importava se despertaria uma maldição. Mas a voz de Maca pronunciando a palavra *maldição* martelou nos meus ouvidos para me devolver o juízo. Acontece que meu cérebro é lento, especialmente diante dessas ocasiões que demandam escolhas drásticas, então fui rasteiro: culpei o time do Bangu. Não pela morte de Jota, pois me faltavam provas, mas pela renhida perseguição que acabaria por levá-lo a fazer o que fez.

— A fazer o quê? — perguntou.

A expressão que fiz indicava uma dedução evidente. Ela, no entanto, demorou até arriscar:

— Então o Jota se matou.

Não contestei. Alessandra desviou o rosto, absorta.

— Como?

— No incêndio, claro.

— Não... como você sabe?

— A gente era muito próximo.

Ela me olhou por um longo tempo, quem sabe esperando que eu me corrigisse.

— O Jota ficou lá, ao ar livre, pegando fogo até morrer?

— Ele usou gasolina. — Me lembrei das fotos de monges tibetanos.

— E a gata?

— O que tem ela?

— Carlos, me ajuda a entender — Alessandra pronunciava as palavras lentamente —, o Jota banhou ele mesmo e a gata de gasolina, acendeu o fogo e ficaram os dois parados, um ao lado do outro, até morrerem. É isso?

Eu já devia parecer menos mentiroso que lunático.

— Não dá pra saber exatamente como foi.

— O que você sabe da arma que matou o Jota?

A pergunta me esfarelou.

— Foi o fogo.

— Quer saber o que eu descobri?

Eu não estava no controle, zonzo de passado, febril, quase pedindo misericórdia àquela mulher muito mais jovem que eu, pouco mais que uma menina me perscrutando com o rostinho categórico. Me veio à mente minha mãe e a força da água. Entreguei os pontos, aproveitando que a ferida coçava:

— Já tá tarde.

— Mas você acabou de chegar.

— Preciso trocar o curativo.

— Tem uma farmácia do outro lado da rua, a gente te leva.

— Eu preciso é de descanso. Não foi uma boa ideia vir desse jeito.

— Carlos, você entende que eu vou continuar, né?

— Por que às vezes tu fala como se tivesse me ameaçando?

— Eu só tô sendo sincera contigo para que você seja comigo. É muito melhor se a gente disser a verdade, não acha?

— Não posso dar o que não tenho.

Ela se inclinou:

— Eu tenho muita coisa, mas falta a tua história.

Ponderei minhas opções.

— Vamos marcar a gravação — falei.

Alessandra descruzou os braços devagar, avaliando se era o máximo que conseguiria tirar naquela noite.

— Claro. Você escolhe lugar, hora, só me diz.

— Deixa eu ver como acordo. Te mando mensagem logo cedo.

Ela e Walter começaram a atravessar a rua comigo. Neguei a oferta que fizeram de me acompanhar de volta à moto, agitado com a presença deles. Como não disfarcei o incômodo, Alessandra inventou que tinha esquecido qualquer coisa no bar. Deve ter me lido com muita clareza, porque, quando nos despedimos, falou casualmente: "Talvez eu fique fora de área amanhã, pois vamos bem cedo pra Cococi". Eu já tinha plena consciência do fiasco que fora aquela conversa, mas, até aquela sua última fala, ainda me iludia com a ideia de dispor de um último fôlego, um estreito espaço de manobra.

Sentado na moto, voltou o velho pavor e, com ele, uma certeza apavorante de que eu seria capaz de tudo para evitar o retorno de Jota. Para salvar Alessandra. Cogitei a faca, mas antes precisava de um plano. Puxei o celular para conferir no aplicativo a distância até Cococi e vi cinco chamadas perdidas da filha de Isaías. Respirei aliviado, pois andava preocupado com ela; havia feito muitas ligações e enviado inúmeras mensagens que ela nem sequer visualizara. Retornei a chamada. Uma voz masculina atendeu: era um policial.

Sétimo Caderno

A carta do pároco recomendava ao Coronel Francisco Alves Feitosa que evitasse a estrada do riacho Ingueirê e desse a volta por trás da serra. O Coronel leu e releu as linhas, concluindo por fim que aquela história de Bicho-lua envolvendo sua filha Josefa só podia ser mensagem cifrada. Especialmente vinda do fleumático Padre Mendes. Com certeza, o padre lhe avisava de emboscada, talvez de sequestro, coisa de algum ramo menor dos Monte, ou mesmo dos gentios que andavam se engraçando pelos entornos de Cococi. Mataria o que restasse dos Monte e incendiaria os aldeamentos, mas, em precauções de cachorro velho, o Coronel escolheu fazer o caminho mais longo. Mandou que Manoel, o filho mais jovem, fosse pelo riacho em companhia de três bons mateiros, para investigar. Nunca mais se teve notícia de Manoel nem dos bons mateiros, mas isso o Coronel só foi notar muito tempo depois, quando a questão da onça estava resolvida e Josefa, confinada para sempre.

Sem saber que tinha mandado um dos filhos para a morte, o Coronel subiu e desceu a serra na companhia do mais velho, Pedro Alves Feitosa, e trinta e poucos jagunços cobertos de poeira e pólvora. Quando o cortejo pingou na barriga da planície, o Coronel farejou o bafo de podridão. Afonso Cabrita, o velho português que o Coronel usava como guia de guerra e crendice, benzeu-se:

— Tem tiracamba andando solta pelo pé da serra.

O Coronel matou um besouro que lhe escalava o cangote:

— Quem faz assombro é criança e homem frouxo. — E picou o cavalo.

A tropa encontrou a escolta do Cabo Laurentino, que tinha ficado de autoridade em Cococi. Muito desbotado, ele foi logo declarando más notícias e estendeu ao Coronel um saco de serapilheira duro de sangue seco, onde jazia o crânio do noivo de Josefa, o Sargento-mor Francisco Ferreira Pedrosa. O Coronel virou a cabeça do morto: restavam-lhe parte da arcada de cima, um pedaço do nariz e os buracos dos olhos.

— Patente amaldiçoada essa de Sargento-mor.

— Isso é obra de suçuarana, Coronel — disse o cabo. — Andava caçando os bois, mas provou carne de gente e pegou costume.

— Devorou quem mais?

— Caboré.

— Isso lá é gente.

— Não foi só isso. — O cabo olhou se fez ainda mais pálido. — Tibiquinho se meteu no mato. Diz o padre que foi enganado por feitiço da mesma onça.

Pedro sussurrou ao ouvido do pai que se tratava de José Tibério Feitosa Andrade, primogênito de um primo morto às margens do Jaguaribe. O menino era branco, e um Feitosa, e desse modo o assunto para o Coronel se tornou subitamente grave. Primeiro exigiu uma tira de couro do Cabo Laurentino como paga pela confiança traída. Depois, para a surpresa dos jagunços, entregou-se ele mesmo às cantorias e orações de Afonso Cabrita. Que lhe protegesse o espírito, ordenou. Sacrificou mais um dia de viagem, embotado com fumo e vinho da Jurema, mas, na manhã seguinte, levantou acampamento com os maiores desejos de caça e a pele das costas do Cabo Laurentino amarrada ao cinto.

Pulsava-lhe o sangue nas têmporas quando avistou de longe a casa-grande com as janelas fechadas e o alpendre atapetado de folhas secas. Nenhum sinal de criadas no terreiro, nem a réstia de fumaça do fogão à lenha, só o capim crescido ladeando a entrada e os primeiros degraus da soleira. O Coronel despachou os homens para montar guarda nas cercas e mandou Pedro e Cabrita darem a volta por trás, que o senhor da casa entraria pela frente. Desmontou com o bacamarte preso ao ombro, ajeitou o chapéu e empurrou a porta com o cano da arma. As lamparinas acesas empesteavam os corredores. O Coronel vociferou o nome da esposa. Só uma porta se abriu. Lá de dentro, apareceu Josefa, toda despenteada e em camisolas de dormir.

— Meu pai! — gritou, em uma alegria que ele nunca testemunhara. — Entre, senhor meu pai! Aqui uma cadeira para o senhor descansar. Isso. Até que enfim estás de volta!

E girou pela sala escura, lépida, sorridente, a camisola pregada de suor, os pés descalços chapinhando o assoalho. Com o bacamarte desolado na mão, o Coronel se lembrava da carta do pároco, tentando decifrar o que via:

— Josefa, o que diabo é isso?

— Não blasfeme, meu pai.

Antes que o Coronel pudesse responder, Pedro e Cabrita despontaram ofegantes na sala, informando que não havia ninguém: as casas de farinha, o matadouro, o engenho, tudo vazio. Tampouco havia sinal de Dona Isabel Maria. O Coronel apertou a mandíbula. Virou-se então para a filha com muita severidade:

— Vai se vestir, Josefa! E ponha roupa decente.

— Ora, meu pai, para quê? A casa é nossa, toda nossa, não é?

Ele ergueu a mão, mas Josefa, como se flagrada em travessura, escapou e já se metia no quarto, fechando a porta ruidosamente, repetindo aos risinhos que usaria o vestido mais bonito de todos só para impressioná-lo.

O Coronel abriu os braços:

— E por que tudo fechado como se fosse noite?

Na falta de resposta, ele mesmo começou a arrancar as tábuas das janelas, uma por uma, abrindo espaço para a luz do entardecer. Viu então Dorotéa de cócoras no terreiro, choramingando em frente à porta do quarto de costura. Finalmente, pensou, e largou as tábuas para sair pelo alpendre, seguido de perto por Pedro e Cabrita.

Na soleira do quartinho, três cuias de pirão de charque juntavam moscas e Dorotéa, os braços murchos pendendo nos joelhos, negava passagem:

— Não, meu senhor. Aí dentro tem vento ruim.

O Coronel chutou a porta. Jamais entrara ali, permitindo às mulheres o total domínio daquele cubículo apartado, e agora o calor carregado de mofo lhe arrancava cordões de suor e náusea. Dos ganchos nas paredes pendiam panos esfiapados, bastidores tombados no chão formavam espirais de linha e, encolhida ao lado deles, Dona Isabel Maria, a senhora esposa do Coronel de Infantaria da Ribeira dos Inhamuns e maior senhor de terras da Capitania do Ceará, dedicava-se com desejo à tarefa de roer uma lacraia, detendo-se apenas para sussurrar:

— Tempo. Tempo. Tempo. Quando o tempo for propício.

O Coronel tocou-lhe o ombro ossudo:

— Quem te fez isso, criatura?

Ela levou os dedos lambuzados à garganta e repetiu: tempo-tempo-tempo. Outros esqueletos de lacraias escorreram-lhe pelo seio feito colares negros. O Coronel afastou-se da mulher e ordenou ao velho Cabrita que a levasse nos braços, que a deitasse em seus aposentos e a botasse para descansar. Trancada. Ordenou também a Pedro que subisse no cavalo e fosse à vila buscar criadas, toda mulher capaz de varrer e ferver água. Então fitou Dorotéa, que ainda se engurujava aos pés da porta, e arrastou-a pela nuca até os esteios do alpendre, onde se costumava prender novilho. Atou-lhe os pulsos com uma correia, puxou o chicote da cintura e começou a castigá-la. Não fez uma só pergunta ou acusação. As primeiras chicotadas foram para pegar o ritmo, mas o Coronel aumentou a força e vieram os talhos, os estalos no osso e no músculo, e o corpo cansado de Dorotéa murchou, tombando preso pelos braços. O Coronel não cessou: tinha muito do que se vingar e somente aquelas costas à disposição.

Uma ventania alaranjada soprava o anúncio da noite quando, entre os assobios do chicote, o Coronel avistou a distante silhueta de um menino montado num cavalo branco. O menino apontou para algo na casa-grande e sumiu na mata. Ao se voltar para o alpendre já tomado pelas sombras, o Coronel surpreendeu-se com uma mulher de rosto delicadíssimo, pequeno e ovalado, observando a punição de Dorotéa. Fios negros desciam por sua testa, brincando com o nariz que encimava lábios cheios; o busto estava envolto por um vestido cor de ferrugem, e dela emanava o perfume crepuscular das flores-de-caatinga.

— Boa noite, Coronel.

Ele largou o chicote, esquecido de tê-lo nas mãos. Endireitou-se, limpou a testa com o dorso da mão suja de sangue, e subiu os degraus da varanda abrandando a voz.

— Quem és?

— Sou visita nesta casa. Me chamam Moça.

Uma fagulha de dúvida surgiu e rapidamente se apagou nas profundezas da mente do Coronel. A melodia da voz, naquele silêncio súbito, perturbava-o. Era necessário piscar repetidamente para se manter acordado.

— Não sabia que havia hóspede nesta casa. Permita-me dar-te as boas-vindas com a honra que mereces.

Moça inclinou apenas o queixo.

— Fui bem recebida por quem me chamou.

Os olhos dela pareciam aprisionar pensamentos, e o Coronel se esqueceu do sangue de Dorotéa nas mãos, da filha amalucada, da esposa ainda mais enlouquecida, da criadagem dispersa, pois só havia espaço no horizonte para aquela mulher e o modo como as sombras se curvavam ao seu redor. Daria tudo por um instante a mais que fosse em sua companhia. Reduziria a cinzas todas as suas propriedades, que tanta morte engendraram, rasgaria suas cartas-patentes e seus títulos, sacrificaria todo o seu gado. Bastava um único pedido de Moça e oferecia-lhe o próprio pescoço para ser cortado.

Mas então o Cabrita apareceu na janela, dizendo que Dona Isabel Maria já estava recolhida ao leito, devidamente imobilizada e coberta de lençóis limpos. O Coronel se voltou para ele, retornando devagar do sonho, e percebeu que o Cabrita tinha uma cuia na mão. Quando olhou de novo para a varanda, Moça já havia sumido. Viu ainda a ponta de seu vestido adentrando para a casa no rumo do quarto de despejo, e o teria seguido, não fosse a mão do Cabrita segurando-o pelo braço.

— Perdeste o juízo, velho desgraçado?

— Fique.

O suor nasceu gelado entre as omoplatas do Coronel quando ele viu que a cuia nas mãos de Cabrita estava cheia de sangue. As cantorias do velho ecoaram em seus ouvidos e ele se deixou cair no banco de gamela que guarnecia a varanda. A barba ainda gotejava, e o Coronel já não via distinção nítida entre o que era lembrança ou realidade, tudo dissolvido no odor nauseabundo da cuia que o Cabrita lhe botava debaixo das narinas.

Mal se fechara a porta da alcova por onde Moça desaparecera, outra se abriu, e, como surgida do fundo de um sonho, apresentou-se Josefa. Despertado de súbito, embora o corpo lhe doesse como se tivesse apanhado de vara, o Coronel se desvencilhou do Cabrita para contemplar a filha num vestido de algodão tingido de vermelho, o corpete atravessado por cordões no busto e as mangas rendadas em marfim. O pescoço exposto brilhava à luz oblíqua das velas, e, por um instante, o Coronel julgou ver ali uma ferida profunda. A imagem se desfez num piscar de olhos, e logo o que o incomodava era a filha andar descalça, os pés enegrecidos de terra, e os cabelos chovendo sobre os ombros em cachos revoltos.

— Teu noivo está morto — disse ele.

— Eu sei — respondeu Josefa, toda alegre.

No terreiro, alguém havia libertado Dorotéa.

8.

PRECISA APRENDER NOVAS PALAVRAS, dessacralizar os ouvidos, deixar para trás o corpo frágil da memória. Foi o que lhe disse a voz de Josefa: somente assim, finalmente liberta do passado, poderia ser outras, multiplicar corações, reinar pelas noites do tempo. Porque o passado te encerra em prisões, disse Josefa, e te impede de acontecer de outras formas. Mas não: a discípula recusa. Quer lembrar tudo e lembrar sempre. Quer agarrar a vida por onde dói, pelo pescoço, pelos olhos, e recolher os traços que só a carne preserva. Esquecer a dor é como incendiar uma casa. Josefa se engana, pois há muito não sabe quem é; assim ocorre com os mortos. Gostaria de poder ensiná-la que só se vive na própria pele, que aquilo que ela chama vida é apenas vestir fantasias, mas sabe que Josefa se fez incapaz de entender seu idioma. Agora, arrependida de ter confiado nas miragens da cidade em seus sonhos e de ter lançado ao sacrifício o próprio amor, ela trama abandonar o cerco, descobrir a porta aberta apenas quando se ordena à dor o retorno para casa.

Abril de 1987.

Podcast Em Busca do Lixo, Episódio 8: O sobrevivente e a arma

Alessandra Moretti: São duas e vinte da tarde quando desço na Rua Coronel Nunes de Melo, em frente a uma casa de muro bege, coberto por uma bougainvillea de flores vermelhas. Toco a campainha ao lado do portão de alumínio. Não demora. Quem abre é o professor Dimas Andrade Silvério Prudêncio, o Prudim, que me convida a entrar em sua residência.

O professor Prudim mantém um acervo com seu nome, o *Arquivo Prudim*, uma das maiores coleções da memória cultural de Fortaleza. São fotografias, jornais, revistas, discos, livros e equipamentos antigos, um universo incrivelmente valioso para pesquisadores e jornalistas. Localizado em sua residência, o acervo é aberto ao público mediante agendamento, e tem sido fundamental na pesquisa para essa temporada do *Em Busca*.

Marquei uma nova visita porque precisava avaliar uma publicação pouquíssimo conhecida, absolutamente marginal, que, segundo as nossas pesquisas, pode ter ligação com algo que Jucélio falou em nossa última — e tensa — conversa.

Jucélio Almeida: Tu num é a primeira não, viu? Já teve um doidinho que veio com essas conversa pra cima da gente. Dizia que era jornalista, também.

A frase ficou martelando na minha cabeça por dias. Outros jornalistas já haviam publicado matérias sobre Jota, mas sempre relacionadas a cultura, música e comportamento, nada que pudesse incomodar como estamos incomodando agora. Então, quem seria o jornalista?

> **Laion:** O que teve mais assim de querer apontar um culpado, ou culpados, né, foi o Dionardo. Ele realmente fez um escarcéu medonho, minha filha. E tinha o jornalzinho que ele publicava, né, que era praticamente sobre o caso do Jota. Eu cheguei a usar na minha pesquisa, até.

Laion está falando do *A VERDADE*, uma mistura de tabloide e fanzine, datilografado, fotocopiado e grampeado pelo jornalista Dionardo Otávio Leorne Santos. Dionardo teve uma carreira de sucesso como repórter do *O Povo*, o jornal mais antigo do Ceará ainda em circulação, onde trabalhou por mais de uma década, entre 1983 e 1994. Mas foi em *A VERDADE* que ele dedicou grande parte de sua atenção. Hoje, restam apenas algumas edições dessa publicação independente, que mostram todo o comprometimento de Dionardo com o caso de Jota.

[Som de chave girando, estalo de interruptor.]

> **Prudim:** Tá vendo essa infiltração aí? Num tem fim isso, menina. Pois ela já quase levou embora metade da coleção de almanaque que eu tenho do governo Parsifal Barroso, acredita? É osso.

O professor Prudim ergue a tampa de um arquivo de aço e puxa um maço de jornais embalados. Me entrega um par de luvas. Vejo a logomarca em estêncil preto: *A VERDADE*. A edição de novembro de 1989 está marcada de tinta. Na primeira página, a manchete diz: "Comprovamos: existiu uma arma — e ela sumiu!". A linha fina segue o mesmo tom:

Alessandra Moretti [voz com efeito de gravação]: "Prova material do assassinato de Jota do Lixo foi ocultada por cúmplices uniformizados."

Olá. Eu sou Alessandra Moretti e sigo firme *Em Busca do Lixo.*

[Vinheta de apresentação do programa.]

Quem salva um desconhecido numa rua escura pode virar herói... ou obsessão. Cerca de quatro anos antes de escrever a chamada sobre uma suposta arma usada na morte de Jota do Lixo, Dionardo se deitava no asfalto da Rua Padre Anchieta, nas proximidades do Muquifo. Era um sábado de março de 1985, e ele estava tentando se proteger de um grupo formado por pelo menos cinco homens, que o espancava com socos e chutes. Para a sua sorte, alguém surgiu de repente e expulsou os agressores. Depois do ataque, Dionardo foi parar no hospital. Chegou a ficar internado com suspeita de hemorragia interna. Quando recebeu alta, voltou ao trabalho com uma cicatriz nova e uma certeza: um gigante de moicano tinha salvado a sua vida.

Era Jota do Lixo.

Marimbondo: Ah, eu lembro dele. Dionardo. A gente chamava de Didi. Era mais velho que a maior parte da turma, né, então ficava mei deslocado. Agora era um cara massa, porque ele trabalhava, né, e aí comprava umas parada pra gente, levava disco, tava sempre assim, "Ah, o que é que vocês tão precisando?". A real é que num era punk, mas tava conhecendo as coisa. Ele começou a andar com a gente acho que um pouco antes do João ir pra viagem dele, se num me engano. Isso o quê? 85, acho.

Alessandra Moretti: Como foi que ele se aproximou de vocês?

Marimbondo: Tinha uma história que ele tava numa festa no Inter Dance, né, que era como a turma chamava o Clube Internacional, pertim lá do Muquifo. Aí teve a vez que ele tava lá, num sei se era uma festa de rock, de metal, num sei o que tava rolando, né, o Didi falou que nem era de ouvir rock, falou assim: "Não, eu fui por conta duma cumade bem bonitinha que eu tava saindo", aí sei que na rua parece que pegaram ele.

Alessandra Moretti: Pegaram ele como? Quem pegou?

Marimbondo: Ora, quem! Os cara do time do Bangu, né. Esses cara devem ter se enxerido com a cumade do Didi e aí juntou de ruma em cima dele, porque era desse jeito, né, eles era covarde. Sei que o João tava por ali, parece, eu num tava, né, sei disso porque me falaram depois, mas o João tava, ouviu a gritaria, e num contou pipoca: pegou a lapa de ferro que a gente guardava no barraco e foi lá peitar os cara.

Alessandra Moretti: Sozinho?

Marimbondo: João quando tava com sangue no olho, tinha que sair da frente.

Alessandra Moretti: E o Dionardo continuou indo lá no Muquifo até quando?

Marimbondo: Ele foi parando de ir com o tempo. Aquela coisa, né, o cara num era punk. Aí naquela fase ali do final do Muquifo, que o João voltou de viagem e já tava mais esquisito e tudo, eu num lembro de ver o Didi mais não. Muito depois é que ele foi aparecer lá pelo Lagamar. Aí já tava todo: "Ah, tô investigando a morte do Jota porque num sei o quê". E eu: "Meu chapa, que onda é essa?".

Nas fotos de crachá que o professor Prudim resgata de uma gaveta, Dionardo tem vinte e poucos anos, bigode ralo, cabelo dividido no meio. A camisa social azul cai grande demais sobre os ombros. Um engomadinho. No verso da foto, alguém escreveu o ano: 1984. Em outra foto, já de 1988, no ano seguinte ao do incêndio no Muquifo, o mesmo Dionardo olha desconfiado para a câmera. Dá para ver uma linha profunda na bochecha esquerda, cicatriz do espancamento. A camisa social foi trocada por uma camiseta preta.

Prudim: Esse menino vinha muito aqui. Era conhecido lá no jornal, né, todo mundo sabia quem era. Na época, eu já juntava meus cacareco, mas também dava aula e tinha um programa de rádio. E o Dionardo queria porque queria que eu falasse no meu programa sobre essa história do punk que morreu no Monte Castelo. E eu: "Meu amigo, o programa é de música antiga, eu vou falar de negócio de punk?". Aí ele saía indignado. Mas eu gostava de conversar com ele. Tinha domingo que batia aqui cismando que o legista tinha falsificado o laudo lá do rapaz, né.
Alessandra Moretti: Do Jota.
Prudim: Isso. E eu: "Dionardo, vá descansar um pouco". Aí ele, que falava bem, né, tinha umas tirada inteligente, aí ele: "Professor, descansar é luxo de quem num deve nada aos mortos".
Alessandra Moretti: Ele explicou ao senhor o que tinha acontecido no Inter Dance?
Prudim: Foi negócio de gangue, né. Uma gangue cercou ele e tome porrada. Devem ter confundido com alguém. O Dionardo dizia assim: "Se aquele cara não me salva, eu tinha morrido sem saber nem a razão". E jurava que era esse Jota que tinha salvado ele. Aí fez promessa de pagar a dívida. Só que, depois que esse Jota morreu, o Dionardo foi ficando perturbado do juízo querendo encontrar culpado.

Dionardo frequentou o Muquifo por dois anos, esporadicamente, entre 1985 e 1987. É provável que a mudança no comportamento de Jota, Maca e Nhewó, junto com o crescimento das hostilidades contra a turma do Muquifo, tenha afastado ele, como afastou outros punks.

Mas bastou descobrir sobre o incêndio para Dionardo voltar todo o seu interesse para o assunto. Bem informado sobre a cena underground da cidade, o então repórter do *O Povo* cobriu o furo no dia seguinte e escreveu uma longa matéria, citando brigas com vizinhos e perseguição policial. A apuração de Dionardo acabou transformada em uma nota de quatro linhas.

> **Alessandra Moretti [voz com efeito de gravação]:** "Incêndio criminoso mata jovem no Monte Castelo. Vítima é morador de rua que ocupava terreno irregular. Polícia investiga. A suspeita é de homicídio."

[Som de clique de gravador.]

> **Eriberto Nilo:** Veja, num tinha como a gente publicar do jeito que ele entregou. A pauta era: um terreno pegou fogo e um morador de rua morreu. E pronto. Num tinha mais o que falar. O resto do texto dele era só especulação.

Esse é Eriberto Azevedo Nilo, ex-diretor do jornal *O Povo*. Hoje aposentado, Eriberto era redator-chefe no final dos anos 80. Superior de Dionardo, coube a ele a tarefa de acalmar o jovem repórter.

> **Eriberto Nilo:** Ele ficou uma fera, claro, mas era o meu trabalho. Tem que ser profissional, a senhorita sabe como é, num sabe? A gente num publica só o que quer, tem que ter compromisso. Mas o rapaz era muito bom. Era um talento, o Dionardo, e como todo talento... Um apaixonado, vamos colocar desse modo. Quando ele viu o jornal, se revoltou comigo, com o Mário, que era o editor dele... ficou pê da vida. Fazer o quê? Disse que queria se demitir. Chamei ele num canto e falei: "Olhe, se o senhor quer dar aí um escândalo, o problema é seu, mas saiba que a fama de histérico gruda, e num tem coisa pior pra um jornalista". Aí se acalmou.
>
> **Alessandra Moretti:** Mas ele montou um jornal por conta própria.
>
> **Eriberto Nilo:** Como nunca interferiu no trabalho dele, de minha parte, eu não via problema. Na nossa redação, o Dionardo era 100% focado. Algumas das grandes reportagens

que a gente fez nos anos 90 são assinadas por ele, pode ver. O caso dos desvios do BEC, por exemplo. Ele era muito bom, um dos melhores. Só que tinha esse outro lado aí da obsessão, né, e uma hora, acabou cobrando do juízo dele.

Definir como obsessão não é exagero de Eriberto. Meses depois da morte de Jota, em setembro de 1987, Dionardo aluga a garagem de um tio, onde instala sua redação alternativa, composta por um mimeógrafo, um estêncil e uma máquina Olivetti. A partir daí, ele começa a perseguir qualquer rastro de Jota e tudo o que acreditasse estar vagamente ligado ao mistério em torno do incêndio. Nascia o *A VERDADE*, com tiragens mensais vendidas pelo próprio Dionardo em praças e universidades ao preço de um cruzado. Ele acabava entregando quase tudo de graça.

Hoje, no imóvel localizado na Rua Gustavo Sampaio, número 800, no bairro da Parquelândia, funciona uma hamburgueria.

[Música.]

Logo na primeira edição do *A VERDADE*, lançada já em novembro de 87, Dionardo faz a primeira acusação contra os vizinhos do Muquifo.

Alessandra Moretti [voz com efeito de gravação]: "Associação de Moradores em conluio com governo e igreja contra os punks. Este jornal apurou que, em pelo menos três ocasiões entre agosto de 1986 e março de 1987, representantes da Associação dos Moradores e Amigos do Monte Castelo (AMMOC) participaram de reuniões informais com membros da Polícia Militar, da Secretaria Municipal de Urbanismo e da Paróquia Senhor do Bonfim. Segundo relato de fonte preservada, nessas reuniões se decidia como remover os elementos indesejáveis da região — os punks, sujos e desordeiros."

O restante da matéria traz pouco em termos de informação verificável. Dionardo não cita fontes, nem nomes, tampouco explica como teria obtido detalhes sobre as supostas reuniões clandestinas. Na segunda (e última) página da edição, a notícia é mais bombástica: "Mafiosos enterram jovem vivo — polícia consente!". Logo abaixo da manchete, uma imagem borrada pela impressão tosca do mimeógrafo. Seria a foto de um corpo, mas exige imaginação. O texto descreve um jovem encontrado amarrado numa cova rasa na Sapiranga, bairro da periferia de Fortaleza. Testemunhas não identificadas teriam visto homens mascarados arrastando o rapaz até um matagal. Nenhum nome é citado.

Esse tipo de estrutura se repete em outras edições do *A VERDADE*: sempre uma reportagem conectada ao caso de Jota do Lixo e outra mergulhando em conspirações cada vez mais absurdas. Na edição de novembro de 1989, por exemplo, ao lado da matéria que acusa a polícia de ocultar provas ligadas à morte de Jota, aparece o título: "Crescem os linchamentos para roubar órgãos". Sem dados ou evidências, Dionardo levanta o alerta: "Quem dirige o Opala preto suspeito de sequestrar jovens?". Há um único depoimento identificado, de um rapaz que teria sido sequestrado por uma misteriosa dupla... Três anos antes, em 1986.

> **Eriberto Nilo:** Como eu te disse, né, o Dionardo era um na redação e outro fora. Lá com a gente ele fazia um trabalho muito sério, muito comprometido com a informação correta, apurada. O problema é que tanto ele foi perdendo confiança dos colegas, de quem conhecia esse outro lado dele, quanto também foi começando a enlouquecer, né, porque a palavra é essa, mesmo. Ele foi enlouquecendo.

De repórter promissor, aos poucos Dionardo foi se tornando uma pessoa extremamente reservada. Tinha poucos amigos, confiava em raríssimas pessoas. Com o tempo, sem conseguir provar suas teorias, e talvez porque *A VERDADE* não teve o impacto esperado, ele resolveu cruzar uma linha perigosa em suas apurações.

Exatos sete anos após o incêndio do Muquifo, em 28 de abril de 1994, o jornal *Diário do Nordeste* noticia a prisão de Dionardo.

Alessandra Moretti [voz com efeito de gravação]: "Repórter é detido após invasão ao IML de Fortaleza. Foi detido, na madrugada de hoje, o jornalista Dionardo Leorne Santos, 34 anos, repórter do jornal *O Povo*, por invadir as dependências do Instituto Médico Legal (IML), na Avenida Presidente Castelo Branco, bairro Moura Brasil. Dionardo foi encontrado no interior da repartição por volta das 2h da manhã, em aparente estado de embriaguez, e resistiu à abordagem dos agentes. No momento da detenção, o jornalista teria se exaltado com os policiais. Ele foi encaminhado à Delegacia de Plantão do Centro, onde prestou depoimento e permanece detido. A direção do jornal *O Povo* confirmou a identidade do funcionário, mas informou que o profissional se encontra de licença por motivos de saúde desde o início de março. Procurada pela reportagem, a Secretaria de Segurança informou que não houve danos às instalações do IML e que o caso está sendo apurado."

Dionardo foi liberado no mesmo dia e o processo acabou resolvido meses depois com o pagamento de uma multa. Nada muito grave, do ponto de vista jurídico.

Mas, na sua carreira, o estrago foi tremendo.

O episódio se espalhou rapidamente pelas redações de Fortaleza. A reputação se desfez de uma hora pra outra. Também não ajudava o fato de ele manter, há tanto tempo, um tabloide independente dedicado a um crime que ninguém mais lembrava. E apesar de ter acumulado algumas das reportagens mais relevantes do jornal nos anos anteriores, Dionardo foi demitido do *O Povo*. As portas se fecharam. Nenhum outro veículo o contratou.

Eriberto Nilo: Eu fiz o que pude. O Dionardo não foi desligado por conta da prisão, veja bem. Até poderia, mas não foi por isso. É que ele estava mal. Infelizmente.

Sem dinheiro, Dionardo se viu obrigado a finalmente vender seus equipamentos. Era o fim do *A VERDADE*. Ele nunca mais publicou uma matéria.

Poucos meses depois, longe das redações, abriu uma pequena videolocadora na mesma garagem onde mimeografava edições do seu jornal.

> **Marimbondo:** Eu falava pra ele: "Ô Didi, te aquieta, macho!". Porque assim, claro que a gente também desconfiava que tinha marmota naquele incêndio, né, que tinha dedo de alguém ali. Mas o cara ficou maluco com isso. E aí ele mais atrapalhava do ajudava, porque botava as coisa mais louca do mundo no jornalzinho dele, né.

Uma dessas coisas loucas foi publicada por Dionardo em novembro de 1989. Era a reportagem sobre a suposta arma que teria matado Jota do Lixo. Segundo a apuração de Dionardo, Jota não morrera no incêndio: teria sido assassinado antes, com um objeto perfurante, talvez uma faca. E ele afirmava ter um laudo pericial comprovando isso.

Durante todo o ano de 1990, *A VERDADE* voltou a essa questão. Dionardo afirmava que o laudo original indicava uma lesão compatível com arma branca, e que a perícia havia sido adulterada para esconder a real causa da morte. O incêndio teria sido apenas uma encenação para apagar as provas.

Na edição de março, Dionardo revela que o nome do perito responsável havia sumido das cópias dos autos. Em maio, publicou uma sequência de matérias com o título: "Polícia desaparece com evidências". Em julho, acusa o 1º Distrito Policial (DP) de ter recebido ordens de encerrar o caso sem maiores investigações. Mas não apresenta documentos nem nomes. Apesar de, na época, ainda ser um jornalista de prestígio, coisa que só mudaria em 1994, Dionardo foi ignorado pelas autoridades.

Ainda assim, não desistiu. Em setembro do mesmo ano, apresentou nova denúncia: uma testemunha ligada à Associação de

Moradores dizia ter visto galões de gasolina armazenados nos fundos da Igreja do Senhor do Bonfim em abril de 1987. Segundo essa fonte, os galões desapareceram logo após o incêndio no Muquifo.

A partir desse ponto, o jornal se torna monotemático. Entre 1991 e 1994, quase todas as edições repetem a mesma acusação: que a morte de Jota do Lixo fora planejada por pessoas influentes do bairro, junto ao silêncio conivente da polícia.

[Música tensa crescendo.]

Prudim: Eu era o guardador das coisa dele, né, menina. Confiava muito em mim, e eu gostava dele... Era uma pessoa muito sincera, muito bacana. Só que aparecia aqui nervoso, dizendo que num confiava mais em ninguém, que tava sendo seguido, aí deixava uma edição do jornal e às vezes um envelope. Falava: "Professor, arquive, por favor". Eu botava na gaveta sem nem ler, né, que era pra não me comprometer. Tá tudo aí, as prova dele. Depois que ele faleceu, em 2021, agorinha, né, eu dei uma olhada, mas só por cima.

[Som de papel.]

Mexendo nos muitos documentos arquivados pelo professor Prudim, documentos que Dionardo guardava de suas reportagens, encontro uma cópia em papel carbono. É o laudo do IML nº 1127/87. Não há maiores detalhes, sequer os dados da vítima, pois parte da folha está rasgada.

Leio o texto sem conseguir acreditar.

Alessandra Moretti [voz com efeito de gravação]: "Os achados indicam que a causa da morte foi hemorragia aguda decorrente de lesão perfurocortante na região torácica, compatível com objeto metálico introduzido por força aguda, atingindo o coração. O estado avançado de putrefação interna, contrastando com a carbonização externa recente, sugere que o óbito ocorreu há mais de um mês, sendo o corpo posteriormente exposto ao fogo. Fragmentos metálicos foram coletados e encaminhados para análise complementar."

[Fade musical.]

Sim, havia uma arma cravada no peito de Jota do Lixo.

Sim, alguém desapareceu com essa arma.

Infelizmente, Dionardo faleceu em 2021, durante a pandemia de Covid-19, sem nunca conseguir provar sua teoria. Talvez tenha chegado a hora de outra pessoa fazer essa justiça por ele.

Tenho que admitir que chegamos a um ponto difícil da investigação. Há um caminho se mostrando muito evidente, e é fácil — tentador, até — escolhê-lo. Mas *Em Busca do Lixo* não é uma investigação apenas sobre a morte de Jota do Lixo. Nem apenas sobre o incêndio. É também sobre a identidade de Nhewó, o que aconteceu com Maca, o Caderno nº 6, uma cidade fantasma no sertão. É sobre o preconceito e a perseguição contra os primeiros punks de Fortaleza. É sobre uma arma desaparecida.

Em Busca do Lixo é sobre tudo isso junto.

O jornalismo investigativo é esse processo em que nós vamos dando existência ao que se investiga. Por mais que a gente esteja sempre buscando fatos, ao olhar para uma história como a de Jota, não estamos olhando algo pronto, mas um quebra-cabeças que vai se montando e se desmontando o tempo todo na nossa frente. As narrativas podem aparecer de forma aparentemente homogênea, mas, ao se dissecar uma história, — mesmo que seja uma história antiga e sobre a qual ninguém se importa —, assim que começamos a desmontar e remontar as peças de uma outra forma, tentando dispor desses discursos e nos posicionar diante deles, passamos a lidar com sentimentos arriscados.

E com ausências.

[Transição sonora]

Antes de encerrar o episódio, preciso falar diretamente com vocês, que estão acompanhando o nosso trabalho e nos dando um feedback lindo. Eu não esperava que Jota do Lixo fosse mobilizar tanta atenção e tanto carinho, mas também não esperava encontrar tantos desafios.

É por isso que vamos precisar fazer uma pausa de um mês.

Eu sei o que muitos de vocês devem estar pensando, mas quem escutou as outras temporadas de *Em Busca* sabe que essa pausa já estava nos nossos planos.

E não, a gente não vai tirar férias.

Os caminhos nesse labirinto que traçamos até aqui são tantos que, para avançar, é preciso abrir uma certa distância. Nas próximas semanas, vamos organizar novas entrevistas, revisitar arquivos e o principal: vamos partir rumo ao Sertão dos Inhamuns. Quero caminhar pelas ruínas da cidade de Cococi, seguir o rastro da família de Maca, entender por que essa cidade virou fantasma e por que esse fantasma reaparece assombrando o Caderno nº 6.

O que há em Cococi? Quem foi Josefa? O que tudo isso tem ou não tem a ver com a morte de Jota do Lixo?

São só quatro semaninhas.

Passa rápido.

Em Busca do Lixo é um podcast da Central Brasileira de Rádio, CBR. Eu sou Alessandra Moretti, apresentadora e roteirista. A produção é de Walter Cisne, com edição de Orlando Faria e checagem de fatos por Vanessa Carmo. Música por Rodney Ruas. Para ver fotografias, mapas, documentos e muito mais, acesse cbr.com/embusca. Siga o podcast em sua plataforma de streaming favorita e não esqueça de deixar seus comentários e sugestões em nossas redes sociais.

Até breve.

Carlos Eduardo

O único assunto sobre o qual Isaías nunca se abriu completamente foi a morte da esposa. Ou melhor: as circunstâncias de sua morte. Como sempre falava dela, e o fazia com indisfarçável nostalgia, mas sem detalhar o que lhe acontecera, acabei um dia vencido pela curiosidade e perguntei: "Foi acidente?". Eu julgava que um falecido só deixava tantas boas recordações se uma morte repentina cristalizasse sua imagem; o sofrimento da doença, pensava eu, com as inevitáveis tensões e decepções que provoca, vai mudando a cor da saudade, suposição que o próprio Isaías me provaria despropositada. De todo modo, cometi essa indelicadeza, e já ia mudar de assunto quando ele soltou: "Foi escolha dela".

Será possível que todos os filhos, até os que recebem os melhores cuidados, contemplem de algum modo o abandono e, por esse medo ancestral, esse pesadelo de berço, acabem assombrados pelos pais? Recordo os escassos detalhes que o policial me deu ao telefone e me pergunto se a esposa de Isaías tomou as mesmas decisões que a filha tomaria mais tarde, isto é, nenhum aviso, nenhuma explicação, o único bilhete contendo nada mais que um número de telefone. Nesse caso, o meu.

Confesso que a notícia não chegou a me devastar; antes, deixou-me completamente atordoado. Na hora foi impossível conceber o que dizia o policial, a ideia imposta com tal selvageria. Dei partida na moto, atento apenas aos engasgos do filtro de ar, e, com a mente em branco, percorri longuíssimos quinze minutos da praça até a pousada. Estacionei como um autômato. Somente ao passar pela dona da pousada, que me prometeu outro bolo para o dia seguinte, uma imagem enfim se formou: o neto de Isaías, sozinho no quarto, entregue à sua caixa de giz de cera, desenhando sabe-se lá quantos sóis sorridentes, enquanto a mãe se liquidava no banheiro. Então dei meia-volta, corri até a moto, engoli a febre, briguei com o motor, e parti de Fortaleza, decidido a me encerrar num ato final de covardia em Cococi.

Foram cerca de cinco horas por uma rodovia relativamente tranquila, ultrapassando caminhões de carga e cidadezinhas cada vez menores. Em Tauá, parei em uma churrascaria de beira de estrada para urinar e comprar garrafas de água. Embora já passasse da meia-noite, um grupo de bêbados ainda enrolava a língua sabe-se lá em que assunto. Ao retornar, notei a moto coalhada de formigas brancas. Havia um cheiro adocicado misturado ao de gasolina. Despejei o resto de uma garrafa d'água sobre as formigas e aproveitei também para lavar o curativo na minha perna, pois a coceira brotava da ferida como folhas de urtiga se desenrolando por debaixo da pele.

Conferi o celular. Supus que Alessandra estivesse dormindo, mas ela acabara de mandar um áudio cheio de preciosismo, contestando o que eu lhe dissera sobre a morte de Jota. Não revelava o que julgava saber, ainda na esperança de arrancar minha entrevista. Pensei em responder: "Você não pode chegar nessa cidade, porque você sabe, ou acha que sabe, e conhecer um nome já basta para invocá-lo". Claro que desisti, pois nada a demoveria, muito menos aquele tipo de absurdo. Ela certamente acreditava que voltaria de Cococi com algum trunfo extravagante, ou desencavaria uma desgraça que pudesse ser transformada — como eles mesmos dizem — em conteúdo. A primeira impressão que tive, a de uma Alessandra ingênua, talvez fosse, afinal, a mais correta.

Depois de Tauá, o sinal do aparelho sumiu e fiquei inteiramente sozinho. Por pouco não perdi o retorno para a CE-351. Meia hora adiante, acabou o asfalto e a empreitada se revelou mais difícil. A estrada carroçal ganhou ares fantasmagóricos, imersa no breu, e eu me sentia realmente frágil. O farol da moto recortava esqueletos de vegetação, projetando silhuetas nas cercas, mas não tive tempo de me aterrorizar, pois o caminho de terra exigia atenção constante. Sulcos e poças ressecadas armavam ciladas, e meus dedos ardiam de tanto apertar o guidão. Tive ainda que descer umas tantas vezes para abrir porteiras emperradas e atravessar riachos rasos que cortavam a trilha. Em uma dessas, a moto finalmente se entregou, condenando-me a continuar a pé, no escuro e, ainda por cima, puxando a perna.

Por via das dúvidas, peguei a faca no baú da moto.

Faltava pouco: em dez ou quinze minutos eu avistava a fachada branca da igrejinha de Cococi. Por muito tempo planejei visitar a cidade, onde quem sabe calharia de me encontrar com o passado, mas toda vez opunha a esses planos a conclusão de que a matéria da qual sou feito não está na cidade de Jota, e sim no Muquifo.

Como eu disse, a sina do condenado é o retorno. Quase quarenta anos se passaram, estou prestes a morrer, e, mesmo assim, ainda me vejo a caminho de um Muquifo silencioso, esvaziado porque os caras do Bangu e os desaparecimentos e a crescente estranheza de Maca e Jota conseguiram afugentar todo mundo. Eu, no entanto, continuava voltando. Quem sabe o que esperava, tão jovem, tão precocemente envelhecido, mas não pensava mais nos avisos de Maca, não me importava com o desaparecimento de Teodoro, ignorava os cadernos, decidido a varrer para longe as dúvidas e me provar disponível àquela nova irmandade — eu, Maca e Jota: nós três contra o mundo.

Só me dei conta de que havia chegado vivo ao amanhecer quando o primeiro fio de luz surgiu por detrás do campanário da igreja. Derramou-se um clarão fumacento sobre Cococi, colorindo as casinhas amputadas, de portas e telhados abertos para o mato, tudo idêntico às fotos. Tive a estranha impressão de que o sopro do vento nas ruínas assobiava os nomes dos mortos. Mas eu estava entorpecido de febre, com o curativo golfando pus, de modo que foi uma manhã interminável. O sol subiu devagar e o calor me cegava, mas eu não fecharia os olhos porque as formigas brancas já se adiantavam, nascendo da gaze encharcada no ferimento. Brotavam em filas apressadas, sumindo por fendas invisíveis na terra. Cada novo enxame me arrancava gestos convulsos; queria espantá-las e, ao mesmo tempo, não ousava tocar nelas, pois pressentia que seria pior se o fizesse. Eu as imaginava marchando em ordem perfeita até Fortaleza, até o quarto na pousada, rastejando pelas paredes para encontrar os cadernos de Jota escondidos debaixo do colchão.

Assustado com o ronco de um motor, me escondi atrás da mureta lateral da igreja, onde prendi a respiração como o menino que um dia surpreendeu Afonso. A SUV parou diante da praça deserta, erguendo uma baforada de poeira vermelha. De dentro, saltaram Alessandra, de chapéu de palha e caderneta, e dois homens: o bigodudo que a acompanhara no bar e outro, mais baixo, carregando equipamentos de som. Primeiro congelei; depois quis correr até ela e avisá-la. Avisar de quê? Que Cococi era um precipício? Que bastava um nome para devorar o mundo? Faltavam-me palavras, mas ainda assim avancei, trôpego, sentindo o sol fritar a testa. O clarão do meio-dia explodiu em manchas negras e, quando voltei a enxergar, o carro e os homens tinham sumido. Restava Alessandra, sentada nos degraus de uma casa-grande, cujas portas e janelas estavam seladas com tijolos, barro e cruzes de madeira. Tomava notas contra o joelho, tão absorta quanto Maca na noite em que matei Jota. Era como se meus olhos estivessem diante de uma imagem duplicada. De novo eu via os caras do Bangu rondando a Padre Anchieta e eu voltando a esquina para percorrer a rua de trás, pular a primeira mureta, depois outra, até alcançar o quintal do mercadinho e, enfim, entrar pelos fundos do Muquifo. De ponto iluminado, só uma vela no chão. Maca estava lá, deitada como se dormisse. Ao redor, o barracão do Muquifo desfeito, os tijolos quebrados, a lona rasgada de ponta a ponta, pôsteres, fanzines, a guitarra, todos os nossos tesouros jogados, e o caixão de Jota violentamente destruído, com um monte de areia escorrendo pelas tábuas quebradas. Então o movimento no escuro, de onde uma forma agachada se moveu devagar até a luz revelar o rosto de Jota banhado de sangue. Ele largou uma coisa inerte que trazia no colo, a gata de Maca, e veio até mim.

— Tu sabias? — perguntou com os olhos brilhantes.

— Saber o quê, primo?

Foi inútil tentar me afastar. Suas mãos pousaram frias nos meus braços. Jota girou meu punho, roçou a unha na palma da minha mão e soprou no meu ouvido:

— Do plano.

A voz colou na voz de Alessandra: "Então o Jota se matou?". Não sabia quem perguntava. Dei um passo cambaleante em direção ao vulto sentado nos degraus da casa-grande; o vulto era dois, era três, era Jota e Alessandra, e talvez o menino que matou Afonso. Tentei dizer: não sei de nada, meu primo, nunca soube, nunca vou saber, porque você me deixa de fora, tenho sempre que correr atrás, por sua causa matei um homem que podia ser meu pai e, mesmo assim, você foge de mim, então não sei de nada porque sou nada. Mas me lembrei de Maca me entregando os cadernos, dizendo: *cuidado*, e me calei. Jota reagiu ao meu silêncio se aproximando ainda mais, me enredando com uma calma que nunca pressenti nele. Por um longo tempo não me mexi. Ele se chegou muito perto. Aspirando seu hálito de carne crua, eu me entregava ao desejo antigo de não esconder mais nada. Que não houvesse entre nós o fingimento. O toque íntimo em minha nuca me dizia que ficaríamos juntos, como era para ser e, quando ele se inclinou buscando o meu pescoço, concluí que ficaríamos juntos para sempre. Mas, no corpo de Maca, vi a imagem de outra, também imóvel, braços afundados na lama, o rosto da minha mãe, e delirei que um porco lhe mordiscava a garganta. *Se alguma coisa acontecer, lembra de acertar aqui, no coração, entendeu?* Meus dedos encontraram a chave de fenda no bolso, e tudo se deu silenciosamente: apenas o olhar surpreso e ofendido de Jota. Ele se afastou, tocou o cabo da chave enterrada no peito e, quando caiu, já não tinha mais dentes e era de novo João Valdenir.

A casa-grande se desfaz em um monte de areia.

Alessandra respira rente à poeira, o sangue espalhado pela blusa, cada nova lufada de ar lhe escapando em roncos curtos. Tentei arrastar-me até ela, mas a perna latejava num jorro pulsante que me impedia qualquer movimento, a ferida como se quisesse libertar, de uma vez, o formigueiro já posto em marcha. Gritei, chamei pelos dois homens que vieram com ela. Ninguém respondeu, talvez tenham fugido, ou nunca tenham pisado em Cococi. Quais palavras se usam para espantar o excesso de memória? Até agora, o desastre nunca acontecia, sempre suspenso, gravitando em torno de mim: a morte de João Valdenir, o segundo homem que amei, não me assombrou como a visão de Alessandra caída ao lado da faca, pois matei João Valdenir apenas para abatê-lo naquilo em que havia se transformado. Não pretendo, com isso, esquivar-me da culpa, pois sei que não devia ter empurrado o corpo dele e da gata para debaixo da lona, nem largado Maca abandonada na calçada, nem fugido. Mas não me arrependo. Só reconheço a rachadura que se abriu em mim e que agora se alarga diante dessa mulher ferida, respirando cada vez menos, fora de alcance. Se algo deveria exigir meu remorso é o fato de eu ter falhado de forma tão miserável com ela.

Como eu disse, no entanto, não busco perdão. Nem mesmo agora, sabendo que me resta pouco tempo, o curativo arrebentado pela força das formigas brancas, aos borbotões da ferida em minha perna. Observo, hipnotizado, suas longas filas se espalhando pela areia. Sei de onde vêm e para onde vão: certamente buscam os cadernos de Jota para devorar, página a página, o que resta da nossa história, e fico aliviado, pois alguns mortos estão a salvo.

Nada se encerra. A ferida aprende a crescer e adquire fôlego com esses acontecimentos que se acumulam na minha cabeça. Como se importasse, como se não fosse o que vivemos agora que explica aquilo que veio antes. Que pena. Hoje, teria respondido a Isaías porque nunca falei de meus filhos.

Oitavo Caderno

A um gesto do pai, Josefa tomou lugar na mesa ainda úmida da limpeza, cercada por baldes de madeira e mulheres agachadas que torciam panos. O vapor do ensopado tornava a sala de jantar quase intolerável, especialmente com o sufoco das roupas. Josefa tinha fome, mas repugnava-lhe a comida no prato. Fez a mais leve menção de se levantar. A mão do Coronel interceptou-lhe o pulso:

— Primeiro, o vinho da Jurema.

Ele mesmo virou a botija de barro no copo de Josefa. Ela provou, achou extremo o amargor, tentou recusar, e o Coronel ergueu-lhe o cotovelo. Mandou-a beber mais uma vez, e outra e mais outra. A cada gole, o rosto de Josefa esquentava de euforia e depois de sono. Mesmo assim, insistia em contar novidades alvissareiras, como completara o enxoval graças à diligência de Moça, e como a forasteira cantava igual às aves serranas, e quando e quem e onde. O Coronel não lhe negava resposta, apenas sorria.

Depois, ordenou que comesse. Josefa empurrou o prato, disse estar sem fome, só para o Coronel segurar-lhe a nuca com a mão, forçando-lhe a colher à boca. Ela engoliu duas vezes, trincando os dentes, mas na terceira cuspiu metade e, logo em seguida, o corpo se dobrou num enjoo violento. Caiu de joelhos e vomitou sobre o assoalho, tremendo de suor. As mulheres que lavavam o chão abriram-lhe caminho, algumas benzendo-se muito de leve para não chamar a atenção do Coronel.

— Do jeito que o Cabrita me contou — disse o Coronel, limpando as mãos com o guardanapo de linho. — Terminou de virar bicho.

Josefa tentou se reerguer:

— Nunca estive melhor, meu pai.

— Ótimo. Pois amanhã mesmo tu segues para a fazenda de teu tio Lourenço. Vais casar com o primeiro alferes que quiser mulher lenta de raciocínio, o alferes mais chucro, mais brabo, mais solitário.

Josefa empalideceu.

— Eu nem sequer posso viajar.

O Coronel se aproximou e a tomou pelo braço.

— Vamos aos teus aposentos, minha filha.

Levantou-a com gentileza fria e conduziu-a até o quarto. Josefa ainda vomitava os restos de comida e vinho que o pai a obrigara a ingerir. O Coronel deitou-a sobre a cama recém-forrada, afastou-lhe os cachos da testa e começou a amarrar seus punhos frios com faixas de couro.

— É para teu bem — sussurrou. — Assim ficas quieta, e melhora.

E, antes de sair, encostando a boca em seu ouvido:

— Agora chame por ela para te salvar. Chame pela tua amante.

— Venha para mim, meu amor, pois a noite morre rapidamente. Venha para mim, ou minha sombra para sempre te seguirá como um remorso, como a marca dos passos sobre a terra, e vamos juntas, finalmente, em uma só casca, bordar os nossos véus pela estrada onde jazem os mortos.

Pedro pousou o guardanapo sobre a travessa, limpou o bigode e pigarreou, pedindo licença. Ia conferir os homens. Deixou os talheres alinhados, passou atrás da cadeira do Coronel, que derrotava os estoques de vinho, e, ao chegar ao corredor, encontrou o

Cabrita acocorado diante da porta do quarto de despejo. Acompanhado de quatro jagunços, todos vigiando o tronco de imburana que pressionava as dobradiças da porta, o Cabrita segurava uma estaca em uma mão e uma tigela de sangue de boi na outra. Pedro se abaixou junto ao velho em sigilo de conspirador.

— Ela tá lá dentro?

Cabrita fez que sim.

— E a onça? Vem ou não vem?

— Vem. Mas sabe farejar portão fechado. Não é onça qualquer, meu senhorzinho, é Bicho-lua, como chamam os bárbaros daqui. Ela desconfia. É preciso um chamado forte.

— Mas a forasteira é a onça.

— A alma errante dela comanda o bicho.

Pedro deixou escapar uma blasfêmia qualquer e subiu a escadaria para o piso superior. Quinze jagunços ao longo da varanda mantinham bacamartes apontados para o rendilhado escuro do mato. Na pressa, o enxoval de Josefa tinha sido chutado para os cantos, e os lençóis dobrados se amontoavam junto das colunas ou debaixo de botinas. Pedro passou por cima dos panos sem remorso, reparando apenas na maneira como as flores vermelhas e amarelas dos bordados, à luz das velas, lembravam pústulas.

Enquanto o Coronel dava por encerrada a bebedeira, Pedro pensou em sua esposa, sozinha com os três filhos na Vila do Icó. Sorriu de canto de boca, lembrando-se de como ela chorava quando ele partia, lágrimas que ambos sabiam ser falsas. A lembrança lhe causava uma vaga irritação, mas também um alívio por estar longe, livre para seguir os desígnios de seu pai, a quem obedecia com gosto, bom filho que era.

Como se adivinhasse no que Pedro pensava, o Coronel apareceu meio trôpego na varanda e confiou a chave do quarto de Josefa à sua mão.

— Faça o que tem que fazer.

Já tinham tudo combinado. Pedro esperou que todo ruído se dissolvesse na madrugada, que as mulheres recolhessem os baldes, apagassem as lamparinas e voltassem para o barracão. Desceu. Dois estalidos de língua bastaram para que o Cabrita se erguesse com os jagunços, os quatro com as caras pintadas de sangue. Pedro tomou a lamparina menor e introduziu a chave na fechadura do quarto de Josefa. A irmã estava atravessada sobre o colchão, coberta de vômito. Pedro deixou a lamparina sobre a cômoda e saltou sobre Josefa, enfiando-lhe um pano na boca. Depois, abriu as duas bandas da janela e puxou a faca. Quando a lâmina fria tocou-lhe o pescoço, tirando um fio de sangue, Josefa finalmente entendeu o que estava acontecendo.

Um rugido tomou a noite, obrigando os jagunços a apertarem os dedos trêmulos nas empunhaduras dos bacamartes. Eles tentaram se firmar sobre as pernas quando a mata começou a ondular. Um deles avisou: entre os troncos, havia duas pupilas vítreas. E a cabeça da suçuarana começou a se mostrar, a pelagem cor de barro, cintilante, os ombros enormes, o ventre largo, a cauda ondeando logo atrás. Os homens viram-lhe os bigodes vibrarem. Ela deu somente um passo e torceu a cabeça em sentido de volta, disposta a se retirar.

Mas, no quarto, Pedro pressionou de novo a lâmina, e o sangue de Josefa pingou sobre o lençol. A onça ergueu-se nas patas traseiras e grunhiu, preparando o bote. O Coronel percebeu o movimento e deu a ordem. O primeiro tiro ecoou solitário, seguido logo por um coro de explosões. Alguns bacamartes falharam, outros cuspiram labaredas, e o recuo quebrou culatras frágeis, mas todos os que atiraram acertaram o alvo. Os tiros, no entanto, não detiveram o salto. Mesmo sacudida pelos impactos, a onça rasgou a distância até a casa-grande e invadiu a janela aberta do quarto de Josefa. Pedro mal teve tempo de vê-la. A patada o lançou contra a parede, onde escorregou para o chão, inerte, o peito aberto em grossas tiras de carne.

A onça cambaleou ensanguentada até a cama e deitou-se, empurrando com o focinho o ombro de Josefa, até repousar a cabeça quente em seu colo. Mastigando o lenço na boca, Josefa desesperou-se contra ela, acusando-a de ter vindo tarde demais, ou cedo demais, e depois, de todo o resto; de que adiantava aquela leviandade, o irmão não lhe faria mal, o pai era só ameaças... Mas foi pensando naquilo que se lembrou de como o corpo da mãe fora deixado coberto de pedras no meio do deserto, sem prece nem cruz, e a quentura na garganta lhe atestava que o punhal de Pedro tinha cortado mais fundo do que o necessário para uma bravata. Então apenas baixou os olhos, fitando a suçuarana.

— Por quê? — Mas a onça já respirava com uma espuma avermelhada escorrendo pelo canto da boca, e Josefa rompeu a chorar.

Podia-se ouvir as solas de botas apressadas pela escada e, de repente, o estouro da porta do quarto de despejo. A cena que o Coronel e os jagunços viram ao descer petrificou-os: os corpos de três jagunços sem cabeça jaziam no corredor sobre crescentes poças vermelhas. Sons de luta emanavam de dentro do quarto de despejo, como se estivessem matando rebanhos inteiros. O Coronel ordenou que metade dos homens fosse ajudar o Cabrita. A outra metade foi com ele voar com os facões sobre a onça na cama de Josefa. O primeiro ferro rasgou o pescoço, outro golpe abriu-lhe as costelas. Dez, vinte facadas seguiram-se, e o assoalho se tornou um lamaçal escorregadio.

Ainda sentada na cama, Josefa permaneceu abraçada ao corpo sacudido pelos golpes.

Tão logo a onça emudeceu, cessou também a renhida escaramuça no quarto de despejo. Dois jagunços, os que sobraram, vinham pelo corredor carregando uma mulher de vestido rasgado. A cabeça pendia, os olhos virados, inteiramente brancos, e no peito trespassada uma estaca de madeira. O Coronel examinou o rosto daquela mulher e nada reconheceu.

— Quem é essa cigana?

— É ela — disse um dos homens, e custou ao Coronel lembrar-se do vestido cor de ferrugem.

— E agora? — perguntou o outro jagunço. — Que se faz?

— E o Cabrita?

— Morto.

— Então vamos fazer como ele mandou. Arrumem um tronco no meio do pasto e espetem o corpo dessa mulher. Ficará no sol até secar.

Os jagunços se acabrunharam. Nunca haviam feito tal coisa com mulher em trajes cristãos.

— E o corpo da onça? — arriscou outro.

— Fica de companhia pra menina.

— Mas o Cabrita disse que Josefa também precisa secar no sol, Coronel.

— Ela é uma Feitosa, índio.

Virou-se então para o que restava de Pedro, encostado à parede como um boneco de pano, de costelas expostas, esvaziado de vísceras, um olho meio solto oscilando a cada corrente de vento. O Coronel quase sentiu a picada de luto. Na sua idade, filho não era coisa tão fácil de repor.

— Tirem ele daqui e preparem o velório — ordenou, fazendo uma pausa para esperar alguém silenciar os gritos de Dona Isabel Maria em seus aposentos. — Depois me tragam tijolo e massa. Vamos selar esta casa maldita.

Fecharam a casa-grande da Fazenda de Cococi no dia seguinte, com tijolo, barro e cruzes de madeira. O Coronel Francisco Alves Feitosa deu ordem que mais ninguém falasse em Josefa, nem na suçuarana, nem na mulher de vestido cor de ferrugem; deu ordem para que os vivos fossem realocados e os mortos esquecidos; deu ordem para mudar a fazenda inteira mais ao sul, nas vizinhanças da vila, onde levantou uma nova casa-grande, mais arejada, com vista ampla para os campos.

Ali, teve ainda tempo de fecundar Dona Isabel Maria, que, esquecida da gravidez, esmurrava o próprio ventre todos os dias. O menino, no entanto, vingou, e recebeu o nome de

Pedro Francisco Alves Feitosa. No dia seguinte ao batismo, encontraram o Coronel balançando na primeira viga à entrada da casa nova.

Com a mãe mais interessada em perseguir lacraias no quintal, Pedro Francisco cresceu sob os cuidados de tias e padrinhos. Mal atingiu idade e herdou a patente, os dízimos, a terra e a ruína. Sanguíneo, destinou-se a reaver a grandeza da família. Cuidou das fronteiras e dos interesses políticos na Capitania. Arrumou casamento com uma mulher firme da ribeira do Jaguaribe, logo emendando filhas na tentativa de garantir herdeiro. O quarto parto revelou um menino: Manoel Alves Feitosa. Não se contava três dias do batizado de Manoel quando Pedro Francisco foi arrastado por sua montaria num princípio de manhã, depois que o alazão se desesperou com qualquer coisa no mato. Encontraram o corpo de Pedro Francisco espatifado na margem do Ingueirê.

Dali em diante, correu na vila de Cococi o rumor de que todos os varões da linhagem Feitosa morreriam após o batismo do primeiro filho homem. E assim se deu. Manoel Alves Feitosa, que tentou rebater o maldizer com oração e promessa, foi esmagado pelo sino da igreja. Benedito Xavier Alves Feitosa afogou-se num poço seco. Inácio Clementino Feitosa Ferro trancou-se num quartinho e foi encontrado com os pulsos devorados até o osso. João Manoel Alves Feitosa teve o pescoço torcido por uma jumenta parida. José Benício Alves Feitosa degolou cinco filhos ainda pagãos na esperança de escapar da praga; o sexto, bastardo, foi batizado à revelia durante uma de suas ausências nas terras altas da Ibiapaba, onde, não se sabe como, foi confundido com cangaceiro e enterrado em pé num formigueiro de saúva braba.

Ainda morreriam mais quatro da linhagem masculina dos Feitosa antes que o major Eurípedes Antero Feitosa Ferro fosse esquartejado por conta de uma disputa pequena de terras, deixando cinco filhas órfãs, todas as quais abandonaram para sempre a região no correr da década de 1970. E Cococi, nutrida de bons pastos e água abundante, jamais floresceu como se esperava, padecendo de um lentíssimo desviver que se arrastou até os últimos moradores finalmente se darem conta do próprio marejar de alma e partirem.

A velha casa-grande permaneceu selada durante os dois séculos de morticínio. E se um raro forasteiro perguntasse o motivo, diziam só que era coisa que o tempo comeu por dentro, pois a razão havia perecido na corda ao redor do pescoço de Francisco Alves Feitosa. Nenhum vaqueiro ousava se aproximar, e os cavalos empacavam diante do terreno. O mato tomou os alicerces. As paredes estufaram com a umidade da quadra chuvosa e o telhado cedeu com o sol das secas.

E, por fim, a casa virou areia.

Terra branca.

Sumidouro.

Acontecido.

Josefa

Jornalista Alessandra Ferraz Moretti é encontrada após 4 meses desaparecida no sertão do Ceará

Por Redação, de Fortaleza

15/05/2025 06h29 Atualizado há poucos minutos

A jornalista, escritora e podcaster Alessandra Ferraz Moretti, 32, foi localizada na noite desta quarta-feira (14) após quatro meses desaparecida no Sertão dos Inhamuns, interior do Ceará. Conhecida por comandar uma série documental em formato de podcast, *Em Busca*, Alessandra havia sumido em janeiro durante uma expedição à cidade abandonada de Cococi, distrito de Parambu, 370 km de Fortaleza. Estava acompanhada pelo produtor Walter Ribeiro Cisne, 26, e pelo guia local José Claudiano Freire Júnior, 42.

Alessandra se apresentou espontaneamente a um posto policial de Parambu por volta das 20h, aparentando severa desorientação. Segundo a polícia, ela não soube relatar detalhes sobre o período em que esteve desaparecida. A jornalista foi encaminhada a um hospital no Crato para avaliação médica e psicológica.

Walter Cisne e José Claudiano continuam desaparecidos. As buscas foram retomadas nesta quinta-feira com o apoio de equipes da Polícia Militar, Corpo de Bombeiros e voluntários.

A terceira temporada de *Em Busca* abordava o caso de João Valdenir da Silva Barbosa, mais conhecido como Jota do Lixo, precursor do punk cearense, morto em 1987, vítima de um incêndio criminoso. Os episódios mais recentes tratavam de histórias envolvendo Cococi, cidade desabitada desde a década de 1970 e cercada por lendas locais.

A Central Brasileira de Rádio (CBR), responsável pela distribuição da série, divulgou nota afirmando que "acompanha com alívio o retorno de Alessandra" e que "aguarda esclarecimentos sobre os fatos".

O caso segue sob investigação da Polícia Civil.

FIM

Agradecimentos

À Nathália, minha esposa, que lidou com meus meses de reclusão e ensimesmamento, minha mais profunda gratidão. Também aos meus quatro gatos, que me consolaram e desprezaram na exata medida.

Este livro não existiria sem o meu grande amigo Wilson Júnior, que leu cada versão, sempre com as melhores sugestões. Sou igualmente grato a Verena Cavalcante, uma grande inspiração, com sua leitura atenta e generosa. A Márcio Benjamin e Bruno Ribeiro, amigos que a literatura me presenteou, deixo fortíssimos abraços.

Agradeço a Nathan Matos, que acreditou no projeto, e a todo o coletivo Escambau; especialmente a Bianca Berdine e Renato Gondim, cujas impressões foram extremamente úteis. Meu muito obrigado também a Juliana Matias, Vanessa Carmo, Luísa Montenegro, GabiOZ, Elissa R. Neves, Tatiana Faraújo e Lígia Gomes pelo apoio e carinho.

Um agradecimento especial ao grande Leílson Sousa, o "Chefe", companheiro de tempos pós-punk na banda *Fantasma na Máquina* e autor da canção "Deixe queimar", gentilmente cedida e aqui presente com pequenas alterações.

Por fim, deixo minha singela homenagem a Dedé Podre e Flor Punk, pioneiros do movimento punk em Fortaleza, e agradeço a Luís "Cachaça", Eliel Vaca, Pedro Torres, Madalena, Otávio, Xadai, Duda Red, Savinho, Davi Portácio, Victor Vinícius, Paulo Favral, Duh Rodrigues, Germana Mara, Monique Stahlschmidt, Bruno Costa e a todas as pessoas com quem já dividi muquifos, ensaios e palcos.

Aranha Movediça foi escrito para todos os punks que lutaram e ainda lutam.

Este livro foi composto em Minion Pro no papel Pólen Natural para a Editora Moinhos enquanto *Falso amor sinceiro*, de Nelson Sargento, afugentava as más energias.

*

O mundo continuava a assistir as guerras que afligiam milhões sem nenhuma ajuda humanitária.